STEFAN SCHWARZ

DA STIMMT WAS NICHT
Roman

Rowohlt · Berlin

Originalausgabe
Veröffentlicht im Rowohlt · Berlin Verlag, April 2021
Copyright © 2021 by Rowohlt · Berlin Verlag GmbH, Berlin
Covergestaltung zero-media.net, München
Coverabbildung Daniel Kieslinger Photo / mauritius images
Satz aus der Dolly
bei Dörlemann Satz, Lemförde
Druck und Bindung CPI books GmbH, Leck, Germany
ISBN 978-3-7371-0093-9

Die Rowohlt Verlage haben sich zu einer nachhaltigen Buchproduktion verpflichtet. Gemeinsam mit unseren Partnern und Lieferanten setzen wir uns für eine klimaneutrale Buchproduktion ein, die den Erwerb von Klimazertifikaten zur Kompensation des CO_2-Ausstoßes einschließt.
www.klimaneutralerverlag.de

And the voice said:
This is the hand, the hand that takes
Laurie Anderson, O Superman

ERSTES KAPITEL

Die Moderatorin hat diese vor Heiterkeit glucksende Stimme aller Morgenmoderatorinnen. Dazu blinkert sie in die Kamera, damit auch die emotional weniger trennscharfen Zuschauer gleich wissen, dass das eine lustige Meldung wird.

«Ein kurioser Vorfall ereignete sich in der Nacht zum Freitag. Gegen halb eins wurde die Feuerwehr zu einem Mann gerufen, der sich offenbar beim Versuch, ein in vier Meter Höhe angebrachtes Wahlplakat von einer Laterne zu entfernen, oben verhakt hatte und sich nicht mehr selbst befreien konnte. Zuvor war der Mann auf ein unter der Laterne geparktes Auto gestiegen, um von dort aus hinaufklettern zu können. Gegen den Mann wird nun wegen Vandalismus und Sachbeschädigung ermittelt. Die Kosten des Feuerwehreinsatzes wird er wohl selbst tragen müssen.»

Ihr natürlich männlicher Co-Moderator, Marke Lümmel von der letzten Bank, wendet sich einen Halbsatz lang zu ihr, um dann wieder launig ins Objektiv zu blicken.

«Weiß man denn wenigstens, welche Partei ihn derart auf die Laterne gebracht hat?»

Die Moderatorin stupst ihn neckisch an und schaltet dann wieder ganz auf Botschaft um.

«Nein, und das dürften wir aus Gründen der Neutralität auch gar nicht verraten. Aber bleiben Sie bei uns, denn in unserem Programm bekommen Sie die ersten Hochrechnungen dieses Wahltages, ohne dass Sie irgendwo hochklettern müssen!»

Das ist frisch, das ist witzig. Mein Sohn aber steht neben der Couch, auf der ich sitze, und schüttelt fassungslos den Kopf. Dann sagt er den Satz, den er schon immer sagen wollte, aber nie die Gelegenheit dazu bekam:

«Was ist nur in dich gefahren, Vater?»

Er spricht es mit einer Erschütterung, die gar nicht zu seinem Alter passt. Als wäre er mein Vormund. Als hätte er mich aus dem Polizeigewahrsam geholt und eine Kaution hingeblättert. Dabei bin ich von selbst nach Hause gegangen, nachdem ich das Protokoll unterschrieben hatte. Mit einem Verband um das aufgeschrammte Handgelenk. Ich habe mein Portemonnaie und das wundersame Handy mit zersplittertem Display genommen, habe mich artig verabschiedet und bin zur Tür gegangen, die mir der Polizist an der Pforte per Summer öffnete.

Ich kann mich nicht mehr genau erinnern, wann mein Sohn aufhörte, mich «Papa» zu nennen, und anfing, «Vater» zu mir zu sagen. Er meinte das nie ironisch. Er wollte eine Differenz ausdrücken. Ich höre so etwas. Ich bin Profi. Ich höre den ganzen Tag Stimmen. Und zwar von Berufs wegen.

Ich bin Synchronsprecher.

Wenn mein Vater nachts eine Laterne hochgeklettert wäre, um ein Wahlplakat abzureißen, und dann von der Feuerwehr hätte gerettet werden müssen, hätte ich mich wahrscheinlich schlappgelacht. Und er auch. Mein Vater war jetzt nicht so der dionysische Typus, um es ganz vorsichtig zu sagen, aber er konnte durchaus lachen. Er lachte in sich hinein. Ein kleines, fast hustendes Lachen, das neben dem Lachen meiner Mutter völlig unterging. Wenn meine Mutter lachte, klang es wie das nächtliche Kollern eines tropischen Vogels. Sie lachte nach links und rechts, nach vorn, und wenn es nötig war, auch nach hinten. Sie lachte länger als mein Vater. Sie lachte so lange, bis sie sicher war, dass ihr Lachen alle Anwesenden erreicht hatte.

Und das tat sie nicht aus Eitelkeit. Sie war Musikpädagogin. Eine üppige Frau mit einem schmalen Mann. Was die beiden aneinander fanden, blieb mir als Kind völlig rätselhaft. Meine Mutter bedachte meinen Vater zeitlebens mit leichtem Spott, nannte ihn «mein Dosenkönig» oder «mein Streifenhörnchen» (wegen des lila Streifens auf seiner Uniform) und konnte ihn nicht liebkosen, ohne seinen Haarkranz zu irgendwelchen albernen Gebilden aufzurauhen. Keine Ahnung, warum sie ihn lächerlich machen musste, um ihn zu mögen. Mein Vater ließ sich das gefallen. Erst als sich meine eigene Ehe aufzulösen begann, verstand ich, dass meine Mutter einen gutmütigen, ungefährlichen Mann gesucht hatte, den sie lieben konnte, aber nicht musste. Mein Vater hingegen, glaube ich, wollte es einfach warm haben. Er hatte dürre Jahre gesehen und viel im Stroh geschlafen in der Nachkriegszeit. Es war ihm eine schlichte, dauerhafte Freude, dass ihm dann doch noch so viel Frau zuteilgeworden war. Meine Eltern lebten in diesem Nachkriegsglück, wo einfach jeder Tag toll ist, an dem man nicht auf dem Treck aus Ostpreußen oder Schlesien war und vor Tiefffliegern in den

Straßengraben springen musste. Meine Mutter unterrichtete Gesang und würde nie etwas anderes tun, und die Laufbahn meines Vaters war gemächlich und absehbar, sie ging von Beförderung zu Beförderung und fand dann irgendwann, er war in seinen Vierzigern, im Range eines Oberstleutnants sein Ende. Nichts in seinem Beruf verleitete zu Hoffnung und Ambition. Er versah seinen Dienst in der Zivilverteidigung: Bereitstellungsplanung für den Katastrophenfall. Konservenbrot und Dosen. Umgerechnet auf die Bevölkerung. Mein Vater war dafür zuständig, dass alle Bewohner seines Bezirks im Falle eines Atomkriegs Rotwurst-, Leberwurst- und Sülzfleischdosen für vier Wochen haben würden. Ein sinnvoller Beruf. Atomkrieg an sich ist schon schlimm, aber ohne Wurstkonserven praktisch nicht auszuhalten. Alle zwei Jahre wurden die Bestände des Bezirkes «gewälzt», wie das hieß, und angelegentlich dieser offiziellen Maßnahme nahm Vater eine Kiste voller Wurstdosen mit nach Hause. Das war sein Privileg, und mich machte es als Junge sehr stolz, dass wir nie Wurst beim Fleischer kauften.

Das war das Geheimnis der Ehe meiner Eltern: dass sich nie wirklich etwas änderte. Mein Vater war als Hauptmann der Zivilverteidigung nicht wesentlich ein anderer Mann denn als Oberstleutnant. Nur der Umfang der ihm obliegenden Dosenvorratshaltung änderte sich. Er wurde vom Kreisdosenkönig zum Bezirksdosenkönig. Das war's. Meine Mutter musste nie damit rechnen, dass ein plötzlicher Karrieresprung andere, verstörende Seiten in ihm zum Vorschein brachte. Er war selber wie eine Dosenwurst. Sein Werdegang hatte sein Ich konserviert. Er wurde nie schlecht.

Ich schon.

Denn meine Karriere war sprunghaft, atemberaubend und fetzte mein braves Ich in Stücke.

Ende April 2011, ich weiß den Tag nicht mehr genau, betrat ich das Büro des allgewaltigen Deutschlandchefs der «Globe Pictures Alliance». Ich glaube, ich war der erste Synchronsprecher dieses Landes, der einen offiziellen Einzeltermin mit diesem Mann bekommen hatte. Bradley Gallagher, ein massiger Mann mit einem kantigen Schädel, auf dem sich dichtes grauschwarzes Haar mit reichlich Frisiercreme in zwei bedeutende Wellen scheitelte, war Anfang sechzig und hatte einen so gewaltigen Kehlsack unter dem Kinn, dass streitende Leguane ihn ohne weitere Diskussion als ihren Anführer akzeptiert hätten.

Gallagher mochte Synchronsprecher nicht sonderlich. Er hielt Synchronisation für eine deutsche Schrulle, wenn nicht sogar für einen Akt kulturellen Querulantentums. Es gab Gerüchte, er habe auf einer Party mal den Arm zum Hitlergruß hochgerissen und mit schnarrender Stimme gerufen, in «Deutschland» müssten alle Filme «eingedeutscht» werden, bevor das «deutsche Volk» sie anschaue. Gallaghers Position war klar: Die Deutschen sollten gefälligst lernen, sich Filme im Original anzuschauen, höchstens vielleicht mit Untertiteln für die ganz Unbeholfenen. In Skandinavien ginge das doch auch. «Globe Pictures Alliance» brachte jedes Jahr zwanzig Filme auf den deutschen Markt. Das Aufsprechen deutscher Stimmen kostete Gallagher so viel, dass sein Haus davon einen weiteren, wenn auch kleinen Film hätte machen können.

Gallagher blieb denn auch sitzen, als mir die Sekretärin die innen mit rotem Leder gepolsterte Tür öffnete, ein Zeichen, dass von hier nichts unbeabsichtigt nach draußen drang, und wies mehr oder weniger mürrisch auf einen der Stühle an dem schmalen Tisch, der verloren im Raum vor seiner antiken Mahagoni-Festung herumstand.

Er musterte mich und schnaufte erst mal. Ich war gefühlt nur halb so groß wie er, unrasiert (nicht aus Missachtung, aber in einem «unsichtbaren» Beruf wie dem des Synchronsprechers, der seine Tage in dunklen Studiokabinen verbringt, verliert man irgendwann den Sinn für Glattrasur und kommt sich mit Stoppeln ganz normal vor) und schlecht gekämmt, trug ein Sakko, dem man ansah, dass es schon beim Kauf nicht mehr ganz modern gewesen war und dass ich es in den vergangenen zehn Jahren nur etwa zwei Mal angezogen hatte. Ich saß mit zwischen meinen Schulterpolstern eingesunkenem Kopf, als erwartete ich einen Rüffel sondergleichen.

«Und Herr Funke ... Sind Sie jetzt glücklich?», knurrte mich Gallagher an.

Ich fragte, warum und worüber ich glücklich sein solle.

«Tun Sie doch nicht so! Sie kennen doch die Zahlen!»

Ich verneinte. Ich wusste zwar, worum es ging, aber die exakten Zahlen mochte er mir bitte selber präsentieren.

Ungehalten langte er nach rechts, zog ein Blatt aus einer Mappe und las vor.

«2003: *Die Legende von Erathea*, 3,3 Millionen Zuschauer. 2004: *Hurlyburly – Witches of Avalon*, 2,2 Millionen Zuschauer. 2005: *Eine Handvoll Haudegen*, 4,7 Millionen Zuschauer. 2006: *Die Königin der Savanne*, 5,9 Millionen Zuschauer. 2007: *Ein raffinierter Plan*, 2,6 Millionen Zuschauer ...»

Er hob den Blick vom Blatt und sah kurz zu mir, zum Zeichen, dass ich ihm nunmehr meine volle Aufmerksamkeit zukommen lassen möge.

«Und jetzt kommt's: 2008: *Schlacht der Giganten* – nur noch 1,2 Millionen Zuschauer …»

Er hob die Stimme und sprach die letzten Zahlen sehr gedehnt.

«2009: *Halo – Kampf um die letzte Sonne*, lächerliche 0,7 Millionen Zuschauer …»

Dann legte er das Blatt beiseite und schnaufte ein weiteres Mal.

«Ich bin nicht blöd. *Die Legende von Erathea* und *Schlacht der Giganten* sind Filme, die überall auf der Welt umgerechnet nahezu dasselbe Einspielergebnis hatten. Nur in Deutschland nicht. 3,3 Millionen gegen 1,2 Millionen fünf Jahre später! Das hat schon was von Streik! Gut, kann einmal vorkommen. Zeiten und Geschmäcker ändern sich. Aber dann *Halo*! Immerhin einen Oscar für die Special Effects! 0,7 Millionen Zuschauer!»

«Was ist mit 2010? Was ist mit *Blutige Wellen*?», fragte ich ihn, obwohl ich die Antwort kannte.

«2,5 Millionen Zuschauer!», knurrte Gallagher, um dann unvermittelt aufzuspringen. «Geben Sie es zu, dass Sie hinter dieser Petition stecken!»

Ich schüttelte den Kopf.

«Es war Ihre Entscheidung, Herr Gallagher», sagte ich, obwohl alle in diesem Haus ihn nur als «Mister Gallagher» ansprachen, «mich nicht mehr als Synchronstimme von Bill Pratt zu besetzen. Das Publikum fand das offensichtlich nicht so toll.»

Gallagher wusste es genau: Nach *Halo* hatte es eine Online-Petition mit immerhin rund zehntausend Unterschriften gegeben, in der «Globe Pictures Alliance» aufgefordert wurde, weitere Experimente mit neuen Stimmen für Bill Pratt einzustellen und zur bewährten und vom Publikum geschätzten Synchronstimme zurückzukehren. Der Stimme von Tom Funke, also meiner.

«Ihr Deutschen seid alle verrückt. Wo hat es das jemals gegeben, dass Menschen Unterschriften sammeln für einen lausigen Synchronsprecher?»

Ich habe Bill Pratt mit nur kleinen Unterbrechungen seit 1996 gesprochen, als er noch Nebenrollen spielte. Zunächst waren es kleine Auftritte, in denen er als Rechtsanwalt, Arbeitgeber, Freund der Hauptfigur oder sonst wer zu sehen war.

Als ich ihn das erste Mal sprach, sagte er gerade mal einen Satz. Ich weiß ihn sogar noch. Bill Pratt spielte den Anwalt der Gegenseite, der im Gerichtssaal gerade seine Tasche packte und dem Angeklagten zurief: «Glückwunsch! Aber ohne Ihre Freundin wären Sie geliefert gewesen.» Später habe ich mir den Film noch einmal angesehen und fand, dass der Satz wie ein Wetterleuchten in einer sonst eher lauen Szene wirkte. Er hatte eine beiläufige Schärfe, die im Original fehlte.

Nach drei, vier Nebenrollen Bill Pratts war ich als seine deutsche Stimme eingeführt und wurde auch ohne größere Überlegungen gebucht, als er in *Rückkehr nach Green River* seine erste Hauptrolle spielte. Das war mein Glück. Bill Pratt wurde nicht über Nacht zum Star, sondern spielte sich langsam von Film zu Film in die erste Reihe. So bemerkte niemand in meiner Branche, dass mit ihm Geld zu verdienen war. Als er den Oscar für *Königin der Savanne* bekam, hatte ich ihn bereits in so vielen Filmen synchronisiert, dass es sonderbar gewesen wäre, plötzlich jemand anderen zu nehmen.

Aber dann gab es einen Punkt, an dem ich begriff, dass ich für Bill Pratt mehr war als ein einfacher Synchronsprecher. Ich begriff, dass ich Bill Pratt für die Zuschauer in einer Weise sprach, die ihn im deutschen Sprachraum überhaupt erst so großartig machte. Die Deutschen sind ein gebrochenes Volk, und sie wollen gebrochene Helden. Bill Pratt war von seiner Anlage eher ein *Good Guy* und *Family Man*, aber durch meine Stimme bekamen seine Rollen, erhielt er selbst eine Art unterschwellige Ironie und eine stählerne Kante, eingebettet in einen sonoren Bariton. Seine deutsche Stimme signalisierte jedem: Ich bin einer von den Guten, aber ich kann auch anders. Ganz anders. Und dieses Gut-Sein, aber auch Ganz-anders-Können ist der Markenkern der deutschen Seele.

Als ich das verstanden hatte, es war zwei Filme her, wollte ich mehr Geld. Man spricht nicht zehn Jahre einen durchsetzungsfähigen Typen, ohne dass es einen selbst verändert. Als ich *Die Königin der Savanne* zu Ende gesprochen hatte, war ich so eingenebelt von ungefähr vierzig Versionen seines dunklen Umweltzerstörungs- und Weltuntergang-Geraunes im Finale des Films, dass ich danach beim Gemüsetürken vor allen Leuten sagte: «Okay, ich nehme den letzten Brokkoli. Aber wenn wir alle es wollen, wird das nicht der letzte Brokkoli sein!» Unverständnis und Sorge um meine seelische Gesundheit begleiteten mich hinaus. Erst zwei, drei Stunden später war ich wieder auf Normalnull.

Es ist für einen Menschen ausgesprochen schwierig und gefährlich, mehr Geld für seine Arbeit zu verlangen. Sie können von Ihrem Arbeitgeber eine neue Kaffeemaschine oder weicheres Toilettenpapier fordern, aber den eigenen Marktwert plötzlich höher anzusetzen, als vom Chef selbst kalkuliert, ist die ultimative Kampfansage im Kapitalismus. Man zerreißt den Schleier der Sozialpartnerschaft, spielt nicht mehr mit, man löst, scheinbar ohne Not, die guten, reibungslosen Arbeitsbeziehungen auf. Man wirkt auf der Stelle anmaßend und undankbar. Auch für die Kollegen, die noch immer für das übliche Honorar arbeiteten und sich jetzt fragten, was man sich denn einbildet. Wenn sie es denn wissen. Ich fand mich sogar selber anmaßend und undankbar. Ein Teil meines Ichs flüsterte mir ständig ins Gewissen, dass viele Schauspieler und Sprecher froh wären, wenn sie nur die Hälfte meines Honorars bekämen. Aber ich hatte damals die Worte «Fünfzig Prozent mehr, oder ich mache es nicht mehr» gesprochen, und ich konnte sie nicht mehr zurückholen. Und natürlich ging es schief. Auf demütigende Weise.

Man müsse darüber nachdenken, hieß es. Doch niemand reagierte. Es kam kein Ja und kein Nein. Ich schlief zwei Wochen so gut wie gar nicht mehr, war gereizt und unausstehlich. Als ich schließlich im Synchronstudio anrief, um zu erfahren, was aus meiner Forderung geworden war, sagte mir eine Praktikantin am Telefon, die sich mühselig durch die Studiopläne geblättert hatte, dass Bill Pratt in seinem neuen Film *Schlacht der Giganten* von Bernd Kiesele gesprochen werden würde. Ich war einfach nicht mehr gebucht. Ich war draußen.

Ich polterte die arme junge Frau voll, dass Bernd Kiesele eine facettenlose Teddybärenstimme habe, dass er immer klinge, als wolle er sich gerade aufs Ohr legen, und wer denn der Trottel gewesen sei, der diesen Nachtwächter für einen dynamischen Helden wie Bill Pratt geordert habe. Aber sie entschuldigte sich nur dauernd und verwies auf ihre wirklich, wirklich untergeordnete Stellung. Irgendwann schmiss ich wütend auf.

Vor einem Jahr hatten sie mich zurückgeholt. Für *Blutige Wellen*, ein Drama um einen Weltumsegler, der in die Hände von Piraten gerät. Sie hatten mir die geforderten fünfzig Prozent mehr pro Take bezahlt und gedacht, alles wäre wieder beim Alten. Aber ich war nicht mehr derselbe. Drei Jahre hatte ich mich mit Naturdokumentationen über Wasser gehalten. Nicht dass ich Naturdokumentationen nicht mag, aber in diesem Format darf man nur alle zwanzig Sekunden etwas sagen, und das ist dann so etwas bedrückend Nüchternes wie: «Eine Wasseramsel!» Pause, Pause, Pause und noch mal Pause. «Wasseramseln sind hervorragende Taucher.» Pause, Pause, Pause, ganz lange Pause. «Sie ernähren sich von Mückenlarven und kleinen Krebstieren.» Dann eine Minute nur Bachrauschen und Vogelgezwitscher. Ich habe in diesen drei Jahren neben vielen anderen Geschöpfen bestimmt zwanzig Vogelarten vorgestellt, die sich von Mückenlarven und kleinen Krebstieren ernähren. Die Natur mag voller Wunder sein, aber was die Ernährung am Wasser lebender Singvögel betrifft, hält sie sich mit großen Überraschungen zurück. Wie auch immer, das Doku-Geschäft zahlte meine Miete, und ich hatte sogar das Gefühl, dass ich etwas mehr gebucht wurde als andere. Hier und da sagte mir sogar ein Regisseur, dass ich eine unverwechselbare Stimme hätte, oder noch genauer, dass ich auf einer Frequenz spräche, die von keinem anderen besetzt wäre und die man deshalb immer noch höre, wenn alles voller Störgeräusche oder ein Raum voller Stimmengewirr sei.

Entscheidend aber war, dass ich mich, dem Hinweis eines Tontechnikers folgend, beim Casting um die neue Stimme der Tagesschau bewarb und – gewann. Es war sehr knapp, da man eigentlich eine Frau besetzen wollte, aber da gerade die weiblichen Jurymitglieder für mich plädierten, bekam ich den Job. Meine Stimme wäre glaubwürdig, aber noch unverbraucht.

Das richtete mein verletztes Ego nach und nach wieder auf. Und als der wieder von mir gesprochene Film *Blutige Wellen* ein guter Erfolg an der Kasse wurde, rief ich bei der Zentrale «Globe Pictures Alliance» an und sagte, dass ich einen Termin beim Chef wolle, und zwar beim Chef vom Ganzen.

Ich glaube nicht, dass meine erste, kleine Honorarforderung von damals bis auf den Tisch von Gallagher gelangt war. Wahrscheinlich entschied es ein untergeordneter Produzent, der ganz nebenbei zwischen Mittagessen und Vesperbrot einen Mitarbeiter bat, eine neue Stimme für Bill Pratt in der Synchronstimmen-Datei zu suchen. Dass ich jetzt, drei Jahre später, vor Gallaghers Mahagonischreibtisch saß, zeigte, dass die verheerenden Einspielergebnisse einen der zentralen Glaubenssätze dieses Mannes, ja vielleicht sogar eine Säule seines Geschäftsmodells bis ins Mark erschüttert hatten. Der Glaube an die individuelle Unerheblichkeit, an die komplette Austauschbarkeit von Synchronsprechern.

«Was wollen Sie?», fragte er.

Ich dachte an meine – verhältnismäßig bescheidene – Forderung von damals und mit welcher Gleichgültigkeit und Kälte man mich dafür aus dem Geschäft gekickt hatte. Wenn sie damals gehandelt und mir dreißig Prozent statt fünfzig angeboten hätte, wäre ich wahrscheinlich zufrieden gewesen. Allein schon ein Gespräch über meine Honorarforderungen hätte mich kooperativ gestimmt; und vielleicht wären am Ende nur zwanzig Prozent herausgekommen, und ich wär's zufrieden gewesen. Aber das Management hatte getan, was Mächtige eben so tun, was alle Menschen tun, die nicht verstehen, dass Macht immer nur geliehen ist und nicht gegeben. Macht – diese große Robe, die an jedem kleinen Nagel hängen bleiben und zerreißen kann. Und heute war ich dieser kleine Nagel. Ein eisiger Verhandlungswille machte sich in mir breit.

«Eine Umsatzbeteiligung», erwiderte ich.

«Niemals! Sie sind wahnsinnig!», herrschte mich Gallagher an. «Sie sind ein Dienstleister! Ein gottverdammter kleiner Dienstleister, der dafür sorgt, dass die paar Leute in diesem Land, die immer noch nicht ausreichend Englisch können, mitkriegen, worum es in unseren Filmen geht! Ein sprechendes Werkzeug!»

«Eine Umsatzbeteiligung, oder Sie können Ihren Bill Pratt von mir aus von einem Übersetzungsautomaten sprechen lassen», sagte ich lauter und schärfer. Es klang fast schon ein bisschen wie aus einem Bill-Pratt-Film.

Ich sah Gallagher ins Gesicht, und in seinem Gesicht stand alles in den Startblöcken für ein viehisch gebrülltes «Raus hier! Raus aus meinem Büro!». Dass er dazu imstande war, daran ließ die Polsterung der Bürotür keinen Zweifel. Er hatte sich sogar schon etwas vorgebeugt und seine Hände auf den

Tisch gestützt, aber genau das schien seinem Zorn jetzt die Spitze zu brechen, denn seine rechte Hand lag schwer auf dem Infoblatt mit den Kassenzahlen und drohte, es zu zerknittern. Und in diesem Handauflegen wanderten die miesen Zahlen meiner Vorgänger gleichsam durch seine Haut bis hoch in sein Gehirn.

«Null Komma zwei Prozent! Mehr kriegen Sie nicht! Nicht, solange ich hier das Sagen habe!»

«Null Komma drei!», erwiderte ich. Ausbeutung, dachte ich, ist eigentlich nur die Frechheit, einem Mitmenschen weniger zu geben, als man ihm geben würde, wenn er nicht so schnell ja gesagt hätte. Und es ist die Angst, die immer sofort ja sagt. Deswegen bemüht sich der Kapitalismus, immer allen diese existenzielle Angst einzujagen. Aber ich hatte keine Angst mehr. Ich war völlig kalt. Sie hatten mich umgebracht, und dann mussten sie mich wiederbeleben. Jetzt hatten sie einen im Geschäft, der von den Toten zurückgekehrt war. Mir konnte keiner mehr was.

Es sprach für Gallaghers wirtschaftliche Kompetenz, dass er es noch mit Null Komma zwei vier und Null Komma zwei sieben versuchte. Er wusste, was selbst die zweite Stelle hinter dem Komma bei solchen Umsätzen bedeutete. Aber dann knickte er ein. Es war halb eins. Gallagher hatte Hunger und wollte zu Tisch. Vielleicht wäre es um vierzehn Uhr anders ausgegangen.

Als ich das Büro des Filmbosses verließ, konnte ich meinen Erfolg kaum fassen. Vor vier Jahren hatte ich um eine kleine Erhöhung gebeten, und jetzt hatte ich nicht nur einen Nachschlag in der Schüssel, sondern meinen eigenen Löffel im großen Topf der Filmeinnahmen.

Ulrike sagte am Abend jenes Tages: «Ich freue mich für dich!»

Sie sprach mit warmer Stimme, aber es klang ein bisschen so, als bräuchte ich mich selbst nun nicht mehr weiter freuen, da sie es jetzt für mich täte. Ihr Freuen fiel allerdings um einiges kleiner aus als das meine. In den Anfangszeiten unserer Beziehung hatte sie sich noch entschuldigt, wenn ich sie vergebens mit irgendeiner Begeisterung anzustecken versuchte. Sie sei nicht so dieser Typ, der ausraste. Nachdem ich sie in den vergangenen zwei Jahrzehnten nun doch schon viele Male vor Freude hatte ausrasten sehen, wusste ich, dass das nicht stimmte.

Ich saß Ulrike gegenüber am Abendbrottisch und hatte mir gerade begeistert einen Rollmopshappen in den Mund geschoben. Rollmops auf Roggenbrot. Knackig und herzhaft, eine Männerspeise. Ich hatte dazu Bier in großen Schlucken getrunken und erzählt, wie ich mit eigenen Händen den schnaubenden Bullen der amerikanischen Filmgesellschaft an den Hörnern niedergezwungen hatte. Alles war mir ein Fest an diesem Abend, aber Ulrike schien es wichtig, dass ich auf dem Boden blieb. Linus saß neben ihr wie seit Kinderzeiten, und ich ertappte mich bei dem Gedanken, dass sie vieles am Tisch nur sagte, um Linus zu zeigen, was für ein großes Kind sein Vater noch immer war. Linus saß auch neben ihr, damit er gut sehen konnte, wie ich reagierte, wenn sie mich in meinem Überschwang dämpfte.

«Ich hab's dir gesagt damals!», plauderte ich trotzdem munter weiter. «Ich hab dir gesagt, als sie mich abserviert haben: Das werden sie noch bereuen! Das hab ich gesagt!»

«Du hast viel gesagt damals!», korrigierte mich Ulrike sanft. «Du warst stellenweise auch sehr weinerlich und hast dich verflucht. Das muss man dazusagen. Der Wahrheit zuliebe.»

Es war die Wahrheit. Der Löffel Öl im überschäumenden Kochwasser. Ich hatte nicht erwartet, dass wir zusammen vor lauter Freude durch die Küche tanzen würden, aber ich hatte gehofft, dass Ulrike mir wenigstens an diesem Abend die freudehemmenden Wirkungen der ganzen Wahrheit ersparen würde.

«Natürlich habe mich gefürchtet», erklärte ich, schon etwas angefasst, «das war ja auch riesiger Schritt, so ein Unternehmen herauszufordern!» Linus sollte verstehen, dass es kein Problem darstellte, wenn ein Mann einmal himmelhoch jauchzend und dann wieder zu Tode betrübt war.

Ulrike aber ließ mich mit so einem billigen Bekenntnis zu vollständiger Emotionalität nicht davonkommen.

«Ich kann mich jedenfalls noch gut erinnern, wie mir dein Vater nächtelang seine düsteren Visionen vorgepredigt hat, dass er nie wieder einen Job bekommt, dass er den Fehler seines Lebens begangen hat und so weiter. Du weißt ja, wie er ist», wandte sie sich an Linus.

Vorbei. Meine Feierlaune war vorbei. Ich aß das letzte Stück Rollmops, das nur noch irgendwie sauer und salzig schmeckte, kippte die Neige des Biers herunter und war fertig mit dem Abendbrot.

«Jedenfalls ist das schön für dich», lächelte sie mich jetzt im Genuss ihres kleinen Triumphes an, «und vielleicht klappt es dann ja doch mal mit unserem eigenen Haus.»

Ulrike saß da, in ihrem Gesicht eine freundliche, aber dann doch rätselhafte Erwartung. Vielleicht klappt es ja dann doch mal mit dem Haus, pah. So lange gewartet. Na klar. Immer wieder vertröstet. Wie lange ist das jetzt schon her, dass wir über ein eigenes Haus sprachen? Von ihrem Gehalt als Theaterpädagogin war es ja nicht zu finanzieren. Also war ich dran. Aber ich verdiente zu wenig. Ich hatte es bis heute nicht hingekriegt. Linus sah mich an, als hätte ich eine Art Eigenheim-Errichtungs-Dysfunktion, unter der die eheliche Zufriedenheit seiner Mutter nun schon lange litt. Plötzlich wusste ich, was mir Ulrikes Blick sagen wollte: ICH habe dir damals gesagt, du sollst mehr Geld fordern! Ich!

Das war mehr, als ich an diesem Abend ertrug. Ich stellte mein Geschirr in den Spüler und ging ins Wohnzimmer.

Am nächsten Tag hatte ich für den Hörbuchverlag einen weiteren Teil von Dostojewskis «Dämonen» einzulesen. Wunderbares Werk. Alle Figuren etwas auf der Kippe, aber um Haltung bemüht. Und Fassade sprechen kann ich. Ich liebe die alten Russen. Immer wenn sie Gefühle haben wollten, kam der Wahnsinn mit dazu. Ich empfinde da eine gewisse Seelenverwandtschaft. Der gestrige Tag hatte jedoch Spuren in meiner Stimme hinterlassen, der unglaubliche Erfolg wohl ebenso wie die Abkühlung am Abend. Ich machte mehrere Anläufe, um die Stimmung der vorangegangenen Aufnahmen zu treffen, aber es klang alles kalt und dünn. Also beschloss der Regisseur, erst mal Pause zu machen. Wir setzten uns mit dem TonIng in die abgewetzten Sessel im Vorraum und gossen uns Kaffee aus einer Kanne ein, die vor lauter braunem Kalk fast schon undurchsichtig geworden war. Männer waschen nicht ab, Männer spülen nur aus. Ich hab nix dagegen. Ich bin der Meinung, dass ein Tonstudio ein bisschen dreckig und unaufgeräumt sein muss, um eine gute Atmosphäre für das Sprechen zu haben. Man kann nicht von Straßenkot, knarrenden Dielen, damastbezogenen Canapés und bollernden Gusseisen-Öfen sprechen, wenn es hinter der Studioscheibe aussieht wie in einer Musterküchenausstellung. Die perfekte Atmosphäre wäre, wenn ich – wie früher als Kind – in einer von mir selbst gebauten «Bude» aus Tisch und Stuhl und Decken und Kissen vorlesen könnte. Im Schein einer Taschenlampe, auf dem Bauch liegend, mit einem gleichbleibend aufmerksamen Teddybär als Hörer. Technisch ginge das wahrscheinlich, nur mein Bauch ist heute ein anderer.

Wir saßen und redeten über die etwas zu großen Erwartungen, die alle vor ein paar Jahren an das Hörbuchgeschäft gehabt hatten, und wie das aufstrebende Seriengeschäft mit Netflix und Co. dann doch die Tonstudios wieder gerettet hatte – als es klingelte.

Roman Köllner kam. Köllner gehörte die Agentur Vox 21. Er war Agent. Mehr konnte man eigentlich nicht über ihn sagen. Ein Agent um des Agent-Seins willen. Er schien sich schon in der Oberstufe entschieden zu haben, so schnell wie möglich zwei Handys, ein Büro, eine Sekretärin, einen 7er BMW und eine Gelfrisur zu haben. Welche Art von Agentur, war ihm wahrscheinlich erst mal egal. Er war einer jener Menschen, von denen man nie sagen konnte, womit sie sich eigentlich im Detail beschäftigen. Angeblich vermittelte er Synchronsprecher an Synchronsprecherstudios. Oder er vermittelte Synchronsprecherstudios an Filmfirmen. Oder auch alles und umgekehrt. Entscheidend war wohl, dass er danach eine Provision einziehen konnte. Er hatte mich mal vor Jahren bei einer Premiere mit seiner Visitenkarte bestückt, was aber nichts zu sagen hatte, da er Visitenkarten ausreichte wie ein Losverkäufer.

«Einen wunderschönen Tag die Herren», sprach Köllner, der besten Zwirn trug, uns drei verlotterte Pullover-Gestalten an. «Wie gut, dass ich nicht die Aufzeichnung stören musste. Was gibt man denn heute?»

Er warf einen Blick auf den Manuskriptstapel, den der Regisseur vor sich liegen hatte.

«Ah, Dostojewski! Dazu braucht man nicht nur die richtige Stimme, dazu braucht man den richtigen Charakter. Ich sage nur: Stawrogin beim Duell. Wie er den Gegner mit seiner gelangweilten Todesverachtung zur Raserei bringt ... das ist schon ein Stück.»

Wir drei starrten ihn ungläubig an. Die Schwarte hatte tausend Seiten und bot der raschen Erfassung einigen Widerstand. Das konnte er unmöglich gelesen haben. Und schon gar nicht konnte er es einfach so mal gelesen haben, um bei Bedarf passende Stellen an den Mann zu bringen. Köllner war an fünf Abenden in der Woche zu Arbeitsessen und Galaveranstaltungen außer Haus. Er wechselte in abartig kurzen Abständen seine Geliebten, die ihn für sein spendables Wesen während berauschender Urlaubstrips an Wochenenden schätzten. Niemals, auch nicht bei extremer Schlaflosigkeit, hatte der das gelesen. Das musste er vorbereitet haben.

«Kaffee?», fragte der Regisseur.

«Ich würde sagen, nein», antwortete Köllner mit Blick auf die versiffte Kanne, «aber wenn Sie wollen, nehme ich eine Probe mit und lasse es analysieren!»

Der TonIng lachte auf, und wir beiden anderen lachten mit

dem kleinen Abstand, der die künstlerische von der wahren, also technischen Intelligenz trennt, schließlich auch.

«Apropos Todesverachtung!» Köllner hielt sich nicht weiter mit dem Applaus für sein geistreiches Intermezzo auf. «Ich hörte, Herr Funke, Sie haben gestern die Zentrale von ‹Globe Pictures› erschüttert. Das war nicht ungefährlich. Und ich frage mich, warum Sie in dieser Angelegenheit nicht die Expertise und die exzellenten Verbindungen eines Mannes gesucht haben, der die Spielregeln dieses Geschäftes kennt und für seine Mandanten zu nutzen weiß?»

Der Regisseur und der TonIng sahen mich voller Rätsel an.

«Ach, das!», wehrte ich bescheiden ab und erklärte den beiden, dass ich gestern ein Gespräch mit Gallagher, dem Chef von GPA, gehabt hätte. Wegen der nächsten Filme mit Bill Pratt und der fälligen Synchros und so.

«Ja, das macht Gallagher ja immer», höhnte Köllner, «Einzeltermine mit Synchronsprechern! Sein Terminkalender ist voll davon!»

Der Regisseur und der TonIng wollten jetzt auch mehr wissen.

«Gut», gab ich zu, «ich habe mehr Geld verlangt. Ich dachte, man kann ja mal fragen. Jetzt, wo sie mich zurückholen mussten als Stimme von Bill Pratt, weil die anderen Synchros an der Kinokasse abgekackt sind.»

«Und?», fragte der Regisseur.

«Wir haben uns auf etwas mehr Honorar geeinigt», sagte ich, als wäre es das Normalste der Welt, dass man sich auf mehr Honorar einigt.

Roman Köllner lachte herzlich. Er wisse nicht, was wir da besprochen hätten, aber er habe Gallagher zufällig gestern

Abend getroffen, und der habe getobt, das sich so etwas nicht noch einmal wiederholen werde. Er werde jetzt grundsätzlich alle Stimmen von Anfang an doppelt besetzen und immer abwechseln lassen, damit sich beim Publikum erst gar keine Gewöhnungen bildeten und sich keiner für unersetzbar halten könne.

«Da hast du der Branche wohl einen Bärendienst erwiesen», meinte der Regisseur.

Ich stemmte mich aus dem Sessel und räusperte meine Stimme frei.

«Ich habe nichts gemacht, was nicht jeder andere auch hätte tun können.»

Ich hätte es feinfühliger formulieren sollen. Jetzt klang es, als wenn die beiden hier aus Feigheit arm waren. Zwei hochqualifizierte Freiberufler, die bei jedem «Mehr können wir Ihnen leider nicht bieten» sofort ja sagen mussten, weil den Job sonst ein anderer machte. Der TonIng und der Regisseur schwiegen säuerlich. Roman Köllner hingegen war erfreut und, wie man jetzt sagte, agil.

«Alle wollen billige Preise, nur nicht in der eigenen Branche», erklärte er in nicht unbeträchtlicher Herablassung gegenüber den beiden, «und der Sprechermarkt ist ein Supermarkt wie jeder andere. Da gibt es No-Name-Produkte und Markenware. Und Sie, mein lieber Herr Funke, haben sich gerade als Marke angemeldet. Ich finde das wunderbar und würde Sie gerne dabei begleiten.»

«Ich wüsste nicht, was ein Agent für mich tun kann, was ich nicht selber ...»

«Natürlich wissen Sie das nicht. Woher auch? Lassen Sie mich Ihnen einmal zeigen, was ich für Sie tun kann, und dann können Sie sich immer noch gegen einen Agenten entscheiden, falls Sie so verrückt sind. Sind wir im Geschäft?»

«Ich unterschreibe nichts.»

Köllner kam auf mich zu und legte mir die Hand auf die Schulter.

«Das müssen Sie auch nicht. Ich gebe Ihnen eine Probe meines Könnens, und Sie genießen sie einfach.»

Mir war das irgendwie unangenehm und angenehm zugleich. Seine Zudringlichkeit schmeichelte mir, andererseits hatte ich eben noch mit den Kollegen in den ranzigen Sesseln gehockt, laue Bohnenbrühe getrunken und war einer von ihnen gewesen.

Ich murrte ein Danke und ein «in Ordnung» und bedeutete den anderen, dass wir jetzt wieder an die Arbeit gehen sollten. Die beiden erhoben sich und schlurften ins Studio.

«War das nötig?», zischte ich Köllner an, als die beiden aus dem Raum waren. «Warum kreuzen Sie hier auf und posaunen das alles herum? Sie hätten mich auch anrufen können, und wir hätten einen Termin vereinbart!»

«Ich glaube nicht, dass Sie mich zurückgerufen hätten», erwiderte Köllner gelassen und griff zum Abschied meine Hand, «mein persönliches Erscheinen war keinesfalls eine Ungeschicklichkeit. Mir ist sehr daran gelegen, dass Ihr geheimer, aber doch wohl lukrativer Deal sich rumspricht. Das legt die Latte für Weiteres gleich mal ein bisschen höher.» Er sah hinüber ins Studio, wo der TonIng und der Regisseur in ihren Drehstühlen saßen. Der Regisseur strich irgendwelche Stellen im Manuskript an. Der TonIng hörte sich den letzten Take an und verschob ein paar Regler. Sie sprachen nicht miteinander, aber so wie Menschen nicht miteinander sprechen, die gleich nachher, wenn die betreffende Person weg war, sofort miteinander sprechen würden. Und mit allen anderen natürlich auch.

Mir war Geld lange nicht so wichtig. Ich habe keine besonders große Freude an teuren Dingen. Ich durfte mal einen Porsche fahren. Freunde hatten mir zum vierzigsten Geburtstag eine Stunde Porschefahren geschenkt. Er war bretthart gefedert, und es drückte einen in die Sitze, wenn man Gas gab. Als ein Mensch, der mit seinem Auto schon mehr als einmal Überholversuche abgebrochen hatte, verstand ich sofort, dass hier Wollen und Können enger miteinander verschränkt waren. Einen Überholversuch abzubrechen, ist schon für einen Mann allein am Steuer eine Delle im Selbstwertgefühl, wenn aber Frau und Kind mit im Auto sitzen, fühlt es sich an wie eine Mischung aus trotteligem Unvermögen und purer Verantwortungslosigkeit. Ulrike saß immer dabei mit weißen Knöcheln am Griff der Beifahrertür und stammelte etwas wie «O mein Gott! Lass das! Du schaffst das nicht mehr! Willst du uns alle umbringen?».

Unnötig zu sagen, dass sie mich umgekehrt auch schmähte, wenn ich auf der Landstraße einem Traktor oder einem Mähdrescher entspannt hinterherzuckelte. Ein Porsche löste dieses Problem oszillierender weiblicher Unzufriedenheit auf rein technische Weise. Das war mir klar. Als ich dann noch entdeckte, dass man im Porsche extra für den Überholvorgang einen aggressiveren Sound zuschalten konnte, fragte ich mich, ob nicht der ganze Entwicklungsverlauf von Sportwagen dem Wunsch folgte, mitreisende Frauen mit Röhren, Vibrieren und In-die-Sitze-Drücken vom ewigen Jucken der

Kritik abzulenken. Eine teure Lösung für ein Problem, das sowieso nur entsteht, wenn man die falsche Frau neben sich sitzen hat. Dachte ich damals. Denn die richtige Frau fände ja alles, was man tut, richtig. In der Liebe braucht man keine teuren Dinge, um jemanden zu beeindrucken. Liebe ist, wenn man nichts falsch machen kann.

Das einfache Glück durch Zusammensein. Trampen. Auf Bahnhofsbänken schlafen, die Köpfe auf den Rucksäcken aneinandergeschmiegt. Sich gerne riechen, obwohl ungewaschen. Äpfel klauen. Ein halbblindes rumänisches Kätzchen von der Straße mit nach Hause nehmen, weil man noch so viel Liebe übrig hat. Jahre später läuft das Kätzchen dann durch die Dachgeschosswohnung in Berlin-Lichtenberg, immer noch leicht verstört, weil es sein Glück nie wirklich fassen konnte und alles für eine Verwechslung hält, die sich irgendwann aufklären wird. Und dieses Kätzchen wird das einzige Andenken an die große Liebe sein, das es noch gibt. An die kurze Zeit, als man nichts falsch machen konnte ...

ZWEITES KAPITEL

Wir sind so froh, dass Sie heute hier sind. Wir lieben Ihre Stimme!», sagte der Mann von der Werbeagentur aufgeräumt und legte kurz die Handflächen aufeinander, als wolle er ein Dankgebet sprechen. Neben ihm saß ein zweiter Mann, schräg in den Sitz gelümmelt. Nicht ganz so schlank und nicht ganz so Maßanzug. Er war der Mann, der wirklich was zu entscheiden hatte in dieser Bank und dem deswegen seine Außenwirkung egal sein konnte. Er war etwas später und überhaupt nur kurz vorbeigekommen, um sich anzusehen, wofür er so viel Geld hinlegen sollte.

Köllner saß ihm gegenüber und goss sich mit Bedacht ein Bitter Lemon ein. Dies war seine Welt. Die Welt, wo kleine Flaschen Bitter Lemon im Kreis mit anderen kleinen Flaschen exklusiver Limonaden auf dem Konferenztisch standen. Es gab auch Wasser aus einer Quelle, die man nur kannte, wenn man öfter Hummer zum Frühstück aß.

Die Assistentin des Geldgebers lächelte mich an.

«Ich habe echt einen Augenblick gedacht, Bill Pratt würde *Sie* synchronisieren, als Sie uns begrüßt haben. Ich bin Ihr Fan!»

Ich lächelte zurück. Dankbar, wenn auch etwas schmerzerfüllt. Sie war schlimm schön. Über ihre Hingabe mochte man sich gar nicht erlauben nachzudenken. Mit Sicherheit mehrsprachig. Englisch sowieso auf Native-Speaker-Niveau. Dass sie sich Bill-Pratt-Filme nicht im Original ansah, sondern in der deutschen Fassung, erhob meine Synchronisation in den Rang einer eigenen Kunstform. Ja, mehr noch. Der eigentliche Film war nur Beiwerk. Bilder, die um meine Stimme tanzten. Zu sagen, ich sei angenehm berührt gewesen, wäre untertrieben. Sie ließ gerade den Korken aus meiner Seelenflasche springen.

«Die Zukunft liegt nicht vor uns! Sie liegt in uns!», zitierte ich augenzwinkernd und mit extra lockeren Stimmbändern einen dieser Sonnenuntergangssätze, von denen es in Bill-Pratt-Filmen nur so wimmelte. Die Assistentin legte sich vor Rührung und Begeisterung die Hand auf die Brust, wodurch klar wurde, dass sie eine hatte. Und eine schöne.

«Ich bin Birte!», erklärte die Assistentin.

Der Mann von der Werbeagentur fand die Situation ausreichend entkrampft und begann nun darzulegen. Er sprach viel von Image und Change und Customer und benutzte auch sonst eine Unzahl englischer Begriffe, die ihn als renommierten Werbefachmann auswiesen. Es ging wohl darum, dass die Bank bisher als arroganter, bisweilen krimineller Akteur im internationalen Investmentbanking wahrgenommen wurde (was mir, ganz nebenbei, nicht wie eine bedauerlich verzerrte Wahrnehmung, sondern die lautere Wahrheit schien) und dass aber jetzt, wo die Geschäfte nicht mehr so liefen, mit aller Macht Privatkunden angesprochen werden sollten, um frisches Geld in die Kassen zu bringen. Ein passender Werbespot und meine sanft-entschlossene Stimme sollten dabei helfen.

Nun, dies war deutlich etwas anderes, als einen Hollywood-Charmeur zu synchronisieren. Ich sollte ihnen meine Stimme leihen, damit sie sich besser darstellen konnten, als sie waren. Zu meiner Überraschung wiegte Roman Köllner jetzt seinen Kopf vorsichtig hin und her, als wäre es meiner. Entweder hatte er vorher ein fünftausendseitiges Dossier zum Thema «Ursprünge und Konsistenz der ethischen Einstellungen und Moralauffassungen von Tom Funke» durchgearbeitet, oder er konnte einfach meine Gedanken lesen. Nicht gut.

«Wir haben das ja schon am Telefon besprochen», sagte er und tippte zur Bekräftigung ein paar Mal kurz mit dem Zeigefinger auf den Tisch, «Herr Funke hat noch nie Werbeaufträge angenommen. Aus Gründen. Ihm liegt sehr daran, dass der Wert seiner Stimme ...»

Der Boss von Birte schnaufte, rekelte sich etwas und setzte sich aus seiner lässigen Sitzposition auf.

Er riss einen Zettel vom Block, der vor ihm lag, schrieb etwas drauf und schob ihn uns rüber. Es war eine Summe, von der mir schon die Provision gereicht hätte. Ich brauchte all meine Schauspielkunst, um nicht aufzuspringen, den Zettel zu küssen und herumzutanzen. Köllner sah mich an, und ich nickte fast etwas gezwungen, als hätte er mich vorher auf Knien gebeten, nur dieses eine Mal zuzustimmen. Wir waren ein gutes Team.

«Ich freu mich so!», sagte Birte, die Assistentin. «Das wird eine wunderbare Zusammenarbeit!» Sie sah mich mit einem Blick an, mit dem mich überhaupt noch nie jemand angesehen hatte. Ihr Blick war so schön und direkt, dass es nur eine Erklärung für ihren Aufstieg zur Chefassistentin gab: Sie hatte sich hochgeblickt! Und ich weiß: Es war dieser Blick, der alles änderte. Ich wollte in diese Welt, wo solche Blicke möglich waren.

Der Mann mit dem Geld nickte nun dem Mann mit den Ideen zu, klatschte mit beiden Händen flach auf den Tisch und sagte: «Na, denn legt mal los!» Stand auf und ging.

«Sehen Sie», sagte Köllner, als wir danach zu seinem Wagen gingen, «Sie mussten nichts bei mir unterschreiben, und jetzt sind Sie bald ein wohlhabender Mann.»

Er machte mir sogar die Beifahrertür zu seinem 7er BMW auf.

«Und einen neuen Fan haben Sie auch! Einen appetitlichen zumal», bemerkte er mit feiner Spitze. «Ich hoffe, dass sie Ihnen nicht den Mund wässrig macht beim Sprechen. Sie wird nämlich die Aufnahmen betreuen!»

Ich zuckte mit den Schultern, als würde mich das nicht groß beeindrucken. Profi eben. Aber auch wenn ich nicht in der Welt lebte, wo man Frauen als «appetitlich» einschätzte, wurde mir doch bei der Vorstellung, das Fräulein Birte wiederzusehen, an seltsamen Stellen meines Körpers warm, als hätte Köllner mir gerade eine Droge gespritzt.

Vielleicht hätte mich meine brave alte Welt bald wieder eingefangen, wenn ich nicht in den folgenden Tagen starke Proben ihres Ungenügens hätte erleben müssen. Herkunft ist ja ein zäher Leim, und die Welt, in der man lebt, selbst die miseseste aller Welten, ist außerordentlich gut darin, so zu tun, als ob sie die einzig mögliche für einen wäre. Sinnloser Streit und tödliche Langeweile eingeschlossen.

Es braucht schon ein bisschen was, damit ein Mann darüber nachzudenken beginnt, ob er in diesem seinem Leben richtig ist. Das neue Preisschild am meinem Marktwert, der schmelzende Blick der atemberaubend schönen Birte hatten mich doch beträchtlich angehoben, und deswegen sah ich an diesem Tag klarer und deutlicher als je, was meine brave alte Welt vor allem tat: Sie zog mich runter.

Ich saß am Computer und las das Internet durch, als Linus nach Hause kam. Er warf seine Tasche geräuschvoll ab und stöhnte laut. Niemand sollte sich fragen müssen, ob da vielleicht jemand gerade eben erschöpft von der Schule nach Hause gekommen war. Er begab sich zum Kühlschrank und trank irgendwas in großen Schlucken. Ich meinte sogar, seinen Adamsapfel hin und her springen zu hören. Dann kam er zu mir, blieb aber im Türrahmen des Arbeitszimmers stehen.

«Und?», fragte ich. «Wie war's in der Schule?»

«Ihr macht den Planeten kaputt», behauptete Linus unvermittelt. Linus war damals sechzehn. In seinem Gesicht war keine Spur von Ironie.

Ich hätte gern ein zweites Kind gehabt. Ich hätte gerne noch mal mit unseren Genen gewürfelt. Ulrike hatte sich dagegen entschieden. Sie wolle ihre Liebe nicht teilen, hatte sie gesagt. Linus war ihr Ein und Alles. Er sah aus wie ich und war wie sie. Ausgestattet mit einer unfehlbaren Moral, von der Richtigkeit seiner jeweiligen Anschauungen völlig überzeugt und komplett humorlos. Er konnte schon mit vier Jahren «darüber lacht man nicht!» schreien. Ulrike kam in solchen Momenten sofort ins Kinderzimmer und bat mich, ihn nicht zu necken, weil sie sonst die Arbeit habe, ihn wieder zu beruhigen. «Hörst du?», er boxte mich mit seinen Kinderfäusten. «Man neckt keine Leute!»

Linus wuchs folglich ungeneckt auf. Es war ein Akt großer Selbstverleugnung, sein Vater zu sein. Wenn ich anderen Menschen beteuerte, dass ich ihn liebe, klang es in meinen Ohren wie eine sehr absichtsvolle und unendlich mühselige Tätigkeit. Ich beteuerte es auch darum so oft, weil sich dahinter das letzte, geheimste Tabu des Familienlebens verbarg. Ein Tabu, das viele Eltern kennen, die übrigen ahnen, aber niemand auszusprechen wagt. Es heißt: Mein Kind ist mir fremd.

Genau deshalb hätte ich noch gerne ein zweites Kind gehabt, einen Jungen oder ein Mädchen, egal, Hauptsache, ein anderes. Eins, das sich vor Lachen einpullert, wenn man beim Abendbrot einen Witz macht. Eins, das so sehr lacht und abgackert, dass am Ende sogar Ulrike hätte mitlachen müssen. Ich war mir sicher, dass das zweite Kind anders werden würde. Die Natur liebt die Abwechslung.

«Ich mache den Planeten nicht kaputt», nahm ich Linus ernst, «ich fahre mit öffentlichen Verkehrsmitteln zum Studio.»

«Doch, tust du», erwiderte er, regungslos in der Tür stehend, «durch deinen ganzen Lebensstil! Die Urlaubsreisen, die Plastiktüten und dein Schweigen!»

«Mein Schweigen?», fragte ich ihn baff.

«Ja, wer schweigt und nichts unternimmt, macht sich mitschuldig. War schon bei den Nazis so. Wusstest du, dass sich siebenundneunzig Prozent aller Wissenschaftler einig sind, dass der Klimawandel menschengemacht ist? Siebenundneunzig Prozent! Aber dich interessiert das alles nicht.»

Tödliche Langeweile wollte mir die Augen verdrehen, aber ich riss mich zusammen. Ich wollte ihn nicht verlieren. Ich wollte, dass wir im Gespräch blieben. Also nahm ich diese in allen Medien tausend Mal abgegriffene und in der exakten Zahl unbeweisbare Behauptung mit dem Ausdruck eines gewissen, geradezu jungfräulichen Interesses entgegen. Aber lange konnte ich meinen Sarkasmus nicht zügeln.

«Wusstest du, dass sich siebenundneunzig Prozent aller Experten in der frühen Neuzeit einig waren, dass Hexen das schlechte Wetter machen?»

Diese durchaus zum Nachdenken anregende Entgegnung verfing bei Linus nicht. «Sinnlos!», sagte er. «Du musst aus allem einen Witz machen!»

Er drehte sich um, um in sein Zimmer zu gehen.

«Ich habe zwei Dutzend Naturdokumentationen gesprochen!», rief ich ihm hinterher. «Das kann man wohl kaum Schweigen nennen! Welcher einzelne Sprecher hat so viele Menschen für unseren Planeten begeistert?»

Linus kam noch einmal zurück und zeigte mir eine Miene kunstvoll überlegenen Bedauerns, als hätte ich mich gerade von selbst entlarvt.

«Worte, Vater! Worte! Nichts als Worte!»

Dann verschwand er in seinem Zimmer. Ich hörte den Ton, den das Anschalten der X-Box verursachte. Ich sann darüber nach, ob Linus vielleicht meine Nemesis war. Vielleicht rebellierte die Jugend heute nicht mehr gegen Autorität, sondern gegen Authentizität. Ich kam mir mit ihm immer vor wie in einer besonders billig produzierten Version der Realität. Dann wurde mir klar, dass mein Sohn zu der ersten Generation gehörte, die mehr Fernsehen gesehen als mit echten Menschen gesprochen hatte. Linus hatte seit seinen ersten Worten darauf bestanden, mit Erwachsenen von Gleich zu

Gleich zu sprechen, und dementsprechend oft war er vor dem Fernseher platziert worden, damit er Kaffeerunden und Feiern nicht mit peinlich altklugen Vorträgen störte. Er war aufgewachsen mit den affektierten Synchronstimmen amerikanischer Serien und hielt es für völlig normal, Sachen wie «O mein Gott, das meinst du nicht wirklich!» oder «Himmel! Mutter! Ich habe einen Job zu erledigen!» zu rufen.

Aber was für ein Irrsinn, sich seine Feinde ausgerechnet im Kreis der Menschen zu suchen, die einen lieben wollen und schonen möchten. Obwohl, vielleicht war es auch wohlüberlegt. Denn bei denen ging er kein Risiko ein.

Am Abend fragte Ulrike, warum ich Ariel und kein Dash gekauft hätte. Ich wusste es nicht. Es entspann sich eine längere Diskussion. Ulrike wollte wissen, ob ich mit dem Dash unzufrieden gewesen sei und warum ich denn zu dem etwas teureren Ariel gegriffen hätte, obwohl es im Regal auch Persil gäbe. Ich konnte keine zweckdienlichen Angaben machen. Ich hatte Ariel gekauft, und zwar vollkommen grundlos. Das irritierte Ulrike. Sie verstand auch gar nicht, warum ich so gereizt reagierte. Sie wollte doch nur eine Antwort.

«Los, Brüder, wir verhaften noch drei Pilsetten, und dann machen wir uns vom Acker!», rief Olli, nahm Georg das Queue aus den Händen und stellte es in den Ständer zurück. Georg hatte alle Runden gewonnen. Mit Ansage und manchmal sogar mit Ansage über zwei Banden. Olli, der sich eigentlich für den Pool-Shark hielt, hatte Mühe, dabei seine gute Laune zu behalten. Olli war angestellter Rechtsanwalt in einer größeren Kanzlei. Er musste sich dort mit irgendwelchen langweiligen Miet-Angelegenheiten befassen, was er in seiner Freizeit durch betonte Aufgekratztheit und etwas abgestandene Kumpelparolen kompensieren musste. Er war auch der einzige Mensch, den ich kannte, der noch «Heidewitzka!» sagte.

«Ich nehm nur noch ein alkoholfreies», sagte Georg. «Ich muss morgen Vormittag im katholischen Gemeindehaus singen.»

Georg war der Dritte in unserer nicht immer ganz streng eingehaltenen freitäglichen Billardrunde. Georg war Chansonsänger. Er hatte das Pech gehabt, 1998 für drei Wochen mit seinem Lied «Nimm meine Seele an die Hand» auf Platz zwei der norddeutschen Chansoncharts gelandet zu sein. Diese für einen unbekannten Laiensänger ganz hervorragende Platzierung hatte ihn dazu verleitet, seinen Beruf als Artillerieoffizier bei der Bundeswehr aufzugeben und sich ganz dem Schreiben und Singen von Chansons zu widmen. Er war ein unglücklicher Artillerieoffizier gewesen, und seine Vorgesetzten waren übereinstimmend der Meinung, seine Feuerstellungswechsel seien lustlos kommandiert und zeigten Züge depressiver Langsamkeit. Georg musste ihnen recht geben. Feindliche Gefechtsstellungen voller Menschen zu zerfetzen, das war eine verantwortungsvolle Aufgabe, in der sich Absicht, strenger Wille und, ja, auch so etwas wie Kampfeslust zusammenballen mussten. Feindliche Einheiten innerlich unbeteiligt, mechanisch, quasi wie nebenbei in Stücke zu schießen, das machte deren Tod unnötig lächerlich. Niemand will von jemandem getötet werden, der eigentlich keine Lust dazu hat.

So war denn der zweite Platz für drei Wochen der letzte Anstoß, den Georg noch brauchte, um seine Klampfe zu nehmen und sein Glück auf den Chansonbühnen dieser Welt zu suchen. Es lief gut an. Georg hatte diesen kleinen Hit. Veranstalter luden ihn ein, auf den Sommerbühnen der Republik zu spielen. Er entschied, sich einen Bart wachsen zu lassen und einen weißen Leinenanzug sowie einen Strohhut zu tragen. Die allmählich wachsende Bekanntheit rief irgendwann auch Kreiszeitungsreporter auf den Plan, die in der Saure-Gurken-Zeit einen Platz auf der Veranstaltungsseite zu füllen hatten. Georg gab Interviews, und in einem davon verriet er launig, dass er in einem vorherigen Leben Artillerieoffizier gewesen sei. Das kaum gelesene Interview in der Wochenendbeilage von Rotenburg an der Wümme gelangte einem Internetaktivisten zur Kenntnis, der die deutsche Chansonszene lexikalisch betreute. Der Lexikon-Eintrag verdrängte Georgs Webseite von der Spitzenposition auf Google, wurde von Veranstaltern dankend benutzt, und drei Auftritte später rief ihn der Conférencier das erste Mal als «singenden Artillerieoffizier» aus. Keine Besprechung seiner ersten CD mit dem Titel «Schließ deine Augen, öffne dein Herz» konnte sich den Verweis auf seine Vergangenheit als Berufsmilitär verkneifen. Ob es nun wirklich nur daran lag oder ob die Zeit des grundehrlichen, warmherzigen deutschen Chansons langsam vorbeiging, war kaum zu entscheiden. Nach vier halbwegs passablen Jahren, in denen Georg noch hoffte, «sich endlich Süddeutschland zu erschließen», sank die Zahl der Engagements bedrohlich.

Nun erlebt niemand das Schwinden einst errungener Publikumsgunst, ohne auf die abseitigsten Gründe zu kommen. Georg tauschte zum Beispiel den Strohhut, der ihn zu «saisonal» machte, gegen eine Ganzjahresballonmütze. Es half nichts. Er beschloss, von der Bühne herabzusteigen und singend durch das Publikum zu wandern, um nicht so «unnahbar» zu erscheinen. Der Effekt war null. Sein Veranstaltungskalender enthielt mehr und mehr weiße Seiten. Eigentlich hätte Georg jetzt seinen Manager feuern müssen, aber er hatte keinen.

Georg verfiel dann auf die verzweifelt kommerzielle Idee, eine Chansonschule zu gründen, um etwaige Eleven in die Kunst des ergreifenden Liedes einzuführen. Zwei, drei Mal hatten sich ein paar Leute angemeldet, darunter auch Helga, eine unübersehbar lebenshungrige ältere Frau, die nichts lernen, sondern sich nur an der rauen Sinnlichkeit des Barden laben wollte. Aber dann kam der Tag, an dem niemand mehr erschien außer Helga. Während jene sich am Ziel ihrer Wünsche wähnte, zwang sich Georg mit militärischer Disziplin, Helga Schritt für Schritt gefühlvolles Chansonieren zu unterrichten, ohne jene gefährliche Nähe zuzulassen, wo parfümierte Umarmungen und feuchte Küsse hinter jedem Schlussakkord lauerten.

An diesem Punkt lernte ich Georg kennen. Ich hatte auf Einladung einer Pfarrerin, deren Sohn in Linus' Klasse ging und die mich und meine Profession aus Elternversammlungen kannte, anlässlich der Einweihung neuer Kirchenfenster in ihrer Kirche die entsprechenden Bibeltexte aus Johannes und Matthäus rezitiert. Dies war unbedingt notwendig, da die malerische Ausführung eher einem Rorschachtest glich und keinen Rückschluss auf konkrete Szenen aus dem Leben Jesu zuließ. Andächtig schauten also die Frommen auf die schwungvoll ineinanderlaufenden Farben der neuen Fenster, während ich mit Donnerstimme «Und das Wort ward Fleisch und wohnte unter uns!» über sie hinwegdröhnte. Dann sang

Georg «König der Welt», und gegen meinen Willen fand ich seine Stimme und die Art seines Vortrags angenehm. Wir standen hernach noch etwas draußen, es gab ein Buffet, und machten uns Komplimente, als Georg meinte, man solle mal was zusammen machen. Er hätte nach dem nur zweistelligen Verkaufserfolg seiner neuen CD «Herbstlaub der Liebe» die Schnauze voll von Gefühlen und habe ein paar lustige Tierlieder geschrieben, die aber kein ganzes Programm abgäben. Mit einem Sprecher wie mir, der dazu Texte aus Brehms Tierleben vortragen könne, ließe sich sicher das eine oder andere Kulturhaus zur Sonntagsmatinee abtingeln. Da ich noch etwas eingenommen war von der alttestamentarischen Wucht meiner eigenen Stimme und ihn tatsächlich sympathisch fand, sagte ich zu. Seitdem waren wir in lockeren Rhythmen unterwegs. Immer Sonntagvormittag. Ich schätzte das, da der Sonntagvormittag in einer verfestigten Beziehung wie der meinen zu den Zeiten gehört, wo einen das Uninspirierte des Zusammenlebens besonders halitös angähnt.

Reich wurden wir mit unserem «Tierischen Allerlei» weiß Gott nicht, aber damals hatte ich einfach noch Freude am satten Spiel meiner Stimmbänder.

Die kleine private Musikschule war damit endgültig obsolet geworden, aber dafür, dass Georg so wahllos in Kirchen chansonierte, kritisierten wir ihn ausgiebig, wenn auch zum Scherz.

«Das Schlimme ist, dass du bei allen singst», sagte Olli und rückte sich den Stuhl zurecht. «Hast du nicht erst letztens beim evangelischen Bibeltag gesungen?»

«Hoch lebe die Vielfalt des Monotheismus!», lächelte Georg müde.

«Die kriegen dich dran eines Tages», zeigefingerte Olli auf Georgs Nase, «du denkst, du kannst dich im Schatten deiner mangelhaften Bekanntheit von Religion zu Religion singen, aber das wird nicht aufgehen. Spätestens wenn du als Muezzin vom Minarett heruntersingst, ist es aus.»

Georg winkte ab.

«Meine Bankberaterin hat mir letztens sogar empfohlen, wieder mit dem Strohhut aufzutreten.»

«Was geht die das an?»

«Die Leute werfen nachweislich mehr Geld in steife Hüte als in schlappe Mützen, wenn man auf der Straße singt.»

Wir lachten ein bisschen.

Georg war die Arielle des deutschen Chansons. Sein sehnlichster Wunsch, Chansons zu singen, war ihm erfüllt worden um den Preis, dass niemand sie hören wollte.

«Und bei dir?», fragte Georg. «Wie laufen die Geschäfte?»

«Das Übliche.»

Ich hatte schon vorher beschlossen, den beiden nichts von meinen neuen Erfolgen am Sprechermarkt zu berichten. Georgs fast schon chronisch untergehender Stern am Chansonhimmel hätte meinen Karrieresprung wie eine Obszönität aussehen lassen. Jede Erinnerung daran, dass es so was wie beruflichen Erfolg wirklich gab, besaß an diesem Tisch eine nicht zu unterschätzende Sprengkraft. Andererseits war es aber auch blöd, niemanden zu haben, vor dem ich ein bisschen herumprahlen konnte. Zu Hause nicht, bei meinen Freunden nicht. Irgendwie passte meine Welt nicht mehr zu meinem neuen Einkommen.

«Ich bin froh, dass ich mich damals nicht selbständig gemacht habe, sondern mich lieber bei der Kanzlei anstellen ließ», erklärte Olli etwas unsensibel. «Gut, man verdient vielleicht weniger, aber man hat auch deutlich weniger Stress.»

Wir waren am üblichen Tiefpunkt angekommen. Leben als Durchkommen. Wir konnten alle noch froh sein, dass es nicht schlimmer war. Wir konnten alle noch froh sein, dass der Kapitalismus uns am Leben ließ, so wie die Katze eine Maus am Leben ließ. Noch eine kleine Weile.

«Wenn ich meine Kanzleichefs sehe, wie die sich abrackern, immer bis zweiundzwanzig Uhr und länger, Herzinfarkt mit vierzig der eine und zwei Scheidungen der andere, dann sage ich mir immer: Nee, Olli, alles richtig gemacht.»

Ich musste grinsen, denn Olli sprach oft von sich als Olli, als wäre er gar nicht er, sondern ein alter Freund von sich selbst. Georg erwähnte jetzt, im Chanson sei es nicht anders. Er wolle nur an Jacques Brel erinnern, der sich auf dem Höhepunkt seiner Karriere angeekelt von seinem Publikum abgewandt habe und auf seinem Segelboot die Freiheit und Einsamkeit der Ozeane gesucht habe, um schließlich viel zu früh an Lungenkrebs zu sterben.

«Ich mag meinen Erfolg nicht erzwingen», bekannte Georg.

Wir nickten, weil es sehr anständig war, dass Georg seinen Erfolg nicht erzwang. Wir hätten zwar nicht sagen können, womit, aber es war trotzdem gut.

«Machste richtig. Lieber langsam, aber sicher», leierte Olli mechanisch ein Trostsprüchlein herunter und kramte in seiner Aktentasche. Er zog ein paar Seiten Papier hervor.

«Übrigens, hier hast du deine Nebenkostenabrechnung

wieder. Ist im Großen und Ganzen in Ordnung, aber die Instandsetzung der Haustür kann dein Vermieter nicht umlegen. Die fünfundvierzig Euro hast du schon mal gespart.»

Georg nahm die Papiere und dankte.

«Haste meinen Tipp ausprobiert?», fragte Olli weiter.

«Hab ich», sagte Georg, «macht irgendwie schon einen Unterschied. Würde sagen, drei Euro pro Einkauf.»

Olli hatte ihm beim letzten Mal geraten, im Supermarkt immer die Produkte aus dem untersten Regal zu nehmen, weil die billiger wären. Olli tippte sich an die Nase, zum Zeichen, dass er ein Cleverle sei. Georg machte den Daumen hoch. Die beiden Spardosen. Da hatten sie dem Kapitalismus wieder ein Schnippchen geschlagen.

Ich hingegen wurde von dem Bedürfnis geflutet, mir noch heute Abend einen Porsche zu kaufen und damit auf jedem leeren Kaufhallenparkplatz der Stadt reifenqualmende Donuts zu driften.

Zwei Wochen danach nahm ich die Bankwerbung auf. In Dutzenden verschiedenen Versionen. In unterschiedlichen Ansprechhaltungen. Birte kam etwas später ins Studio, winkte mir kurz, der ich schon in der Sprecherkabine saß, und hörte aufmerksam zu, wie ich die Satzmelodie mal heiter, mal ernsthaft, mal flott und mal in dräuendem Moll intonierte, Nachdruck auf bestimmte Silben und Worte legte, rückfragte und im nächsten Ansatz mit meiner Stimme die ganze Persönlichkeit auswechselte, die da sprach. Nach fünf Minuten bemerkte ich, dass Birte nicht nur so zuhörte wie der Regisseur, der Werbefritze und der TonIng, der diesmal eine TonInge war, mir lauschten, die in ihr Hören vertieft, mit leerem Blick dasaßen, sondern dass sie beim Zuhören herübersah. Mich eher sogar musterte. Das verwirrte mich, und ich musste, um dem zu entkommen, einen Witz machen, indem ich den Claim am Abschluss des Trailers mit Fistelstimme sprach.

Während die Männer im Studio müde grinsten, brach Birte bald auseinander vor Lachen. Sie hielt sich außerdem noch die Hand vor den Mund, als würde ein derartiger Heiterkeitsausbruch ihre Anmut unstatthaft beeinträchtigen. Statt mit dem kleinen Spaß die Oberhand über die Situation zu gewinnen, ging der Tumult in mir jetzt erst richtig los. Wie konnte ein Mensch nur so zum Verlieben schön lachen? Ulrike lachte niemals spontan über meine Scherze. Sie gab mit einem milden Lächeln zu erkennen, dass sie den Scherz als solchen erkannt hatte, aber mehr bekam ich nicht.

«Ich finde die Version Drei und die Sieben gelungen», sagte der Regisseur, als wir uns die Aufnahmen anhörten. Der Werbemensch fand die Zwei und die Einunddreißig gut, weil seine Aufmerksamkeit zwischendurch zusammengebrochen war. Birte mochte die Drei, die Fünfzehn und besonders die Achtzehn. Aber da sie sie im Auftrag des Geldgebers mochte, fanden die anderen, auch die TonInge, die Achtzehn jetzt doch alle ziemlich gut und, ehrlich gesagt, wirklich die beste von allen.

Während der Regisseur mit dem Mann von der Werbeagentur noch Speicherformat- und Dateisicherungsmaßnahmen besprach, verließen Birte und ich das Aufnahmestudio und gingen schweigend zum Fahrstuhl. Ich hätte gerne was gesagt, aber mir fiel nichts Unverbindliches ein. Nur Verbindliches. Ich ließ Birte den Vortritt in die Kabine und drückte den Knopf für Erdgeschoss. Dann betrachtete ich mit Hingabe die Geschossanzeige, um die körperliche Nähe im Fahrstuhl durch eine verringerte Anwesenheit auszugleichen. Doch anders als erwartet, reduzierte Birte ihre geistige Präsenz nicht im selben Maß. Sie drehte sich munter zu mir ein.

«Was machen Sie jetzt noch?», fragte sie.

Die einzige Antwort auf diese Frage war, dass ich jetzt nach Hause fahren und Abendbrot im Kreise meiner kleinen Familie essen würde, im engsten, herzabschnürendsten Familienkreise. Aber das kleine Wörtchen am Ende ihrer Frage schlug ein Noch in meine Zukunft und durchnöcherte dann das ganze triste Bild meiner Abendgestaltung.

«Nichts», hörte ich mich mit einer ganz jugendlich unbefangenen Offenheit sprechen.

«Wollen wir was zusammen essen gehen?», fragte Birte freudig überrascht. «Hier um die Ecke gibt es einen ganz guten Italiener.»

«Gern», sagte ich.

Der italienische Kellner war eigentlich ein Kurde, wie er mir verlegen mitteilte, nachdem ich ihn in bestem Touristen-Italienisch angeplaudert hatte. Also, wir hatten gleich Spaß. Birte orderte irgendwas mit Muscheln, wobei sie ein, zwei Zutaten abbestellte. Offenbar kannte sie sich mit italienischer Küche aus. Ich zögerte denn auch, weil ich fürchtete, eine Pizza Calzone würde mich als Geschmacksproleten enttarnen, aber Birte spürte das und empfahl mir die Seeteufel-Saltimbocca.

Ich würde gerne sagen, dass ich vergessen hatte, was für

ein angenehmes Gefühl es ist, als älterer Mann von einer jungen Frau über sich ausgefragt zu werden. Aber die Wahrheit ist, dass ich noch nie von einer jungen Frau über mich ausgefragt wurde. Ulrike war genauso alt wie ich, und wir hatten uns beim Fasching der Schauspielschule kennengelernt. Nicht so der Ort, wo man viel fragt. Birte aber, das kühle, beschlagene Glas mit dem Pinot Grigio vor sich, wollte etwas über mich wissen. Sie hatte eine so schöne, warmherzige Art, sich zu erkundigen, dass ich gar nicht weit genug ausholen konnte, um mich neu zu erzählen. Das Leben eines jungen Menschen ist ja ein Gestoppel aus zufällig Passiertem und ein paar Wünschen für die Zukunft. Wenn man aber die Hälfte des Lebens erreicht hat, kann es schon langsam zu einer Geschichte werden. Aber eben nur, wenn man sie auch jemandem erzählen darf. Und da waren die Chancen bei mir eher flau. Ein stabiler Freundeskreis seit Jahren, der nur noch die jeweils letzten Neuigkeiten wissen wollte, eine Ehefrau, die an jeder meiner Vergangenheiten schon Korrekturen anbrachte, noch während ich sie zu erzählen trachtete, und ein Sohn, dem meine Vergangenheit völlig wumpe war, weil es damals noch kein Internet gab. Ebenso gut hätte ich ihm was über die Herrenhutmode des späten neunzehnten Jahrhunderts erzählen können.

Aber Birte leuchtete, während ich meine kleinen Geschichten zum Besten gab, wie jene, in der ich als Achtjähriger im strömenden Regen auf dem Fahrrad zu meiner Freundin fuhr, weil ihr Meerschweinchen gestorben war und sie in dieser Stunde nicht allein sein sollte. Wie sie mich damals umarmt hatte und damit das erste weibliche Wesen jenseits meiner Mutter wurde, das mich umarmte, und wie gut sie roch und wie warm sie war, und dass ich dadurch leider süchtig nach schluchzenden Umarmungen wurde und wie ich fortan die Nähe bekümmerter Mädchen suchte.

«Das ist so traurig», schnupfte Birte fröhlich und hätte mich sicher umarmt, wenn nicht der Tisch zwischen uns gestanden hätte. Ich zerschmolz vor Glück. Wir spielten über Bande. Wir redeten uneigentlich. Wir kommunizierten mit falschen Flaggen. Ich hatte so lange im frostigen Reich der Direktheit zugebracht, wo man immer nur sagte, was Sache ist, wo man niemals das Eine als das Andere zum Maskenball ließ, dass ich nun bald überschwappte vor Lust und Laune. Ich aß, ich trank und schwadronierte Birte mein Leben launiger zusammen, als es mir damals selbst vorgekommen war, und in ihrem Gesicht sprang das reine Amüsement herum. Zwei herrliche Stunden war ich ein Mann mit erfrischender Selbstironie, dessen Fehler ihn eher schmückten als ramponierten.

Dann summte ihr Handy, und sie sah betrübt von der Nachricht auf.

«Schade», meinte sie, ohne weiter auf die Botschaft Bezug zu nehmen, sagte dann aber: «Das werden wir fortsetzen.»

Das war nicht gerade unverbindlich.

Mein Vater ist nie fremdgegangen. Da bin ich mir sicher. Er hätte es locker tun können, denn seine Welt war voller begründeter Abwesenheitsreserven und nicht zu hinterfragender Unerreichbarkeiten. Katastrophenübungen, die vierzehn Tage dauerten und in geheimen Führungsbunkern absolviert wurden. Von seinem Dienstplan war meiner Mutter nur bekannt, was er ihr bekannt gab und bekannt geben konnte. Oft waren es nur Zeiten. Die Orte, an denen die Notfallübungen stattfanden, blieben geheim. Einen Geheimnisträger zum Vater zu haben, das machte mich stolz. Oft stellte ich mir vor, wie irgendwelche Schergen des angloamerikanischen Imperialismus meinen Vater folterten, um aus ihm herauszupressen, wo die Konservendosenlager waren, aus denen sich der ostdeutsche Widerstand im Dritten Weltkrieg verproviantierte. Er würde natürlich mit zusammengebissenen Zähnen schweigen, während die entmenschten Büttel des Großkapitals ihre Westzigaretten auf seinen Unterarmen ausdrückten. Nicht eine einzige verbeulte Schmalzfleischdose würde in die Hände der Imperialisten geraten. So hatte er es gelobt, und so war er vereidigt. Darum hätte mein Vater auch ohne Probleme zu meiner Mutter sagen können: «Ich muss übers Wochenende zur Bezirkseinsatzsleitungsübung!» – und dann seinen Koffer packen für einen verruchten Kurzurlaub mit Frau Monika Patzkowiak vom Kreisausschuss für Jugendweihe. Ohne all die modernen Mittel des Misstrauens musste meine Mutter ihm vertrauen. Alles andere wäre ja verrückt gewesen.

Ulrikes Vater hingegen hatte ich zu seinen besseren Zeiten sehr wohl im Verdacht, seine begründeten Abwesenheitsreserven zu nutzen. Er fuhr jeden Sonntagnachmittag nach dem Kaffee tanken und das Auto waschen. Vier Stunden später saß er wieder am Abendbrottisch mit gesundem Appetit und frischen Wangen. Er musste das Auto mit großer Leidenschaft gereinigt haben.

«Sag mal, Ulle», sagte ich eines Abends, als wir ein Wochenende bei ihren Eltern verbracht hatten, «glaubst du wirklich, dass dein Vater vier Stunden tankt und das Auto putzt?» Ulle zuckte mit den Schultern. «Warum nicht? Er liebt sein Auto.» Gut, es war ein Mazda, ein rarer Westimport mit goldfarbener Metallic-Lackierung. Und vielleicht muss man auch anfügen, dass Ulles Vater Chefarzt war und sowieso schon eine Aura von striktester Unbezweifelbarkeit verbreitete, aber dass hier eine ganze Familie simpelste Annahmen der Menschenkenntnis ignorierte, nur um der Tatsache auszuweichen, dass der Haushaltsvorstand sich jeden Sonntagnachmittag mit irgendwem den Scheitel lose rackerte, das wunderte mich damals schon.

Wieder zu Hause. Ulrike hatte Hüftschmerzen. Hatte sie seit längerer Zeit. Ging aber nicht zum Arzt. Ich schmierte sie mit Salbe ein. Ich hoffte sehr, dass es mit der Hüfte nichts Ernstes sei. Ich wäre nicht imstande, eine Frau mit einem Hüftschaden zu hintergehen. Also erst mal, ich hatte überhaupt nicht vor fremdzugehen, und die bloße Tatsache, dass ich mich gedanklich mit den Wahrscheinlichkeiten und Möglichkeiten des Fremdgehens in meiner und ihrer Familie beschäftigte, war nicht mehr als, wie soll ich sagen, eine weitere, kleine thematische Abschweifung meines immer ruhelosen Alltagsgeistes. Ich war fünfzig Jahre alt. Birte vielleicht dreißig. Uns trennten Welten der Kultur, der Erfahrung, letztlich der Vitalität. Es war absolut lächerlich, auch nur einen Gedanken daran zu verschwenden, dass Birte in irgendeinem Hotelzimmer aus dem Rock stieg, sich den Büstenhalter aufhakte, ihn mit spitzen Fingern fallen ließ, um schließlich in der ganzen Vollendung ihrer himmlischen …

Ulrike sagte, ich solle doch aufpassen. Sie hätte die Schmerzen nicht im Gesäß. Ungnädig orderte sie meine salbenden Hände vom Hintern weg, wohin sie, weiß Gott warum, gewandert waren, aber am Ende seufzte sie doch ein kleines Danke. Ich gab ihr einen Kuss auf die Wange. Zärtlich, fürsorglich. Es war schade, dass Ulrike so selten traurig war und Hilfe brauchte. Dafür war ich gemacht.

DRITTES KAPITEL

Im Bett versuchte ich, mir die Szene mit Birte im Hotelzimmer noch einmal vorzustellen, aber es blieb unscharf, als bräuchte meine Vorstellungskraft eine Brille. Dieses Versagen meiner Phantasie war keine Petitesse. Es fiel mir nämlich zunehmend schwer zu glauben, dass ich als Mann jemals wieder bei einer Frau erotisches Interesse auslösen könnte. Nicht mal bei meiner eigenen. Ulrike schlief etwa drei Mal im Monat mit mir. Es war ihr dies durchaus ein Bedürfnis, und sie reagierte auch ungehalten, wenn ich an den angezeigten Tagen nicht in Form war. Sie erwartete einen Mann, der der Aufgabe gewachsen war, sie so lange zu beackern, bis sie kam. Wir hatten ein festes Programm an vorbereiteten Liebkosungen, von dem nicht abgewichen wurde. Einmal links, einmal rechts, einmal oben, einmal unten. Dann galt «die Stimmung» als hergestellt. Das war in Ordnung, solange ich selber genug Lust hatte. Aber ich kam langsam in das Alter, wo die Langeweile des ewig Gleichen und der Schwund meiner Liebeskraft eine fatale Verbindung eingingen. Mühsam erweckte ich meine Männlichkeit zum Leben, doch wenn ich mich Ulrike zuwandte, fiel sie oft wieder in sich zusammen. Ich näherte mich also einer psychischen Impotenz. Und ich fürchtete, dass meine Virilität nur das retten konnte, woran ich nicht mehr glaubte. Die Leidenschaft und die Hingabe einer anderen Frau.

Dann aber rief mich eines Tages Roman Köllner an und verriet mir, dass es beim Bundesfilmpreis eine neue Kategorie geben würde. Und nein, es wäre nicht, «hölzernster Dialog», «schrulligster Kommissar» oder «erzieherischstes Anliegen», sondern endlich, endlich einen Preis für die beste Leistung als Synchronsprecher. Ich wäre selbstverständlich nominiert. Wir waren uns beide einig, dass meine Chancen nicht die schlechtesten waren, denn dank Bill Pratt war meine Stimme gerade mal wieder in aller Ohren. Er hatte vor kurzem eine furiose Serie namens «No Time to Lose» gestartet, in der er als eine Art Öko-James-Bond um die Welt jettete und Regenwaldvernichtern und Ozeanvermüllern das Handwerk legte. Dabei wurde er jedes Mal physisch enorm ramponiert, sodass ich vom vielen Keuchen hinterm Mikro schon ganz benommen war. Ich bin lieber Synchronsprecher als Synchronatmer, und der Wechsel Bill Pratts ins Körperbetonte war eher nicht so mein Ding.

Na, sagen wir, bis auf intime Szenen. Ich mochte es schon immer, Bettszenen zu synchronisieren, und war fast ein bisschen traurig, dass es davon immer weniger gab. Man kann fast ohne Druck arbeiten, die Stimmbänder baumeln so ein bisschen durch, während man den Popschutz mit lauter Süßholz einnebelt. Gleichwohl hatte der Reiz eines intimen Stimm-dich-eins in den letzten zehn Jahren stark nachgelassen. 2001 hatte ich das letzte Mal mit einer Kollegin zur selben Zeit im selben Studio gestanden, um eine Liebesszene einzusprechen. Es hatte immer was Kurioses, wenn die Synchronsprecherin ein paar Mal «O George! Nicht, George! Was tust du?» stammelte, um gleich nach dem Abblenden des Takes völlig ungerührt «Jedenfalls sagt mein Zahnarzt, ich soll mir das verblenden lassen, rein wegen der Optik ...» weiterzuschnattern. Doch in den nuller Jahren wandelte sich das Geschäft, es wurde dank Speichermedien und höherer Übertragungsraten technischer und unpersönlicher. Heutzutage nahm ich nur noch meine einzelnen Takes allein im Studio auf, und wenn ich Glück hatte, war mein weiblicher Gegenpart schon auf der anderen Spur, sodass ich meine Liebesschwüre wenigstens keiner Stummen ins Ohr hauchen musste. Anderenfalls war es, als würde man erotische Botschaften auf einen Anrufbeantworter sprechen.

Als die Einladung zur Filmpreisverleihung kam, holte ich meinen Anzug aus dem Schrank, zog ihn an, stellte mich vor den Spiegel, sah meine Figur mit Birtes Augen an und stopfte ihn sofort danach in einen schwarzen Müllsack. Drei Tage später hatte ich einen neuen Anzug, mit perfekten Maßen. Nicht zu knapp für meine behäbige Figur, aber auch an den richtigen Stellen gut sitzend. Er kostete tausend Euro, und ich musste mir beim Zücken der Kreditkarte noch einmal ins Bewusstsein rufen, dass das im Verhältnis zu meinem wachsenden Vermögen keine unvernünftige Ausgabe war. Selbst wenn ich den Preis nicht gewinnen würde. Auch Ulrike musste zugeben, dass er mir besser stand als der alte, aber sie beharrte, dass es Unsinn wäre, für einen einzigen Auftritt so viel Geld in die Hand zu nehmen. Eine neue Krawatte hätte es doch auch getan! Sie ging davon aus, dass unser Leben so bieder und unglamourös weitergehen würde wie bisher.

Ich sagte ihr, dass Roman Köllner große Pläne mit mir habe und dass sich das gesamte Synchronsprechergeschäft bald mehr der öffentlichen Beachtung öffnen würde. Galas, Premieren und Charity und so Zeug. Das überzeugte sie, und am nächsten Tag kaufte sie sich ein neues Kleid. Das Kleid war rot und bodenlang – Ulrike mochte ihre Beine nicht –, betonte aber ihre Büste überproportional. Sie sah aus wie ein Mischwesen aus Feuerqualle und Busenwunder. Aber das war etwas, das ihr in keinem physikalisch denkbaren Universum mitzuteilen war. Ich nickte nur, als sie fragte.

Es gab denn auch beim Eingang eine Sponsorenwand, vor der man stehen bleiben musste für den Fotocall. Und da standen wir beide, der graubärtige Gentleman-Rübezahl und die Dorfmatrone, und wussten nicht, wie man sich richtig eindreht, um auf Fotos gut auszusehen. Insofern war ich froh, dass wir irgendwo in Reihe Zehn unsere Plätze hatten, weit genug weg vom Scheinwerferlicht, weit genug von den Kameras, die die Prominenten in den ersten Reihen abschwenkten. Als der Festakt in seine zweite Stunde ging, verspürte ich Hunger und ärgerte mich, dass ich nicht vorher noch eine Leberwurststulle gegessen hatte. Ich war so tölpelhaft unvertraut mit dem Leben im cineastischen Glanz. Und eine kleine Brotbüchse in Ulrikes Handtasche hätte doch keinen Platz weggenommen. Ein paar Käsewürfel nur. Nüsse. Ein Handvoll Nüsse. Ungefähr von «Beste Animation» bis «Bestes Maskenbild» konnte ich nur noch daran denken, ob und wo es nachher noch Schnittchen geben könnte und ob ich rechtzeitig hinkäme, ehe sie alle waren. Ulrike neben mir genoss einfach nur das Flair. Hin und wieder zupfte sie an den Klebestreifen herum, mit denen sie ihr Dekolleté zu solcher Pracht zusammengeklebt hatte. Frauen hatten nicht diesen Hunger.

Dann endlich stand die Kategorie «Bester Synchronsprecher/Beste Synchronsprecherin» zur Preisvergabe an, und ich wachte aus meinen hospitalisierenden Hungermantras auf. Nach einer witzigen Einführung des Lobredners, in dem er wünschte, die nun zu ehrende Stimme zu haben, weil sich seine Frau immer besonders innig an ihn kuscheln täte, wenn sie einen Film mit diesem Synchronsprecher sähen, öffnete er langsam und spannungssteigernd das Kuvert und sagte den Namen «Tom ...». Mein Herz schlug hoch, aber ich wusste, dass noch Tommy Stötterich mit im Rennen war, der gerade in Anime-Serien einen unwahrscheinlichen Hype erlebte. Doch als der Laudator «Funke» las, erhob ich mich erhaben und schloss mein Sakko.

Und genau in diesem Moment geschah es.

Ulrike kitzelte mich.

Ich zuckte zusammen. Ich wusste, dass sie dazu imstande war. Ich wusste, dass Ulrike mich manchmal vor Leuten kitzelte. Aber dass sie mich kitzeln würde in dem Moment, da der Spot des Scheinwerfers und mit ihm alle Kameras auf mich gerichtet waren, darauf war ich nicht vorbereitet. Die ruhige, männliche, souveräne Freude in meinem Gesicht verzerrte sich in das gequälte Grinsen des Kitzelreflexes, und ich verfiel in Verrenkungen, wie sie jemand macht, dem ein Wiesel in die Unterhose gesteckt wurde. Ich versuchte, ihrem Kitzeln durch die Reihe zu entkommen. Dabei trat ich einer Frau auf die Zehenspitzen, die schmerzhaft aufschrie, worauf der Mann neben ihr erschrocken aufsprang, warum auch immer, und mir den Weg versperrte. Es war ein solches Rempeln und Stolpern, dass ich einen Augenblick versucht war, über die Lehnen in die untere Sitzreihe zu klettern, um von dort aus zur Bühne zu kommen. Da alles auf den riesigen Bildschirmen links und rechts der Bühne zu sehen war, brach Gelächter aus. Ich schaffte es, mittlerweile fühlbar Schweiß im Gesicht, in den Gang und tapste vorsichtig hinunter. Jetzt nicht auch noch stolpern. Benommen betrat ich die Bühne, nahm die Lola mit der ganzen Hand wie eine etwas zu große Eistüte und beugte mich keuchend über das Mikrophon. Ich hatte vielen Namen danken wollen, meiner Mutter, der strengen Gesangspädagogin, meiner, natürlich, «geduldigen» Frau, einem besonderen Dozenten an der Schauspielschule, Freunden, ein paar hilfreichen Regisseuren und natürlich meinem Agenten, sogar dem mächtigen Boss von «Globe Pictures Alliance», als kleiner Augenzwinkerer, und, und, und. Aber das war alles fortgekitzelt worden. Ich war so wütend auf Ulrike, dass die ausgetüftelte Dankesrede in meinem Kopf völlig zerknüllt war. So konnte ich nur noch den allerersten Namen auf meiner geistigen Liste lesen, und deswegen sagte ich ebenso verwirrt wie verschwitzt: «Ich danke Hans-Dietrich Frick!»

Dann war Schluss. Minutenlange Sekunden verstrichen. Das Publikum guckte zunächst noch etwas gespannt, dann zunehmend irritiert. Dass jemand den größten Filmpreis Deutschlands in Empfang nahm, um irgendeinem Hans-Dietrich Frick zu danken und sonst gar niemandem, war, nun ja, neu. Ich spürte, dass ich trotz großer Leere im Kopf weitersprechen musste. Also beugte mich erneut über das Mikrophon, das schon gefühlt Staub angesetzt hatte seit meinem ersten Satz, und führte etwas weiter aus.

«Ich danke Hans-Dietrich Frick, der mich damals den ersten kleinen Satz von Bill Pratt sprechen ließ.»

Erleichterung wallte durch den Saal. Nun konnte es munter weitergehen. Mit Weggefährten, Mentoren, Ehefrauen, ohne die ... usw. Doch ich konnte nicht liefern. Ich starrte wie lobotomisiert ins Scheinwerferlicht. Ich fühlte den äußersten Druck zu danken, aber ich hatte niemanden mehr parat. Ich war nahe dran, Hans-Dietrich Frick noch einmal und noch einmal zu danken, um dann endgültig vom Veranstaltungsarzt von der Bühne geführt zu werden. In letzter Not fiel mir ein, was das damals gewesen war mit Hans-Dietrich Frick. Ein Zufall. In die nach weiteren unendlichen Sekunden entstehende Unruhe rief ich also:

«Diesem kleinen Zufall verdanke ich, dass ich heute hier stehe. Also: Danke, Hans-Dietrich! Danke Zufall!»

Damit trat ich vom Mikrophon zurück.

Es gab Applaus, offensichtlichen Erlösungsapplaus, aber er klang nicht so frenetisch wie bei den vorherigen Ehrungen. Das Wort «Zufall» legte sich wie Mehltau auf die Gemüter der Filmschaffenden. Ich hatte etwas angesprochen, was hier keiner hören wollte. Dass vor jeder noch so großen «Leistung», vor jedem «Lebenswerk» der kleine, dumme Zufall stand. Nicht dass die übrigen Anwesenden ihn völlig ausgeschlossen hätten, aber ihr Zufall sah anders aus. Ihr Zufall war ein Ruf des Schicksals, und er begann mit Worten wie «In diesem Moment wusste ich, dass ich ...». Ich hingegen war aus lauter Not ehrlich gewesen. Ich hatte damals gar nichts gewusst. Ich hatte mich bitten lassen. Aufträge folgten. Und

Aufträge, Aufträge, bis ich irgendwann und nur sehr allmählich davon überzeugt wurde, dass ich etwas konnte, was keiner hier konnte: Bill Pratt eine passende Stimme zu leihen. Meinen Ehrgeiz hatte es überhaupt nicht gegeben. Er war irgendwann mit einem höheren Honorar gekommen. Ich hatte keine Illusionen: Das Schicksal hätte mich auch in einem Provinztheater stranden lassen können, wo keiner Menschenseele meine besonders markig gesprochenen Nebenrollen aufgefallen wären.

Ich ging wieder zu meinem Platz. Erleichtert irgendwie. Hier und da den Blick einer Dame empfangend, der diese wundervolle, zufällig mir gehörende Stimme noch in den Kaldaunen rumorte. Ich lächelte freundlich, fast schüchtern zurück, weil sich das so gehört, wenn man ein richtiger Star ist. Gerade als ich wieder in meine Reihe einkehren wollte, traf mich noch ein Blick, einer, mit dem ich gar nicht gerechnet hatte. Es war der Blick von Birte. Sie saß vier Reihen hinter uns neben einem großen, sehr gut gekleideten Mann, der Aknenarben auf den Wangen hatte, was seinem ansonsten ansprechenden Männergesicht etwas Verruchtes, ja Kriminelles gab. Sie lächelte mich an. Still und, wie ich meinte, mit einem klitzekleinen Bedauern in den Augen. Ich konnte mir denken, warum. Aber was zum Teufel machte sie hier?

«Warum hast du das getan?», zischte ich Ulrike an, als ich wieder neben ihr saß, die «Lola» auf meinem Schoß.

«Was denn?», fragte Ulrike zurück.

«Mich gekitzelt!», grimmte ich.

«Damit du dich ein bisschen mehr freust! So steif wie du aufgestanden bist ...», antwortete sie und kitzelte mich gleich noch einmal derart, dass ich mir das goldene Köpfchen der «Lola» fast ins Nasenloch rammte, als es mich zusammenkrümmte. Sie verstand die ganze Situation einfach nicht, und es wurde den ganzen Abend nicht besser. Als wir nach dem Festakt in die Nebenräume des Saals zum Sektempfang gingen, hakte mich Ulrike unter und stupste mich ab und zu, weil ich ihr immer noch zu würdig einherging. Irgendwie erinnerte sie mich dabei an meine Mutter, die meinen Vater auch immer ein bisschen lächerlich machen musste. Ich wollte nicht, dass Ulrike meiner Mutter ähnelte. Ich wollte nicht, dass dies das stille Geheimnis meiner Gattenwahl war.

Zu meiner Erleichterung war in den anschließenden Räumlichkeiten ein sehr üppiges Buffet aufgebaut, an dem einem von Kellnern assistiert wurde. Ich ließ mir ordentlich auftun, während Ulrike die Desserts inspizierte. Als wir wieder zusammenkamen, fragte Ulrike, warum ich mir nicht gleich die ganze Platte habe geben lassen, mit den Häppchen müsse ich doch immer wieder gehen.

Und dann roch ich es. Eine aromatische Veränderung der Luft hinter mir, die ich zu erkennen meinte. Ich sah mich um, Ulrike sah mir hinterher, und da stand Birte mit ihrem edel vernarbten Begleiter, einem Mann mit Kastenkinn, der sicher sehnige Unterarme unter seinen Hemdsärmeln verbarg und Geschichten aus den Hafenkneipen von Marseille zu erzählen hatte. Sie gratulierten mir beide, begrüßten auch Ulrike, Birte nannte mich «unsere Signature-Voice», herzte mich professionell und ließ ihren Begleiter ein Foto von uns beiden machen, wobei sie mich sehr eindrücklich umfasste. Sie lobte auch Ulrikes Kleid, wodurch es noch verbotener aussah. Dann gingen sie wieder. Ich litt Birte still hinterher wie in einem frühen Marianne-Rosenberg-Song.

«Wer war das?», fragte Ulrike.

«Ach», sagte ich, «so eine Tante von der Bank, für die ich diese Werbung ...» Und schämte mich wie ein Kind, dass ich Birte als Tante bezeichnet hatte.

Wir sahen noch viele berühmte Schauspielerinnen und Schauspieler, und einige grüßten mich sogar, obwohl ich mich des Eindrucks nicht erwehren konnte, dass sie mich nicht für einen der ihren hielten. Ich war ja nur eine Stimme. Meine äußere Erscheinung konnte mit einem Vollschauspieler nicht mithalten, ja, es war fast, als machte sich mein Äußeres über meine Stimme lustig.

Ulrike entdeckte unterdessen eine ehemalige Studienfreundin, die in blauem Kostüm und Headset irgendwas auf dieser Veranstaltung organisierte, und begab sich zu ihr, weil sie ihr – «Was für eine Überraschung!» – sagen wollte, dass sie mit ihrem Mann hier sei, dem Bundesfilmpreisträger Tom Funke. Ich gönnte es ihr.

Ein ziemlich bekannter Regisseur mit einer ziemlich bekannten Kastenbrille kam kurz darauf auf mich zu und fragte mich nach ein paar Worten der Höflichkeiten zum Preis und seiner Hochverdientheit, ob ich seine Dokumentation über das Isoliertsein des Menschen in Zeiten globaler Vernetzung sprechen wolle. Ich schluckte erst etwas, weil er wirklich so prominent war, dass uns gleich ein paar Fotografen vollblitzten. Er war eine Legende, die mit Hollywoodstars auf Du und Du war. Ich bekundete gerade mein Interesse, als auf einmal Roman Köllner neben mir stand, so plötzlich, als habe er sich eben an dieser Stelle aus überall herumschwebendem Agentenstaub materialisiert.

«Ich hörte, Sony Pictures hat die Hälfte der Finanzierung

zugesichert?», fiel er unerwartet sachlich ins Gespräch ein. Er stellte sich nicht vor. Sie waren – natürlich – einander bekannt. Der ziemlich bekannte Regisseur gab zu, Sony sei mit dabei, fügte jedoch an, das sei quasi erst seit gestern klar und das wüssten eigentlich nur er und seine Frau. Roman Köllner tat so, als habe er es auf einem S-Bahn-Bildschirm in den Kurznachrichten gelesen.

«Wer wird denn die internationale Version sprechen?», wechselte Köllner wieder das Thema, damit der ziemlich bekannte Regisseur mit der ziemlich bekannten Kastenbrille nicht so lange über seine lecken Quellen nachdenken musste.

«Meryl!», antwortete der Regisseur, und ich grübelte, weil ich keinen Schauspieler mit diesem Namen kannte, bis mir aufging, dass es kein Nachname war. Es war der Vorname der unübertreffbaren, alles mit ihrem intensiven Spiel veredelnden, der einzigartigen ...

«Aber es gibt im deutschen Sprechermarkt, wenn Sie mir vergeben wollen, keine weibliche Stimme dieser Wucht», fuhr ihr Duzfreund, der Regisseur fort, «und deswegen denke ich, dass Herr Funke das mit seiner ganz besonderen Stimme ausgezeichnet ...» Man tauschte Visitenkarten und vereinbarte Telefonate.

Nachdem er verschwunden war, beugte sich Köllner dezent zu mir und raunte:

«Sagen Sie nie wieder, dass Sie interessiert wären. Interessierte Menschen verdienen zwanzig Prozent weniger. Verstanden?»

Ich rollte schuldbewusst mit den Augen. Roman Köllner zupfte mir mütterlich die Manschette aus dem Ärmel.

«Gewinnen Sie mal ein bisschen an Statur! Sie sind jetzt Obererzsynchronisator!»

Köllner verließ mich, weil eine Schauspiel-Ikone, eine Grande Dame des deutschen Films mit Mascara-Geröll in den Kratern ihres beeindruckend verlebten Gesichts, an uns vorbeikam und er sie «viel zu lange nicht gesehen» hatte. Sie lachte ein so heiseres Lachen, als sie fortflanierten, dass ich unmittelbar Phantomknötchen auf den Stimmbändern bekam. Ich brauchte sofort was zu trinken und ging ein zweites Mal zum Buffet. Ließ mir ein Bier geben. Die Mayonnaise auf den Krebsschwänzen sah nicht mehr ganz okay aus, aber mein Appetit setzte sich durch. Ulrike war das lange Stehen auf so hochhackigen Schuhen nicht gewöhnt und musste sich auf den Rand eines Grünpflanzenbeckens setzen. Ich war satt, aber auch aufgekratzt, also stiefelte ich allein los. Schnappte mir hin und wieder ein neues Bierchen von einem vorübereilenden Kellner und war bald außerordentlich beschwingt. Ich schlenderte durch die Hallen, wie ich noch nie geschlendert war, und musste mich mit Gewalt davon abhalten, mich um eine der aufgestellten Altberliner Laternen zu schwingen, was diese Imitate sicher zum Umknicken gebracht hätte. Das Partyleben behagte mir. Wie das wohl sein musste, wenn man irgendwann hier alle kannte? Wenn man von einem prominenten Bussitheater ins nächste stolperte?

So lief ich geradewegs in Tommy Stötterich hinein. Der Mann, der hatte sitzen bleiben müssen. Der immerhin, aber doch nur Nominierte. Er wirkte dennoch ganz entspannt.

«Glückwunsch, Funke!», sagte er und grinste.

«Nächstes Jahr bist du dran», versuchte ich ihn aufzumuntern.

«Kann sein», Stötterich zuckte mit den Schultern. «Ich hab ja viele Lose in der Lotterie.»

Ich wollte gerade anfangen, ihn zu loben, die Wandlungsfähigkeit seiner Stimme hervorzuheben und so weiter, was man eben so sagt, wenn man als faire, gereifte Siegerpersönlichkeit vom Platz gehen will, als mir mit einem Mal aufging, dass sein Satz von der Lotterie womöglich nicht nur so dahingesprochen war.

«Wie meinst du das?»

«Ich meine das so: Du bist die Stimme von Bill Pratt. Und zwar nur die Stimme von Bill Pratt.»

«Dafür kann ich doch nichts!», warf ich ein. «Was kann ich dafür, wenn sein Stern plötzlich aufgeht?»

«Alles fein, aber ich hätte an deiner Stelle zugesehen, dass ich noch ein paar andere Nasen spreche. Du bist jetzt riesengroß, aber du bist groß wie so ein Dinosaurier. Und du weißt, was mit den Dinosauriern passierte ...»

Jetzt erst merkte ich, dass er nicht ganz sauber artikulierte und also wahrscheinlich schon mehr intus hatte als ich. Ich vergab ihm. Machte die kurzen Ärmchen eines Tyrannosaurus, boxte ihn damit auf die Brust und raunte beim Weggehen:

«Aber bis dahin vergehen noch Millionen Jahre ...!»

Stötterich machte das Geräusch eines anfliegenden Kometen, und wir lachten uns auseinander.

Als ich zu Ulrike zurückkehren wollte, sah ich Köllner mit einer jungen Frau an einem der Stehtische stehen, einer Asiatin, die aber wohl in Deutschland aufgewachsen war, wie ich – nicht ganz stubenreiner Völkerkundler – an der äußerst flüssigen Kommunikation zu erkennen meinte. Sie war im Gehen begriffen, und Köllner ließ dabei ihre Hand sehr charmant aus der seinen gleiten, sodass es aussah, als wolle und könne er sie doch noch nicht gehen lassen. Wie auch immer, die Asiatin war neu. Als ich ihn das letzte Mal gesehen hatte, hatte ihn eine Portugiesin begleitet, mit Wangenknochen wie Schuhlöffeln. Als die Dame sich losgelöst hatte, ging ich, nur wenig ungerade, zu ihm.

«Verraten Sie's mir endlich!», plauderte ich ihn etwas plautzig an. «Verraten Sie mir, wie Sie das machen!»

Köllner sah mich fragend an.

«Das mit den Frauen!», erklärte ich. «Jedes Mal, wenn ich Sie sehe, haben Sie eine andere Dame am Arm. Was ist Ihr Geheimnis? Haben Sie ein spezielles Parfüm?»

Köllner lächelte matt.

«Ich gucke ihnen jedenfalls nicht hinterher!»

Ich gab in einer Art mentalen Zusammensackens auf, mich zu fragen, wie er meinen sehnsuchtsvollen Blick auf Birte vorhin mitbekommen hatte.

«Wirken Sie nicht so bedürftig!», erklärte Köllner. «Welche Frau will schon einen bedürftigen Mann? Wie Sie dem Fräulein von der Bank hinterhergeschmachtet haben ... Das sollten Sie nicht tun. Das ist so unsouverän.»

«Aber soll ich mich denn verleugnen? Ich habe Bedarf. Ja, ich gebe es zu! Ich bin bedürftig!», sagte ich offenherziger, als ich wollte. «Sie kennen meine Frau nicht! Sie weigert sich geradezu, mich zu verstehen.»

«Lohnt sich wahrscheinlich nicht!», vermutete Köllner knapp. «Was gibt es bei Ihnen schon groß zu verstehen? Und was hätte Ihre Frau davon?»

«Ich bin Bundesfilmpreisträger», sagte ich mit nur halb ironischem Beharren, «Bundesfilmpreisträger haben ein Anrecht darauf, anerkannt und verstanden zu werden.»

Köllner gab zu erkennen, dass ihn mein Insistieren langweilte.

«Mein lieber Funke! So läuft das nicht. Frauen wollen Männer, die klarkommen und ein bisschen Spaß im Gepäck haben. Meine Freundinnen habe eine gute Zeit mit mir. Sie lernen interessante Leute und interessante Plätze kennen. Dass man dann auch irgendwann dabei miteinander ins Bett geht, ja Herrgott, das gehört ja wohl zu einer guten Zeit dazu.»

Er klopfte mir kollegial auf die Schulter, was ich als Verabschiedung nahm.

Ulrike saß mit ihrer alten Studienfreundin auf dem Rand des Pflanzenbeckens. Die Party ging langsam zu Ende. Die Freundin hatte ihr Headset abgenommen. Zwischen beiden standen etliche leere Sektflöten. Die meisten gingen wohl auf das Konto von Ulrike. Sie hatte rote Flecken im Gesicht, als habe ihr Kleid abgefärbt.

«Da isser ja ... mein Bufi!», prustete Ulrike. Äußerste Heiterkeit darüber, dass sie einen Kosenamen für den Bundesfilmpreisträger gefunden hatte, wiegte ihren Leib. Sie langte ungelenk nach mir und zog mich auf ihren Schoß.

«Das ist Heike», stellte sie ihre alte Freundin vor, und dann kitzelte sie mich wieder, «und das ist mein Bufi! Mein kleiner, knuddeliger Bufi! Du kriegst jetzt einen Bufi-Schmatzer!»

Ich saß also auf dem Schoß meiner Frau, hoffte, dass uns niemand sah, und fand, dass mein Leben meiner neu gefühlten Bedeutung einfach nur Hohn sprach. Und ich fühlte die ganze gewaltige Gefahr, die von dieser Empfindung ausging.

Ein Mensch sollte überhaupt nicht so plötzlich und so eruptiv geehrt werden. Ehrungen sollten einen kontinuierlich durch das Leben begleiten, auf dass man Jahr ums Jahr bestätigt bekomme, dass man von Wert für die Gesellschaft sei. Das Land vor meiner Zeit hatte das irgendwie besser raus.

Mein Vater war Träger mehrerer Ehrennadeln. Er war Träger der Ehrennadel der Gesellschaft für Deutsch-Sowjetische Freundschaft, der Ehrennadel des Deutschen Turn- und Sportbundes sowie der Ehrennadel des Wasser- und Bergrettungsdienstes des DRK der DDR. Er war mit diesen Nadeln an die DDR geheftet worden. Kontinuierlich alle fünf bis sieben Jahre erging die Anheftung der Nadeln an ihn. Vorgesetzte bohrten sie zu Feiertagen in sein Revers. Besonders kräftiges Händeschütteln folgte. Dann Buffet und Schnäpse.

Vater besaß auch das Ehrenzeichen für hervorragende Leistungen im Brandschutz, denn offenbar gab es beim Brandschutz nicht nur ein fades Vorhandensein desselben, sondern diverse Schutzsteigerungsstufen, und Vater hatte es mit diesem Ehrenzeichen in die Liga derer geschafft, die die ihnen anvertrauten Baulichkeiten mit fast vollkommener Unbrennbarkeit ausgestattet hatten. Die größte ihm je verliehene Auszeichnung war aber die Goldmedaille für treue Pflichterfüllung in der Zivilverteidigung der Deutschen Demokratischen Republik. Als ihn diese ereilte, hielt Vater, gewiss höchst bewegt, seine Hand nicht so schützend wie sonst über das Schnapsglas, wenn nachgeschenkt wurde, und kam mit einem veritablen Affen nach Hause, in der Brusttasche seines Hemdes baumelten noch zwei Wiener Würstchen, die er frech hatte mitgehen lassen.

Als wäre dies nicht alles mehr als genug gewesen, wurde er auch noch über seinen Tod hinaus geehrt. Nicht lange, nachdem ich seinen Namen unter den meiner Mutter auf den Grabstein hatte setzen lassen, legte jemand Blumen nieder. Ein richtiges Bukett. Obwohl ich es erst zwei Monate später fand, als es schon vertrocknet war, machte es großen Eindruck auf mich. Ulrike meinte, der Strauß hätte auch meiner Mutter gelten können, so üppig wie er war, aber da kannte sie das zeremonielle Blumenbindewesen des Ostens schlecht.

Ich denke also, wenn ich statt des Bundesfilmpreises alle Jahre die Medaille für treue Pflichterfüllung in der Ehe mit Ulrike bekommen hätte, wäre mir die kommende Ruchlosigkeit nicht passiert.

VIERTES KAPITEL

Ich wusste, dass der Tag der Abrechnung kommen würde. Aber als er kam, war ich einfach nur baff. 623 651 Euro sind eine unwirkliche Zahl, wenn man vorher nur etwa den fünfzigsten Teil dieser Summe als Kontostand stehen hatte und sich damit schon fast als finanziell unabhängig empfand. Ich starrte auf die Anzeige des Service-Terminals in der Bank, bis mir die Augen flimmerten. Als der Vorgang wegen Zeitüberschreitung abgebrochen wurde, steckte ich die Karte noch einmal in den Automaten, hob 100 Euro ab und ließ mir den Kontostand noch mal anzeigen. 623 551 Euro. Wahnsinn! Der Zufall hatte es gewollt, dass die Zahlung aus dem Werbevertrag und mein Anteil aus der ersten «No Time to Lose»-Staffel mit Bill Pratt am selben Tag auf meinem Konto landeten.

Mit einem Wort: Ich war reich.

Und in absehbarer Zeit würde ich noch reicher sein.

Wie jeder Mensch, der nicht von Kindesbeinen an Reichtum gewöhnt oder sonst wie behutsam in das Leben mit großen Vermögen eingeführt wurde, hatte ich absolut keine Idee, was ich damit anfangen sollte. Ich starrte auf meinen Kontostand und fragte mich, ob mir dies zustand, ob es nicht frivol gewesen war, mehr Geld zu fordern, als ich Ideen für seine Verwendung hatte. Denn alles, was mir für diese Summe einfiel – und das war geradezu kläglich wenig –, war der Kauf eines Eigenheims.

Gewiss, ich war damit nicht allein. Die Zahl der Menschen, die an das Eigenheim als Sinn und Ziel des Lebens glauben, ist größer als die Zahl der Menschen, die glauben, dass Christus für unsere Sünden am Kreuz starb. Überhaupt: Juden, Buddhisten, Christen, Muslims, fast alle Bewohner dieser Erde träumen vom eigenen Heim in riesenhaft zersiedelten Außenbezirken. Das famose innerstädtische Zusammenwohnen in Mehrfamilienhäusern mit Läden und Restaurants in Laufweite erscheint ihnen wie ein Übel, dem man entrinnen muss, sobald die Mittel reichen. Als wäre es der siebte Kreis der Hölle, jemanden auf der Treppe grüßen zu müssen oder die Deckenlampe unterm Kindergetrappel im Obergeschoss erzittern zu sehen. Das alles ist umso fragwürdiger, als ein Eigenheim, in Zahlungsströmen gemessen, nicht viel mehr ist als ein Instrument zur dauerhaften Enteignung und Schwächung des Einkommens. Ausreichend Geld zu haben, scheint ein asozialer, ganz unerträglicher Zustand, sodass man sofort nach Wegen sucht, auf einen Schlag wieder bei knapper Kasse zu sein. Dafür eignet sich nichts besser als der Erwerb eines Eigenheims.

Für diesen rätselhaften masochistischen Trieb des Menschen zum Eigenheim gab es aber noch eine zweite Erklärung. Meine Erklärung. Ich brauchte nicht wirklich ein Haus, aber ich brauchte dringend ein paar Kellerräume und eine Garage und einen Schuppen! Der Rest war mir egal. Ich brauchte Abstellraum! Lagerfläche! Ich war ein in seinem Ordnungssinn nur mäßig entwickelter Mensch, ein Mensch, der sein Heim innerhalb von zwanzig Jahren mit Kram und Zeug und Klimbim zugestellt und verstopft hatte, weil ich zu ostdeutsch war, um irgendwas wegschmeißen zu können. Tief in meinen Genen herrschte noch der Geist der Mangelwirtschaft, des väterlichen Katastrophenschutzes. Man musste auf alles gefasst sein.

Das war Wahnsinn, und es gab auch immer wieder Diskussionen, zum Beispiel, als Ulrike mich einmal antraf, wie ich die Kontoauszüge von 1992, 1993 und 1994 in einen Pappkarton füllte. Sie argumentierte, dass niemand mehr meine Überziehungen aus Jugendtagen sehen wolle, aber ich blieb fest. Die Zeiten konnten sich ändern, und man würde sie vielleicht eines Tages wieder brauchen. Genauso wie die Pappkartons mit alten Computerverbindungskabeln. Deswegen brauchte ein Mensch ein Eigenheim mit Keller und/oder Garage. Um für alle Fälle gerüstet zu sein.

Also fand ich mich am Abend des Zahltages plötzlich ermächtigt, mit ernsthaften Absichten diverse Immobilienseiten zu besuchen und schließlich sogar ganz nüchtern und bestimmt auf das Benachrichtigungsfeld zu klicken, in welchem man Kontakt zum Makler aufnahm. Ein Haus mit Havelblick, zweite Reihe, Baujahr 1998, als Autohausbesitzer noch richtig Geld verdienten. Ein weißer Kubus, innen alles Stahl und glatte Fliese. So Richtung Pornovilla. Weiß der Fuchs, aber ich mochte es. Man konnte ja Teppiche reinlegen. Aber ich wollte unbedingt so ein abwischbares Haus, in dem auch nur ein einziger ranziger Pappkarton wie ein obszöner Fremdkörper wirken musste. Ein glänzendes Haus auf einem riesigen Keller. Und es kostete auch nur 750 000 Euro. Früher hätte man zwar dafür einen ganzen Berliner Stadtbezirk samt Bürgermeisterposten bekommen, aber früher hatte ich noch kein Geld.

«Ich habe mich heute nach einem Haus umgesehen», erklärte ich Ulrike beim Abendbrot und pausierte bedeutend, auf Neugier erpicht. Aber auf der anderen Seite des Tisches kam keine Neugier auf.

«Sollten wir so was nicht besser gemeinsam tun?», fragte Ulrike stattdessen zurück.

Ganz allgemein gesehen eine berechtigte Frage. Ganz konkret kam ich mir vor wie ein Barpianist, dem man gerade den Klavierdeckel zugeschlagen hatte. Ich hatte Ulrike mit einer tollen Neuigkeit überraschen wollen, nicht mit einem formalen Fehlverhalten. Aber Ulrike war eine Meisterin im Stellen berechtigter Fragen, und sie sah überhaupt nicht ein, warum sie mir die Freude spontanen Interesses machen sollte. Ehe ist immer ein Kompromiss, sagte Ulrike gerne, und daraus folgte für sie, dass bei fehlendem Kompromiss keine Ehe vorlag. Traf man sich nicht in der Mitte, dominierte immer einer den anderen. Und Ulrike hegte eine Erzangst, von mir dominiert zu werden, obwohl es dafür nie den geringsten Anlass gegeben hatte.

Das war denn wohl auch der Grund, warum ich lieber erst mal allein nach passenden Immobilien gesucht hatte. Nicht dass ich sie hatte übergehen wollen. Nur war mir Ulrikes Gemeinsamkeit immer schon zu angekündigt, zu sehr Antreten zum Fahnenappell und überhaupt Maßnahme. Ich wusste ja von unseren Urlaubsplanungen, wie diese Gemeinsamkeit aussah: Sich am Küchentisch gegenübersitzen, zwei weiße

Blätter Papier vor einem, jeweils eine Liste mit Wünschen und unbedingt zu Vermeidendem erstellen, dann vergleichen, priorisieren, aushandeln und auf beiden Seiten Abstriche machen. So wollte ich kein Haus kaufen! Ich hatte plötzlich einen Batzen Geld und wollte ein Haus kaufen, wie man einem heißen Sommertag eine dicke Tüte Eiskugeln kauft. Lässig, lustig, aus prallem Wohlstand. Also beschloss ich, das hier nicht weiterzuverfolgen, nickte nur, sagte: «Stimmt! Das sollten wir gemeinsam machen!», und bestrich eine Stulle mit ganz offenkundig unbeleidigter Leberwurst. Ulrike ergänzte streng, wir müssten für so was erst mal eine gemeinsame Zeit ausmachen. Ich bejahte auch dies. Da wirkte sie dann doch unzufrieden ob meiner selbstbewussten Willfährigkeit und erkundigte sich mit etwas Überwindung, ob denn bei meiner Suche schon was dabei gewesen wäre. Aber ich mummelte bloß, ich hätte nur mal rumgeguckt, was es so gibt.

Damit handelte ich mir ein Problem ein, als nämlich schon am nächsten Morgen die Maklerin, eine Frau Schäper, auf meinem Handy anrief. Ulrike war zwar zwischen Bad und Garderobe unterwegs, um sich für den Tag fertig zu machen, allerdings war unsere Wohnung nicht so groß, dass man irgendwo ungehört telefonieren konnte. Also blieb ich kurz angebunden und versuchte, insgesamt den Eindruck zu erwecken, es handele sich um eine Arbeitssache, eine Terminvereinbarung für eine Synchro.

«Das Haus ist eigentlich schon weg. Reserviert!», sagte die Maklerin. «Ich wollte es heute schon rausnehmen. Aber die Finanzierung der potenziellen Käufer scheint sich hinauszuzögern. Das heißt, ich würde noch Interessenten zulassen, allerdings nur bei einer bestätigten Solvenz.» Sie verstummte und ließ die Bedingung nachklingen.

«Davon können Sie mal ausgehen!», sagte ich, und ein kleiner Schauer finanzieller Potenz fröstelte über meine Brust. Ich hätte gerne noch so was wie «Wenn es sein muss, kauf ich die Hütte cash, Baby!» gesagt, aber das wäre gewiss ein Aufmerker für Ulrike gewesen, die gerade in der Garderobe ihre Tasche nach irgendeinem Veranstaltungsplan durchwühlte.

Die Maklerin atmete tief durch, als müsse sie sich zu einem Akt der Illoyalität gegenüber den Reservierern durchringen, und sagte dann, sie hätte noch einen Termin heute Nachmittag frei und ich solle eine Bankauskunft mitbringen. Sie klang sehr bestimmt.

Damit hatte ich ein größeres Problem. Ich musste jetzt Ulrike sagen, dass ich gestern doch ein Haus gefunden und auch angefragt und dass sich daraus sehr kurzfristig ein Besichtigungstermin ergeben hatte, zu dem sie natürlich unbedingt mitkommen müsse. Ulrike stand etwas aufgelöst in der Garderobe, weil der Veranstaltungsplan nicht dort war, wo er sein sollte. Das war jetzt wohl kaum der Moment, um eine kleine Unwahrheit zu gestehen und sie zu zwingen, ihren Tagesablauf neu zu sortieren. Ich musste sie also in der Eigenheimfrage noch einmal übergehen, und dieses Mal schon etwas absichtlicher. Das ist genau das, was ich so hasse am dichten Gewebe der Ehrlichkeit. Dass man nicht mal den Faden einer kleinen, bequemen Unehrlichkeit herausziehen kann, ohne dass daraus sofort eine Laufmasche aus lauter Lügen wird.

Hätte ich nämlich in dem Moment gewusst, in was für

einem Aufruhr das noch enden würde, hätte ich vielleicht doch ... Oder auch nicht.

«Was machen Sie gerade?», klang Birtes Stimme am Nachmittag aus meinem Handy, als ich in die Prenzlauer einbog, um zur Hausbesichtigung zu fahren.
«Ich telefoniere mit Ihnen», sagte ich, weil das bekanntermaßen eine souveräne und lustige Antwort ist. «Und Sie?»
«Ich wollte mal hören, wie es Ihnen geht. Sie melden sich ja nicht von sich aus», lächelte Birte durchs Telefon.
Oha! Das war mehr als eine höfliche Floskel.
«Sie wirken immer so beschäftigt», erwiderte ich bescheiden. «Ich wollte Ihre wertvolle Zeit nicht mit meinem eitlen Geschwätz verschwenden.»
«Ach, da täuschen Sie sich. Ich bin manchmal ganz unterbeschäftigt», sang Birte, als säße sie mit übereinandergeschlagenen Beinen auf ihrem Tisch und feile sich die Nägel. Das war ganz unglaublich. Offenbar fand sie Gefallen daran, mit mir zu plaudern. Mit mir! Einem Mann, so trostlos wie ein kaputter, leerer Kaugummiautomat an der Ecke. Wie ein seit zwanzig Jahren nicht mehr befüllter Kaugummiautomat, einer, der noch Pfennige verlangt. Eine lange nicht gefühlte Wärme kam in mir auf.
«Jetzt zum Beispiel habe ich drei Stunden frei, weil ein Kunde abgesagt hat», plauderte Birte weiter, «und da dachte ich, ich ruf Sie mal an, ob wir nicht zusammen ... Kaffee trinken wollen.»
Die neckische kleine Pause nach dem «zusammen» füllte sich mit Bildern, die ich hier nicht wiedergeben möchte. Ich spürte plötzlich, wie der moralische Ballast meiner Lebens-

jahre, allerlei erworbene, elende Vorsichtigkeit, von mir abfiel. Jugendliche Unbedenklichkeit floss durch mein schneller pochendes Herz und stieg mir zu Kopf, um dort in einer Ruchlosigkeit sondergleichen zu explodieren.

«Das ist eine gute Idee», sagte ich nämlich, «aber ich habe noch eine bessere! Wollen Sie mich nicht in einer halben Stunde zu einer Hausbesichtigung begleiten? Ich überlege, eine Immobilie zu erwerben. Allerdings, mir fehlt der weibliche Blick, denn meine Frau ist verhindert. Vielleicht haben Sie Lust, sie für den Moment zu ersetzen?»

«Sehr gern», lächelte Birte, «gern ersetze ich Ihre Frau!»

«Für den Moment natürlich nur!», lachte ich.

«Natürlich», lächelte Birte weiter, «nur für den Moment!»

Schlingelhaftes Versteckspielen. Frivole Doppeldeutigkeit. Spiel mit dem Feuer. Mein Gesicht fühlte sich an wie versengt.

«Wo soll ich wann sein?», fragte Birte.

Ich sagte es ihr, sie gab ihrer Freude Ausdruck, mich in einer halben Stunde wiederzusehen, und legte auf.

Wow. Wo kam das plötzlich her? Ich wusste zwar, dass ich schon immer einen klitzekleinen Hang zum Verruchten gespürt hatte, eine Art Protest gegen die Biederkeit meines Lebens, aber ich hatte dem nie nachgegeben, auch weil ich so verflucht unverrucht aussah. Man muss ja auch immer ein bisschen den Weg gehen, der einem vom eigenen Gesicht vorgegeben wird.

Frau Schäper, die Maklerin, sah aus wie eine Frau, die daheim einen kleinen weißen flauschigen Hund hat, der abends von ihrem Konfekt naschen darf. Wir standen auf dem Bürgersteig der schmalen Pflasterstraße vor einem in dieser «gewachsenen Gegend» geradezu aggressiv scharfkantigen weißen Haus. Davor ein Schottergarten mit drei Araukarien, die aussahen wie dunkelgrüne Antennenanlagen zum Empfang extraterrestrischer Signale. Frau Schäper raufte ihre Mappe unter dem Arm und suchte in ihrer Tasche nach dem Schlüssel für die Tür, als ein erfolgreicher junger Audi 3 direkt vor uns hielt und Birte aus dem Auto stieg. Geschäftsmäßig gekleidet, ein Kostüm von makelloser Passform, ein Outfit, das mehr zeigen als verbergen durfte, die dunklen langen Haare glatt und glänzend, als hätte Udo Waltz neben ihr im Auto bis zuletzt an ihnen herumgeplättet und -gesprüht. Sie verstöckelte sich hinreißend auf dem holprigen Bürgersteig, rief «Ooops», lachte und war schon bei mir. Dann geschah es.

«Hallo Liebling!», sagte sie und tuschte mir einen Kuss auf die Wange.

Hätte Frau Schäper in diesem Moment nach einem kleinen Zeichen der Überraschung in meinem Gesicht gesucht, sie wäre fündig geworden. Aber da niemand gerne fremde Zärtlichkeiten beobachtet, hatte sich Frau Schäper ganz bewusst ihrem endlich gefundenen Schlüssel zugewandt und betrachtete lieber ihn.

Wir gingen ins Haus. Frau Schäper gab Auskünfte zum Objekt. Es gab ein großes, hallenartiges Wohnzimmer mit riesigen Fenstern zur Straße hinaus und einem sehr stylischen Kugelkamin, der über dem Fußboden schwebte. Der Wohnbereich ging über in eine offene Küche mit einer Kochinsel samt einem hohen Tisch, wo man sich auf einer Art Barhocker niederlassen konnte. Von der Küche ging es praktischerweise dank einer gläsernen Schiebetür auf die

Terrasse und in den Garten. Die Rückwand des Hauses war auf rustikal malerische Weise zugestapelt mit Kaminholz. Im Bad gab es einen beachtlichen Whirlpool, in dem man sich locker zu zweit durchblubbern lassen konnte.

Birte sah sich interessiert um und zeigte mir ab und zu eine zufriedene Schnute. Offensichtlich gefiel ihr das Haus. Besser wäre es gewesen, es hätte ihr missfallen. So aber konnte ich es kaum kaufen: Zwickmühle der Gefühle. Ulrike mit einem Haus für Birte glücklich machen. Wie sollte das gehen? Birtes Geist würde überall herumschwirren.

Ich versuchte derweil, mich wie ein Mann zu geben, der schon viele derartige Häuser gesehen hat und sich von schönen Maklerinnenreden nichts vormachen lässt. Deswegen fragte ich fachmännisch:

«Wie ist denn die Energiebilanz?»

Tatsächlich hatte ich überhaupt keine Ahnung von Energiebilanzen. Ich hatte nur das Wort mal im Zusammenhang mit Hauskäufen gehört. Frau Schäper hätte mir jetzt «siebenvierzig durch zwei Komma drei» oder «elf Millionen im Quartal, aber klimabereinigt» hinwerfen können, und ich hätte es nur mit einem dämlichen Nicken quittieren können.

«Hab ich jetzt nicht dabei. Muss ich nachgucken. Schick ich Ihnen zu», sagte Frau Schäper. Ich blickte unbefriedigt: Fünfunddreißigtausend Euro Provision und dann auch noch irgendwelche Unterlagen vergessen. Sie sah mich an, als wäre ich mir nicht im Klaren, dass das hier der Berliner Immobilienmarkt sei.

Dann öffnete sie eine weitere Tür und erklärte, hier böte sich zum Beispiel ein Kinderzimmer an. Birte trat hinein, schaute sich um, langsam und prüfend, als platziere sie bereits pastellfarbene Babymöbel, dann ging sie unwillkürlich etwas ins Hohlkreuz, als sei sie schon schwanger mit dem anhänglichen, zärtlichen Mädchen, das ich mir immer gewünscht hatte. Das war zu viel. Ich musste der Szene die Luft ablassen.

«Hier, mein Schatz, werde ich dir deinen Hauswirtschaftsraum einrichten!», erklärte ich mit steifem Kinn. «Damit du ungestört bügeln und nähen kannst!»

Fasziniert von meiner Fähigkeit, die Paarkomödie weiterzuspielen, drehte sich Birte zu mir um und sprach mit leuchtenden Augen:

«Das wäre ja wundervoll! Dann hätte ich auch einen Platz, an den ich mich mit meinen Stickarbeiten zurückziehen kann, wenn du geschäftliche Besuche hast, von denen ich nichts verstehe.»

Frau Schäper hoben sich die Strähnchen vor Entsetzen. Dass sich eine junge Frau einem alten Mann seines Geldes wegen verband, das war ihr nun wahrlich nicht unbekannt. Aber dass sich eine junge Frau, die vermutlich sogar studiert hatte, freiwillig zu einem Hausputtelchen von anno dunnemals degradieren ließ, schien ihr der Perversionen ungeheuerlichste.

«Wollen Sie denn keine Kinder?», fragte sie verdattert.

«Na, selbstverständlich!», schnarrte ich munter weiter. «Ein paar stramme Burschen sollte mir meine Holde schon gebären!»

Beinahe hätte ich Birte dabei auf den Hintern geklatscht, aber so weit wollte ich es dann doch nicht treiben.

«Ich bete jeden Abend, dass der Herrgott meinen Leib mit Fruchtbarkeit segne!», erläuterte Birte der Maklerin mit einem Augenaufschlag vollendeter Aufrichtigkeit. Diese beäugte uns jetzt doch um einiges skeptischer, in der Hoffnung, dies sei alles nur Verstellung und Spaß. Aber sie stand vor einer mit allen Wassern gewaschenen Chef-Assistentin und einem Schauspieler. Nicht das kleinste Blinzeln war uns zu entlocken.

«Dann zeigen Sie uns doch mal gleich das Schlafzimmer!», forderte ich.

Wir besichtigten dies und noch weitere Räumlichkeiten und gerierten uns noch eine Weile ganz behaglich im Stil wilhelminischer Hochanständigkeit. Unnötig zu sagen, dass meine Absicht, mich mit Ironie und Albereien von der Faszination für Birte zu befreien, dabei grandios scheiterte. Am Ende dieser Führung war ich so hingerissen von ihr und ihrem Witz, dass ich das Gefühl hatte, ich würde mit dieser Hausbesichtigung nicht Ulrike um ihr Recht als meine Frau betrügen, sondern Birte hintergehen, wenn ich wieder heim zu meiner Familie fuhr.

Vor dem Haus verabschiedeten wir die Maklerin mit überschwänglichem Dank für ihre kompetente Dienstleistung, und ich versicherte ihr, ich würde mich morgen Vormittag mit einer Entscheidung bei ihr melden.

«Entschuldigen Sie, aber ich muss jetzt am Ende doch noch mal was loswerden!», meinte Frau Schäper, während sie meine Hand zum Abschied schüttelte. «Hat Ihnen schon mal jemand gesagt, dass Sie klingen wie dieser amerikanische Schauspieler, dieser Bill Pratt?»

«Ich klinge nicht wie Bill Pratt», antwortete ich lachend. «Bill Pratt klingt wie ich. Jedenfalls, wenn er Deutsch spricht. Ich bin seine Synchronstimme!»

Frau Schäper nickte beeindruckt. Sie sagte, dann freue

sie sich umso mehr, morgen von mir zu hören, wobei sie «hören» mit einem kleinen neckischen Zucken ihrer Augenbrauen unterstrich, und weg war sie.

Dann standen wir rum. Birte und ich.

«Schönes Haus», sagte ich.

«Jaa!», seufzte Birte.

«Der Garten müsste natürlich umgestaltet werden!»

«Unbedingt!», pflichtete sie mir bei.

«Und das Schlafzimmer kann da nicht bleiben. Das muss nach hinten raus», erklärte ich.

«Auf die Ostseite. Dann hätten wir Morgensonne!», meinte Birte und presste sofort die Lippen aufeinander, als hätte sie ein falsches Wort gesagt. Und das hatte sie. Es war ja niemand mehr da, für den sie sich als Ehefrau ausgeben musste.

Ich hatte über das Haus gesprochen. Sie über uns.

«Ich glaube, ich mach dann mal los», meinte Birte.

«Danke», sagte ich.

«War lustig», sagte Birte, «sollten wir mal wieder machen.»

Ich verzog das Gesicht.

«Heißt das: Sie würden dieses Haus nicht kaufen?»

«Um Gottes willen nein», meinte Birte, breiter lächelnd als je zuvor. «Wenn ich Ihre Frau wäre, würde ich Ihnen unbedingt zuraten, das Haus zu kaufen.»

Da wurde mir so spitzbübisch zumute, dass ich den Kopf senkte, eine Weile auf den Boden starrte, als müsse ich Ungeheures bedenken, um schließlich meinen Blick zu heben und Birte gerade heraus anzusehen.

«Und wenn ich das Haus schon kaufe, bevor Sie meine Frau wären?»

Birte schwieg.

Eine Rentnerin kam vorbei und beäugte uns argwöhnisch. Birte nahm sie als neues Publikum. Mit einer leichten Kopfbewegung, das den Vorhang ihres makellosen Haares zur Seite warf, kippte sie unser frivoles Partnerspiel aus der Unverbindlichkeit ins wirkliche Leben.

«Entscheide du!»

Als ich wieder im Auto saß, legte ich eine CD mit Burt-Bacharach-Songs ein und schwebte durch den Nachmittagsverkehr auf der Prenzlauer Allee. Die anmutige, die witzige, die kultivierte Birte gespensterte durch mein Hirn und duzte mich zärtlich in lauter delikaten Situationen. Die Wartezeit an jeder Ampel schien mir wie ein Gottesgeschenk an Muße. Während andere Autofahrer neben mir gereizt die Zahl der Rotphasen hochrechneten, die es noch bräuchte, bis sie endlich über die Kreuzung waren, saß ich herrlich entspannt im Fahrersitz und hätte mich einmal rund um Berlin stauen können. Birte! Wie sie mir mit dem «Entscheide du!» eine volle Kelle Männlichkeit aufgetan hatte, das hatte es wirklich so noch nicht gegeben in meinem Leben. Eine Frau, die sich in einer solcher Haupt- und Staatsaktion lässig zurücklehnte und mich entscheiden ließ. Weil meine Entscheidung auch ihre war. Wie leicht das Leben sein konnte!

Wenn ich darüber nachdachte, wie viel Beziehungsarbeit mich meine Ehe sonst kostete! Manchmal fühlte es sich an wie eine Doppelschicht. Acht Stunden Worte wählen, Stimmungen erkennen, an den richtigen Stellen Pausen machen. Dann nach Hause fahren. Und wieder Worte wählen, Stimmungen erkennen, an den richtigen Stellen Pausen machen. Ich ging oft früh ins Bett, weil ich schon nach dem Abendbrot völlig erschöpft war vom Führen meiner Ehe. Je näher ich der heimischen Wohnung kam, desto mehr verschwand denn auch mein Hochgefühl.

Birtes nicht sehr versteckte Andeutung, dass sie sich das, was ich mir vorstellte, ebenso vorstellen könnte, stürzte mich unmittelbar ins Dilemma. Denn: Ein Mann muss gehen, wenn er gehen muss. Nicht erst, wenn er weiß, wohin. Wenn ich jetzt Ulrike die Beziehung aufkündigte, würde es so aussehen, als wenn ich nur so lange ausgehalten hätte, weil ich noch nichts Besseres gefunden hatte. So handeln nur Lumpen und Feiglinge. Hinzu kam: Ich war nicht unglücklich verheiratet. Ich war unzufrieden verheiratet. Das war ein Unterschied.

Trotzdem beschloss ich, mit Ulrike noch an diesem Abend zu reden und ihr zu sagen, dass ich ein Haus kaufen wolle, aber nicht wüsste, ob ich mit ihr dort einziehen solle oder doch lieber mit einer sehr gut aussehenden, klugen, witzigen, verspielten und charmanten jungen Frau. Das war eine Vorlage für etwas, was Gerichtsmediziner «Übertöten» nennen, und sicher würde Ulrike wegen der dreihundertzweiundsiebzig besinnungslosen Messerstiche milde auf Bewährung verurteilt werden. Genauso schlimm wäre es aber, wenn Ulrike Verständnis zeigen würde. Was, wenn sie sagen würde, ihr läge mein Glück mehr am Herzen als das ihre und ich solle nur recht bald mit diesem jungen Ding in das prunkvolle Anwesen ziehen und eine gute Zeit haben. Dann würde ich sie wieder lieben müssen, und unser Gespräch würde nichts als eine peinliche Episode bleiben, während ich beim nächsten Treffen mit Birte so tun müsste, als wäre unser Spaß bei der Hausbesichtigung nur Spaß gewesen.

In diese Erwägungen vertieft, betrat ich mein Heim. Zog die Schuhe aus. Legte die Jacke ab. Grüßte im Flur Linus mit einem väterlich lässigen «Hello und goodbye!», da er gerade mit seiner Schlägertasche zum Hockey ging. Sah die Post durch. Begab mich in die Küche. Entdeckte im Kühlschrank eine Schüssel mit gekochten Kartoffeln vom Vortag und beschloss, zum Abendbrot Bratkartoffeln zu machen.

Bratkartoffeln brauchen strenge Aufsicht, damit sie nur lecker kross und leicht gebräunt, aber nicht dunkelbraun und krebserregend werden. Also hatte ich mir eine Schürze umgebunden und stand, mit dem Spatel umsichtig umschichtend, vor der brutzelnden Pfanne, als Ulrike nach Hause kam. Eigentlich wollte sie nur kurz in die Küche winken, aber als sie sah, dass ich Bratkartoffeln machte, schnutete sie ein «Ooch! Das ist aber lieb!», ging zu mir, umfasste mich von hinten und drückte mir einen Kuss auf den Nacken.

Ich wurde etwas rot, weil ich heute schon einmal und nicht weit entfernt von meinem Nacken geküsst worden war, und befürchtete plötzlich, Ulrike würde etwaige Duft-Überbleibsel von Birtes Lippenstift riechen.

«Willst du ein Bier?», fragte Ulrike auch noch, während sie den Tisch deckte.

Ich mummelte ein Ja.

Jedenfalls war das blöd. Ich wollte kein harmonisches Abendessen. Ich wollte bestritten, mit feinen Spitzen zurechtgewiesen und lächerlich gemacht werden wie an so vielen Tagen. Das hätte mir die Möglichkeit gegeben, ausreichend Wut aufzustauen. Ohne Wut würde ich es nicht schaffen, Ulrike den ganzen Kladderadatsch ein für alle Mal vor die Füße zu werfen und zu sagen: Es ist aus!

Es mag Menschen geben, die ihrem Partner zu wohl gewählter Stunde einen Platz anweisen, die Hände ineinanderlegen und «Wir müssen mal reden» sagen, nur um dann das Ende allen Redens zu verkünden. Unaufgeregt. Erwachsen. Sachlich. Auch noch mit viel Einfühlung für den anderen. Sozusagen doppelter Charakteradel.

So war ich nicht. Ich brauchte Wut und das unmittelbare Gefühl, schlecht behandelt zu werden, um auf den Tisch zu hauen und zu rufen: «Es reicht! Nun ist es genug! Ich werde mich von dir trennen!»

Bei Lichte betrachtet, war es allerdings dämlich, «Es reicht!» und «Nun ist es genug!» zu rufen. Als wenn es eine vorher festgelegte Zahl an Demütigungen gegeben hätte, die zu ertragen ich bereit gewesen war.

Aber irgendein Anlass sollte schon sein.

Warum, zum Teufel, war Ulrike gerade heute anders als sonst? Ich lauschte ihren Berichten vom üblichen Intrigenspiel am Theater. Sie warf Blicke, gestikulierte mit weicher damenhafter Hand, sie parodierte ihre Kolleginnen und mischte sogar Selbstironisches wie «Du kennst mich ja!» unter. Ich gabelte derweil eingelegte pikante Käsewürfel aus dem Glas und fragte mich still kauend, was ich davon halten sollte. Strahlt ein Mann, der sich trennen will, womöglich jene ruhige Selbstsicherheit aus, die Ehefrauen wieder verliebt macht? War es am Ende so, dass Frauen umso zärtlicher wurden, je anderweitig befasster ihre Männer waren? Aber das würde ja bedeuten, dass Monogamie nur funktionierte, wenn man sie nicht ernst nahm. Es war entsetzlich. Entsetzlich angenehm.

Und so kam es denn auch.

Anstatt einer dramatischen Szene mit mir selbst als Donnergott und einer zu Asche zerfallenen Ulrike, die wimmernd all ihre Sticheleien bereute, guckten wir «Germany's Next Top Model» und gingen dann ins Bett, wo es für beide Seiten noch durchaus befriedigend wurde.

Am nächsten Morgen entschied ich in aller Stille, das Haus zu kaufen und mit der Entscheidung, mit wem ich dort einziehen wolle, noch etwas zu warten. Ulrike und ich hatten getrennte Konten.

Mein Vater war gegen Versuchungen des Ehebruchs gefeit. Und zwar nicht, weil er tugendhaft, ordnungsliebend, insgesamt sittlich gefestigter war. Nicht nur, weil ihn meine Mutter mit dem Respekt eines konstitutionellen Monarchen behandelte, eines Herrschers, der zwar nichts wirklich entscheiden durfte, aber alles zur Sichtung vorgelegt bekam.

Mein Vater war auch und vor allem ehebruchfest, weil er viel früher als ich aus der Arena des Lebenskampfes in die Wandelhalle des Alters eintrat. Schon mit vierzig bezeichnete mein Vater sich allen Ernstes als «alter Mann», der auf die Hälfte aller Lebenstätigkeiten als etwas «für junge Leute» herabsah. Wenn ich ihn als Kind im Wald zum Balancieren auf einen liegenden Baumstamm locken wollte, wehrte er mit heiterer Verlegenheit ab. Als wenn das Alter ein Stadium des Verdienstes war, das ein Mann gar nicht früh genug erreichen konnte. Die Sicherheit des Geschmacks war endlich gewonnen. Die Frisur festgelegt. Ein Lochkartenautomat hätte ihm die Haare schneiden können. Die Urteilskraft hatte sich in einer durchaus übersichtlichen Zahl von Begriffen versammelt. Menschen waren insgesamt «ordentlich» und «solide». Kollegen waren «zuverlässig». Frauen waren «gepflegt» oder – in seltenen Fällen und hinter vorgehaltener Hand – «verlottert», Kinder «artig» oder «unartig». So in den weichen, dunklen Sessel des geordneten Daseins gesunken, hatte er seine Sexualität schon früh auf häusliche Zwecke zurückgestutzt, und nur hin und wieder, etwa beim Fernsehen, entglitten ihm Bemerkungen über die «schmucken Fräuleins» im Showballett. Und das alles in einem Alter, in dem ich erst anfing, Lust auf mehr zu haben.

Vielleicht war es dieser andere, schon viel früher gekrümmte Lebensbogen meines Vaters, der ihn zur Wende meinen ließ, sein Leben sei aufgebraucht.

FÜNFTES KAPITEL

Ich musste mit jemandem sprechen. In gedankenloser Konventionalität entschied ich mich, einen Freund ins Vertrauen zu ziehen. Dass meine Freunde vor allem deswegen meine Freunde waren, weil ich bislang darauf verzichtet hatte, sie ins Vertrauen zu ziehen, kam mir überhaupt nicht in den Sinn. Besser wäre es gewesen, zum Haus auf der anderen Straßenseite zu gehen, irgendwo zu klingeln und um Rat zu fragen, so wie man sonst um ein halbes Stück Butter oder ein Ei bittet. Vielleicht hätte eine alte Frau geöffnet und auf meine Frage «Haben Sie einen Rat für mich?» geantwortet: «Herrje, ja, kommen Sie doch erst mal rein. Ich glaube, ich habe noch irgendwo einen Rat.» Vielleicht hätte sie mir einen muffigen, abgestandenen schwarzen Tee angeboten, und ich wäre nach einer halben Stunde mit einem muffigen abgestandenen Rat aus ihrer Wohnung gegangen

Stattdessen verabredete ich mich mit Olli, der noch aufgekratzter war als sonst. Immerhin hatte ich ihm zu verstehen gegeben, dass ich mit ihm über intime, sehr persönliche Dinge reden wolle, was er zu Recht als eine enorme Aufwertung unserer Freundschaft begriff. Er stützte denn auch bedeutend die Ellenbogen auf den Tisch, verschränkte die

Finger ineinander und ließ seine Daumen gespannt gegeneinanderwippen.

«Leg los! Was haste auf dem Herzen? Wo drückt der Schuh?»

Eigentlich bereute ich in diesem Moment schon, Olli mit meinen Privatproblemen behelligen zu wollen, aber ich hatte noch die Hoffnung, er würde Intimität mit Behutsamkeit vergelten. Also erzählte ich vorsichtig und sehr allgemein von meinen «Verständigungsschwierigkeiten» in der Ehe mit Ulrike. Ich wählte meine Worte und gab mir alle Mühe, Ulrike nicht allzu schlecht dastehen zu lassen, weil ich wusste, dass Olli für Ulrike einige und vielleicht sogar über das freundschaftliche Maß hinausgehende Sympathien hegte. Ich kam alsbald auf Birte zu sprechen, die in so vielen Belangen mein Herz höher schlagen ließ.

Olli hörte aufmerksam zu und nickte häufig, wenn auch vielleicht ein bisschen zu geschäftsmäßig. Wir saßen ja nicht in seiner Kanzlei. Ab und zu ergänzte Olli sein Nicken mit einem «Schon klar!», als würde ich ihm bei aller persönlichen Pein nichts sonderlich Neues erzählen können. Vielleicht war es diese Überheblichkeit, vielleicht aber auch eine gewisse Wut darüber, dass Olli offenbar das Einzigartige und Wunderbare von Birte nicht begriff. Also zog ich mit einer seltsamen Mischung aus Wut und Stolz mein Handy aus der Tasche und zeigte Olli ein Bild von Birte.

Olli pustete ein «Wow!» über sein Bier. Er wiederholte das «Wow!», diesmal etwas betonter, was ich mit Genugtuung registrierte.

«Heiliger Strohsack!», schüttelte er noch einmal seinen Spruchbeutel.

Dann sah er mir tief in die Augen.

«Jetzt mal unter uns Kirchenschwestern! Hast du die schon geknattert?»

Das war es im Grunde. Der Abend war erledigt.

Es gab auf diese Frage keine Antwort. Ich knatterte nicht, hatte nie geknattert und würde auch nie knattern. Ich wusste, dass Olli so sprach, weil er glaubte, dass echte Kerle untereinander so sprechen würden, aber das war gleich doppelt falsch, weil echte Kerle wahrscheinlich überhaupt nicht darüber sprachen. Also ging auch ich nicht auf diese Frage ein, lächelte nur einmal müde und schwenkte auf allgemeineres Terrain:

«Jedenfalls ist es gerade nicht ganz einfach!»

«Sehr schwierig aber auch nicht», sagte Olli, jetzt doch um einen weniger schulterrempelnden Tonfall bemüht. «Wenn ich du wäre, wüsste ich, was ich tun würde. Da ich aber nicht du bin, weiß ich nur, was ich tun würde, im Falle, dass du tun würdest, was ich tun würde, wenn ich du wär!»

«Ich melde mich wieder, wenn ich's begriffen habe!», sagte ich.

Er nahm sein Bier und tippte es kurz gegen das meine. Trank einen Schluck und begann zu sinnieren.

«Für Ulrike wird das natürlich ein Schlag sein. Zumal in ihrem Alter. Wenn man selber nicht mehr taufrisch ist. Und dann plötzlich allein. Mit all den Zweifeln, ob man überhaupt noch liebenswert ist.»

Der abrupte Wechsel aus der schlimmen Knatterwelt in die herzenswarme Einfühlung verlassener Ehefrauen verblüffte mich, aber nur kurz. Dann sah ich, dass Olli weiter gehende Einfühlungen vor Augen standen.

«Denk nicht mal dran!», sagte ich.

«Das ist wie beim Halma», erklärte Olli und leckte sich ein bisschen Bierschaum von den Lippen, «du hinterlässt eine Lücke, und ich springe hinein.»

Er holte etwas weiter aus und schwadronierte von der Herrlichkeit der Frauen mittleren Alters, die nach einer Trennung keinen festen Partner mehr wollen, sondern nur noch leidenschaftliche Affären, die sich völlig neu erfinden, ganz andere Seiten zeigen, einfach alles geben, was sie vorher zurückgehalten haben.

«Wenn Männer erleben dürften, was verlassene Frauen mit ihren neuen Liebhabern so anstellen, würden sie sie wahrscheinlich nie verlassen. Aber das ist ja das Paradox. Leider unmöglich!»

Olli grinste.

Ollis Expertise, immer das billigste Angebot zu finden. Na wunderbar! Das Ergebnis dieses vertraulichen Gespräches war also, dass Olli meine Frau trösten würde, wenn ich sie verließe. Unnötig zu sagen, dass ich mich dadurch weniger beraten als bedroht fühlte. Es mochte ja «nach mir» gut und gerne einen neuen Mann in Ulrikes Leben geben. Ich wünschte es ihr sogar. Am besten jemanden, dem sie – anders als mir – völlig verfallen, gegen den sie machtlos und willenlos war. Ich wünschte ihr Liebe wie eine unheilbare Krankheit. Aber um alles auf der Welt wünschte ich ihr nicht, von Olli geknattert zu werden.

Olli blinzelte mich an, und ich war mir plötzlich doch nicht mehr so sicher, ob er sich nicht mit all dem über mich lustig machte.

Anderntags fragte Roman Köllner am Telefon, ob ich auch einen halben Termin mit ihm machen würde. Er hätte eigentlich keine Zeit, aber er würde mich gerne dazwischenquetschen, der Neuigkeiten halber. Wenn ich dabei einen Kaffee trinken wolle, müsste ich ihn allerdings mitbringen. Er wolle mich nämlich im Park vor seinem Büro treffen.

So kam ich in den Genuss, Köllners hocheffiziente Pausengestaltung beziehungsweise Work-Life-Balance in Aktion zu erleben, da er, während ich geruhsam auf einer Bank Platz genommen hatte, vor mir in einem hellroten Trainingsanzug aus Kunstfaser Springseil sprang. Selbstverständlich mit einem Stahlseil. Mit einem Rundenzähler.

«Wir wissen alle, dass Bill Pratt selbst keine besonders eindrucksvolle Stimme hat», sagte der leichtfüßig tänzelnde Roman Köllner, während der Flugschatten des singenden Seils ihn wie eine graue Sphärenkugel umgab. «Seit er sich Anfang 2000 die Zähne machen ließ, hat er sogar einen leichten Sigmatismus.»

Köllner, der seit unglaublichen zehn Minuten Springseil sprang und dabei über Hollywood, Bollywood, Japan und Deutschland und die nationalen Attraktivitätsunterschiede in Bezug auf Stimmhöhen räsoniert hatte, war nicht wirklich außer Atem.

«Das ist ein S-Fehler, den er übrigens nicht ganz im Griff hat, wenn es in der Handlung mal etwas hektischer zugeht.»

Ich bemühte meine Erinnerung an Bill Pratts Stimme in seinen allerersten Filmen und musste ihm recht geben. Es gab tatsächlich ein Plus an verschärften Zischlauten seit der Jahrtausendwende. Woher wusste Köllner das nun wieder? Und was für ein Mensch war er, dass er so etwas überhaupt wissen wollte? Wenn man nie das Bild ansah, sondern nur die Risse drin suchte?

Köllner lispelte «So sad, Sunnyboy!» und sprang zu guter Letzt noch mal einen Obacht-erheischenden Doppeldurchschlag. Dann warf er einen Blick auf den Rundenzähler. Er wirkte zufrieden, ohne jedoch damit anzugeben.

«Sie sollten auch Springseil springen!», sagte er. «Macht schöne Waden und schöne Schultern!»

Sprach's und packte sein Springseil zusammen.

«Jedenfalls hatte der einzige Sohn meiner Mutter die Idee, diesen bedeutenden Tag nicht in einer Enttäuschung für das deutsche Publikum enden zu lassen. Ich habe zu den Leuten von Globe Pictures gesagt, ihr müsst ihn eh dolmetschen, da könnte ihr ihn auch gleich vor Ort synchronisieren lassen. Dann hört keiner, was für eine flaue Durchschnittsstimme er hat. Erst wollten sie nicht, aber dann war ich noch mal Kaffee trinken mit dem Vize von Gallagher. Also: Sie dürfen Bill Pratt live einsprechen. Natürlich für ein stattliches Honorar. Abzüglich des meinen.»

Schön, dachte ich, schön, wenn man jemanden hat, der sein Geld damit verdient, einen Geld verdienen zu lassen. Ich gewöhnte mich langsam dran.

Im Mai würde Bill Pratt zur Premiere seines neuen Films *Der Ranger* nach Berlin kommen und einen Tag danach zusammen mit der Bundeskanzlerin die «Wildbrücke Deutschland» eröffnen. Die «Wildbrücke Deutschland» war ein in mühsamen föderalen Verhandlungen geschaffenes Band von Naturschutzgebieten, das sich durch kleinere Wildbrücken und eingezäunte Flurpassagen verbunden durch die ganze Bundesrepublik wand, mit dem Ziel, «dass ein Eichhörnchen von Baum zu Baum vom Bodensee bis zum Oderhaff hüpfen» könne, wie dem Pressetext zu entnehmen war.

Ein Wohlfühl-Termin. Kanzlerin mit Hollywoodstar. Gut für die Sympathiewerte. Bill Pratt würde irgendwas Wichtiges, aber auch Witziges und Cooles über Mensch und Tier sagen und dann mit der Kanzlerin zusammen das Band durchschneiden. Es würde eine kleine kuriose Szene geben, wer denn nun den mittleren Teil des Bandes behalten dürfe. Die Kanzlerin dabei wie immer sehr menschlich, weil angenehm unsicher. Bill Pratt, weltgewandt und Gentleman, würde ihr das Band überlassen. Vielleicht mit Handkuss. Die Kanzlerin verschämt entzückt. Edle und Gemeine des bundesrepublikanischen Umweltschutzes würden auch anwesend sein. Dann Applaus. Vielleicht eine Garnitur Brandenburger Schüler. Wegen jubeln, kreischen und Autogramme geben.

«Aber ich habe noch was für Sie! Danach ist Meet and Greet, mein lieber Funke! Stimme trifft Gesicht!», sagte Köllner, schulterte seine Tasche und ging los. Er sagte nicht «Gehen wir!» oder «Kommen Sie!», er ging einfach los wie ein Mann, der weiß, dass der andere hinterhertrotteln wird. Was ich auch tat.

«Aber erwarten Sie sich nicht zu viel. Sind vielleicht zehn Minuten. Da können Sie schon froh sein. Bill Pratt ist eine Multi-Millionen-Dollar-Maschine. Der hat ein Team um sich, da wären sich römische Kaiser vernachlässigt vorgekommen. Bei öffentlichen Auftritten hat dieser Mann, und jetzt merken Sie bitte auf, eine Entrance-Assistentin und eine Exit-Assistentin! Klingt irre, macht aber Sinn. Die eine begleitet Sie ins Treffen, stellt Sie auf, damit Sie gute Bilder kriegen und niemand Schatten hat. Dann können Sie ein paar

Worte wechseln, natürlich gemäß der Compliance Note, die Sie vorher unterschreiben müssen. Und die zweite schleust Sie dann wieder elegant raus, während die erste schon den nächsten Besucher zuführt. Effektiv führt das dazu, dass unser Weltstar keine Sekunde dumm rumsteht und womöglich einen unschönen Spannungsabfall im Gesicht bekommt. Sie wissen ja, die Paparazzi lauern überall. Haben Sie jemals ein Bild von Bill Pratt gesehen, wo er geistesabwesend in der Nase bohrt?»

Ich verneinte.

«Es gibt auch keins. Wegen dieser beiden Assistentinnen. Sie sorgen dafür, dass sein Star-Appeal niemals leidet.»

Ich entgegnete, das sei unmenschlich. Ein Mensch müsse sich doch auch mal gehen lassen können.

«Star-Appeal ist ein Fulltimejob, aber er verdient eben auch Geld. Viel Geld. Bill Pratt, der leibhaftige, ist nur ein Teil von Bill Pratt, dem Star. Und den genau treffen Sie. Ein Moment der Unsterblichkeit!»

Zur allgemeinen Beachtung der Parkspaziergänger zog Köllner dann seinen Trainingsanzug und sein T-Shirt aus und rieb, bloß in Boxershorts, seinen gestählten Oberkörper mit einem Handtuch ab. Zog sich eine Jeans, ein weißes Hemd und braune Slipper an und sagte:

«Ich muss. Nächster Termin!»

«Wollen Sie nicht vorher duschen?»

«Das wäre falsch. Ich habe einen Termin mit zwei schwierigen Damen. Bei Frauen gilt generell: Argumente sind gut, Argumente und Pheromone sind besser.»

Die Eröffnung der «Wildbrücke Deutschland» fand in Bad Belzig statt, einer kleinen Stadt im Fläming, ungefähr eine halbe Stunde von Berlin entfernt. Bad war die Stadt erst seit kurzem. Der Fremdenverkehr als Einnahmequelle war neu. Jahrhundertelang waren Fremde nur nach Belzig gekommen, um es niederzubrennen. Als ich das Ortsschild passierte, fiel mir ein, dass Menschen, deren Muttersprache Englisch war, das «Bad» vor dem Namen möglicherweise als Bewertung missverstehen könnten, und dann entweder umkehrten oder nach einem Bummel durch die Stadt zur Einschätzung kämen, so «bad» sei Belzig doch gar nicht.

Temporäre Hinweisschilder führten mich durch die Stadt zum Parkplatz am Veranstaltungsort. Mit einer gewissen Ehrfurcht nahm ich den Zugangspass aus dem Handschuhfach, den mir Roman Köllner per Kurier geschickt hatte. Ein Zugangspass mit meinem Bild und meinem Namen. Die längste Zeit meines Lebens zählte ich ja zu den Außenstehenden, im schlimmsten Fall Zurückgewiesenen, für die nie auch nur ein einziges Absperrband geöffnet wurde. Heute jedoch nickte der Wachschutzmann, als ich ihm meinen Pass zeigte, nahm das Band aus dem Riegel und wies mit einer gewissen Ehrerbietung nach rechts, wo ein weiteres Absperrband für mich gehorsam zurück in die Rolle schnurrte. Es war grandios. Jeder, dachte ich, sollte so etwas mal erleben.

Viel von der Misere des modernen Menschen verdankt sich der öden, ja erniedrigenden Unbefugtheit seines Daseins. Dabei ist ein Mensch erst dann ein richtiger Mensch, wenn er zu irgendwas befugt ist.

Mein Vater hatte einen Dienstausweis, der mit einem Quartalsstempel gültig gemacht wurde und für sämtliche, auch die geheimen, Dienstobjekte der Zivilverteidigung des Bezirkes galt. Als Kind stellte ich mir immer vor, wie er mit dem Bus zu einer äußerlich völlig unverdächtigen Haltestelle mitten auf dem platten Land fuhr, sich umsah, dann die Bushaltestelle beiseiteschob und eine Treppe zu einem verborgenen Bunker hinabstieg, wo ihm dank seines wunderbaren Dienstausweises Zugang zu endlosen Schächten voller Rotwurst- und Schmalzfleischdosen gewährt wurde. Eine Installation des Kalten Krieges. Nur er durfte sie sehen.

Ich war als Zwölfjähriger einmal dabei gewesen, wie der Wachmann seinen Dienstausweis kurz, aber doch gründlich prüfte, was mich schon damals sehr wunderte, weil die beiden sich duzten. Zivilverteidigung war kein Pferdehandel. Nichts mit Handschlag und Vertrauen. Äußerste Vorsicht, ja ständiges Misstrauen waren hier heilige Berufspflichten. Es hätte ja sein können, dass mein Vater über Nacht auf Honeckers direkten Befehl aller Ehren und Titel verlustig gegangen und sein Dienstausweis eingezogen worden war und dass er sich nun mit einer Fälschung Zutritt verschaffen wollte, um zum Beispiel zu randalieren oder Vorgesetzte die Treppe hinunterzuschubsen.

Das Beste aber war, dass er auch ein Petschaft besaß, mit dem er sein Dienstzimmer versiegelte, wenn er abends heimging. Im Petschaft, das an seinem voluminösen Schlüsselbund hing, klebten stets kleine Reste der Siegelmasse, und es roch intensiv nach Aktenpappe und Geheimhaltung. Als Zwölfjähriger träumte ich von einem Petschaft, mit dem ich mein Kinderzimmer versiegeln konnte. Ich schrieb ja schon Tagebuch und litt unter dem Gedanken, dass meine Mutter mit einem Schmunzeln meine Ergüsse las.

Jetzt aber war kaum das letzte Absperrband hinter mir wieder eingehakt, ich befand mich also im innersten Kreis der Veranstaltung, als eine Assistentin von Bill Pratt auf mich zukam, die sich mit einem sehr blumigen zweiteiligen amerikanischen Vornamen vorstellte, den ich mir partout nicht merken konnte, selbst nachdem ich sie gebeten hatte, ihn zu wiederholen. Da ich sie also nicht direkt ansprechen konnte, war ich im Fortgang ihrer Erklärungen einmal sogar gezwungen, ihr auf die Schulter zu tippen, um ihre Aufmerksamkeit zu bekommen. Gewohnt, nie unaufgefordert berührt zu werden, zuckte sie zusammen, sammelte sich aber gleich wieder und zwang sich zu sehr professioneller Freundlichkeit, eingedenk, dass derlei unfassbare Übergriffigkeit bei den Deutschen vielleicht noch gang und gäbe war. Wir erörterten jedenfalls Gegebenheiten und Abläufe, gingen durch den Text, den Bill Pratt (nach einem kleinen, nur für mich bestimmten Zeichen) verlautbaren würde, und am Ende kam die Assistentin endlich auf die Compliance-Vereinbarung für das Treffen mit dem Hollywoodstar zu sprechen.

«Ihnen wurden folgende Themen für das Gespräch mit Mister Pratt freigegeben ...», sagte die Assistentin.

Ich unterbrach sie mit einer schülerhaften Meldegeste.

«Heißt das, jeder Gesprächspartner bekommt eigene Themen zugewiesen?»

«Richtig», bestätigte die Assistentin, «Mister Pratt trifft an einem Tag wie heute etwa fünfzig bis siebzig Leute. Da kann nicht jeder reden, was er will. Im Interesse von Mister Pratt erlauben wir uns, die Kommunikation zu gestalten.»

«Und wenn ich mit ihm trotzdem über irgendwas anderes rede? Einfach so, weil wir gerade drauf gekommen sind?»

«Sie müssen sich disziplinieren. Sie unterschreiben, dass Sie im Falle der Zuwiderhandlung eine Vertragsstrafe zahlen. Eine nicht unerhebliche Vertragsstrafe.»

Sie drehte den Vertrag zu mir und tippte mit dem Kugelschreiber kurz auf den dort abgedruckten Betrag. Er war absurd hoch. Nepals Bruttosozialprodukt oder so. Irgendwas kurz unter Todesstrafe. Typisch Amerikaner, dachte ich.

«Wie wollen Sie das kontrollieren?», fragte ich dennoch.

«Sie sind nicht allein mit Mister Pratt. Niemand ist allein mit Mister Pratt. Eine Assistentin ist immer anwesend. Die Compliance Note mit dem Approval Attachement wird fortlaufend gecheckt. Wenn wir Verstöße feststellen, beenden wir das Gespräch.»

Dann händigte sie mir den Schrieb aus, und ich studierte meinen Gesprächsrahmen. Ich hatte also zehn Minuten, um mit Bill Pratt über seine Wertschätzung meiner Arbeit, seine Meinung zur Bedeutung von Tierschutzreservaten im Allgemeinen und im Konkreten in Deutschland zu sprechen, und ich durfte ihm drei deutsche Biersorten empfehlen, denn er mochte deutsches Bier.

«Und noch eins», sagte die Assistentin, «es könnte sein …, also es muss nicht, aber es könnte sein, dass Mister Pratt Sie um einen Gefallen bittet.»

Ich merkte auf.

«Wenn das der Fall sein sollte: Tun Sie es nicht!»

«Das wäre aber sehr unhöflich!»

«Das ist keine Bitte. Das ist eine Warnung.»

«Sonst passiert was?»

«Mister Pratt ist eine öffentliche Person. Was für Sie wie

ein kleiner Gefallen wirkt, kann in einem größeren Zusammenhang Umstände befördern, die nicht wünschenswert sind.»

Sie sah mich an wie ein grundsätzlich sehr sympathischer Quizmaster, der die Antwort auf die Frage kennt, aber sie nicht durch die kleinste Bewegung seines Gesichts verraten will. Drogen, dachte ich. Klar, dachte ich, bei dem ständigen Druck würde ich mich auch öfters mal wegschießen. Ich nickte sehr brav. Bill Pratt war schließlich die Quelle all meines beruflichen Fortkommens. Aber dass seine Kontakte derart reguliert wurden, dass er nicht einfach mal spontan was unternehmen durfte, fand ich absurd. Ihm keinen Gefallen zu tun, erschien mir wie wegzuhören, wenn jemand um Hilfe rief.

Ich unterschrieb dennoch.

Ich hatte eine kleine Kabine abseits der Bühne zugewiesen bekommen, in der zwei Monitore mir ein perfektes Close-up und eine Halbnahe von ihm zeigen würden. Wir probten mit einem Mitarbeiter das Übersprechen, und es klappte – ich hatte ja nachher nur einen Versuch – ganz gut. Pratts Text vermerkte, dass er sich seine deutsche Stimme für diesen Anlass ausgeliehen habe, damit jeder seine Botschaft ohne Umschweife höre. Ich fühlte mich überaus angenehm erwähnt. Hatte er ja nicht nötig.

Von meiner Kabine aus konnte ich überdies sehen, mit welchem Gespür für Star-Appeal das Management sein Ankommen orchestrierte und positionierte. Irgendwie schafften sie es, dass die Kanzlerin schon auf dem Platz erschienen war, mit ein, zwei anwesenden Landespolitikern Begrüßungen und kurze Worte gewechselt, auch dem hier und da schon vereinzelt klatschenden Publikum zugewinkt hatte und dann tatsächlich eine halbe Minute am Mikrophon herumstand – bis ER kam. Er kam zwar von der Seite, aber auch aus der Tiefe des Raumes. Mitten durch einen Flügel des Publikums, energischen Schrittes durch eine Gasse, die schon vorher da gewesen war, aber jetzt von der Security noch einmal weiter geöffnet wurde, unter freundlicher Zurückdrängung der Gäste, eigentlich erst ausgelöst durch Bill Pratt selbst, der hier und da ein paar Jubelbrüder abklatschte, schließlich aber auf die Bühne sprang, um mit beiden Händen nach der Hand der Kanzlerin zu greifen, als erfülle sich damit sein Schicksal. Er war ein Mann des Auftritts.

Die Kanzlerin freute sich in den Grenzen ihrer norddeutschen Sachlichkeit, war aber doch ein bisschen bewegt, wie ihre Worte gleich darauf bewiesen. Sie machte ein paar schöne Sätze über Hollywood als Traumfabrik und Bill Pratt, der in dieser Traumfabrik für einen wichtigen Traum stehe, den Millionen Menschen mit ihm teilten, dem Traum von einer Welt, in der der Mensch sich als Teil der Natur begreift. Und so sprach sie munter fort.

Köllners Idee ging auf. Bill Pratt hatte einen fast unmerklichen Moment des Innehaltens, als er sich faktisch seiner eigene Stimme benommen sah, die auf dem Weg zu den Lautsprechern nun meine geworden war, aber er war Profi. Im Gegenteil, mit jedem Wort, das er sprach und das nun ohne eine Sekunde der Verzögerung in diesem fremden, harten, eben deutschen Ton die Zuschauer erreichte, wurde er launiger. Er sprach seinen Text, kaute die Worte deutlicher, indem er vom Netz des Lebens sprach, das der Mensch mit seinen Straßen zerschnitten hätte. Ebenso wie Menschen dürften Tiere nicht durch Zäune gehindert werden zueinanderzukommen. Gerade die Deutschen wüssten nur zu gut, was das heißt.

Bill Pratt machte eine kurze, effektvolle Pause und warf der Bundeskanzlerin einen traurigen, aber durch eine Bewegung seiner Augenbrauen auch irgendwie sexy wirkenden «Leider wahr!»-Blick zu, sie nickte gleich ergriffen. Normalerweise standen weniger ansehnliche Männer neben ihr, wenn auf die leidvolle Geschichte des geteilten Deutschland zu verweisen war. Dann holte er wieder tief Luft, mir zum Zeichen, dass es weiterging im Text. Er sprach vom «Roadkill», dem Fallwild, das zu Tausenden in jeder Saison von Autos getötet würde, und dass Wildbrücken verhinderten, dass Autofahrer zu Mördern ihrer Mitgeschöpfe würden. Wildbrücken seien somit nicht nur Brücken für Tiere, sondern sie seien auch Brücken zwischen Mensch und Tier. Applaus füllte die bedeutenden Pausen zwischen seinen Sätzen. Ich nahm mir spontan vor, mehr Pausen zu machen. Nur Verlierer redeten ohne Punkt und Komma.

Eine Stunde später, das Band war zerschnitten, die Wildbrücke eröffnet, die Eichhörnchen hätten schon loshoppeln können, von Bad Belzig nach Bad Tölz zum Beispiel, stand ich nichtswürdiger Wurm im Promi-Zelt neben Bill Pratt, und er hielt mein Handy zum Promi-Shot in die Höhe, ziemlich weit in die Höhe, denn Bill Pratt war groß, viel größer, als ich ihn mir vorgestellt hatte. Alles an ihm war größer, als ich es aus seinen Filmen kannte. Seine Augen, sein Mund waren riesig, er hatte so festes Haar und dermaßen markante Kiefer, dass es fast schon wie eine krankheitsbedingte Deformation aussah. Ich brauchte ein paar Sekunden, um damit klarzukommen. Aber natürlich, dies war ein Kameragesicht und deswegen erfolgreich. Die Kamera nimmt schließlich jedem Ausdruck zwanzig Prozent an Wirkung weg, und nur die übertriebenen Visagen kamen dagegen an. Ich fragte mich mit Grausen, wie Mick Jagger «in Wirklichkeit» aussah.

Bill Pratt hielt derweil mein Handy in die Höhe und aus der Reichweite der Assistentin, die sich verlegen lachend nach dem Handy gereckt hatte, weil unbedingt sie das Foto von uns beiden machen wollte. Pratt machte sich einen Spaß daraus, ihr das Handy vorzuenthalten. Klickte, drehte sich ein, begutachtete das Foto, sagte «O no! Bad Picture! You look like Chicken Little!» und hielt es wieder in die Höhe zum erneuten Foto, während die Assistentin jetzt fast schon flehte, ihr das Bildermachen zu überlassen. So ging das drei, vier Mal. Dann war er wohl zufrieden und gab mir mein Handy zurück. Klopfte mir auf die Schulter, und wir sprachen über dieses tolldreiste Stück einer Live-Synchronisation und meine Arbeit in seinen Filmen. Ich nannte ihm zwei meiner Lieblingsszenen im neuen Film *Der Ranger* und – siehe da – es waren auch die seinen. Er versorgte mich mit putzigen Details vom Shooting dieser Szenen, und wir waren ein paar Sekunden synchron begeistert. Pratt erwähnte dann, dass der Europamann ihm gesagt habe, ich sei «the only voice the german audience accept to hear of me in the dubbing».

Den gewaltigen Gallagher von der Globe Pictures Alliance zum bloßen «Europamann» heruntergestuft zu sehen, kitzelte mich nicht wenig. Für Bill Pratt war der Filmboss jemand, mit dessen konkreter Funktion oder gar Namen er sein Gedächtnis nicht belasten musste. Wichtig war ihm wohl nur, dass es auf jedem Kontinent so einen gab.

«You have a magnificent voice!», lobte Bill Pratt meine Stimme, «Sounds kinda trustworthy, reliable, responsible, all in one. No wonder the Germans like me that much!» Er legte mir den Arm um die Schulter, und das fühlte sich ganz seltsam angenehm an von einem Mann, den ich erst seit ein paar Minuten persönlich kannte.

«I owe you a lot!», schloss er durchaus bedeutend.

Ich entgegnete sofort, dass ich ihm mehr schulde als er mir.

«That's true again!», meinte Bill Pratt und sagte dann, wie ich meinte zu hören, etwas langsamer, betonter als zuvor: «You owe me something too.» Er sah mir in die Augen, wie er vorhin der Kanzlerin in die Augen gesehen hatte: Wir verstehen uns, mein Freund. Dann zwinkerte er.

Ich fühlte mich gegen meinen Willen tief verbunden mit diesem Mann. Was für ein Menschenzauberer! Jeden gottverdammten Dollar hatte er verdient.

Die Assistentin, die irgendwo zwischen respektvoller Entfernung und Hörweite stehen geblieben war, neigte sich uns zu und deutete auf die Uhr: «Sie wollten Mister Pratt noch ein paar deutsche Biersorten empfehlen!»

Also tat ich dies. Dann kam die zweite Assistentin und freute sich riesig, mich wieder aus dem Promi-Zelt hinauszugeleiten zu dürfen. Ich ging mit ihr hinaus, aber nach ein paar Schritten hatte ich so ein sonderbares Gefühl im Rücken, blickte mich noch einmal um, und tatsächlich sah ich Bill Pratt, schon wieder im Gespräch mit dem sehr aufgeregten Bürgermeister von Bad Belzig, mir hinterherblicken. Ich winkte, und er winkte auch. Dabei meinte ich zu sehen, dass seine winkende Hand eine Geste formte, die irgendetwas bedeuten sollte. Vielleicht «Keep going!» oder «Rock it!» oder was immer ein gespreizter Daumen und ein gespreizter kleiner Finger aus einer wackelnden Faust in Amerika hießen. Aber vielleicht war ich auch einfach nur benommen von der Begegnung mit einem Star. Ich hoffte sehr, dass es mich nicht befangen machen würde bei den nächsten Synchronisationen.

Draußen vor dem Zelt fiel der Assistentin abrupt alle freudige Erregung ab.

«Darf ich bitte einen Blick auf die Fotos werfen, die Sie mit Mister Pratt gemacht haben!», verlangte sie.

Ich zog mein Handy etwas umständlich aus der Tasche, während ich erklärte, dass ich diese Bilder gar nicht veröffentlichen wolle oder so. Maximal an ein paar Freunde schicken.

«Eben drum», meinte die Assistentin, «wir wollen doch sicher sein, dass Ihre Freunde nichts Peinliches oder Dummes auf diesen Bilder sehen.»

«Sie löschen aber nicht, ohne mich vorher zu fragen, ja?», wehrte ich mich irgendwie vergeblich gegen diesen letzten aller ungeheuerlichen Eingriffe in mein Treffen mit dem Star.

«Natürlich nicht!», die Assistentin scrollte schon durch die Bilder.

«Weiter hinten kommen nur noch Penisse!», versuchte ich, witzig zu sein.

Sie lachte nicht.

«So weit alles in Ordnung. Danke, dass Sie Verständnis haben!», gab sie mir schließlich das Handy zurück.

Als ich durch die artig beiseiteschnurrenden Absperrungen wieder zurück zum Auto ging, merkte ich, dass ich Bill Pratt mindestens ebenso bemitleidete, wie ich ihn bewunderte. Er durfte kein dummes Gesicht machen. Er durfte nie was Dummes sagen. Sein Einfluss auf die öffentliche Meinung war so groß, dass er ihn gar nicht mehr ausüben konnte. Immer in löblichen Allgemeinplätzen sprechen. Immer Vorbild sein. Nie besoffen in der Ecke liegen. Nie fremdgehen. Um nichts in der Welt wollte ich mit ihm tauschen. Ich war ein freier Mann, ein reicher Mann und konnte Dummheiten machen, wie ich wollte.

Zu Hause saßen Ulrike und Linus am Küchentisch vor Papierkram. Ich ging einmal bedeutend vor ihnen auf und ab und hielt ihnen abrupt das Handy mit dem Foto von Bill Pratt und mir hin.

«Du siehst so klein neben ihm aus!», sagte Ulrike.

«Du hättest ihn nicht das Bild machen lassen sollen. War kein anderer da, der euch aufnehmen konnte?», fragte mich Linus.

«Jedenfalls habe ich ihn live und in Farbe gesehen! Ein toller Typ! Ehrlich jetzt!», begeisterte ich mich selbst in Ermangelung anderweitigen Zuspruchs. Die beiden nickten.

«Du kannst uns nachher beim Abendbrot mehr erzählen», sagte Ulrike, dann steckten sie ihre Köpfe wieder zusammen und füllten gemeinsam einen Zettel aus. Ich hielt es zunächst für die Bewerbung um einen Ferienjob. In ein paar Wochen würde Linus mit der zehnten Klasse fertig sein, und ich fand es eine gute Idee, dass er sich im Sommer ein bisschen Geld dazuverdiente. Auch wenn er es anschließend wahrscheinlich in Computerspiele investieren würde.

«Was habe ich für einen Abschluss?», fragte Linus seine Mutter.

«Realschulabschluss», sagte Ulrike, «kreuz das hier an!»

«Das musst du nur eintragen, wenn du nach der zehnten Klasse abgehst», mischte ich mich ein.

Die beiden sahen mich mit einem gewissen Informationsvorsprung an. Ich warf einen genaueren Blick auf das Papier. Es war ein Bewerbungsformular der Brandenburgischen Talsperrenverwaltung.

«Linus wird das Gymnasium nicht fortsetzen», unterrichtete mich Ulrike. «Er wird ab September eine Ausbildung zum Wasserbauer machen. Mit dem Ziel, später einmal Gewässerschutzbeauftragter zu werden.»

«Entweder Grundwasserschutz oder Oberflächengewässer, weiß noch nicht richtig», ergänzte Linus.

Ich wollte immer ein Kind, das mich überrascht. Nur. Nicht. So.

«Vielleicht habe ich dazu auch noch was zu sagen?», bemerkte ich irritiert.

«Willst du es ihm verbieten?», fragte Ulrike.

«Nein», sagte ich, «aber ich möchte einbezogen werden.»

«Du wirst gerade einbezogen», sagte Ulrike.

«Können wir jetzt mal weitermachen?», maulte Linus, dem jeder Zwist seiner Eltern unangenehm war.

Ich sagte nichts weiter, ging zur Schublade mit den Süßigkeiten und brach ein Stück Schokolade aus der Packung, wie jemand, der ein Notfallmedikament braucht. Natürlich wollte ich es ihm verbieten! Gewässerschutzbeauftragter! Ich hatte doch keinen Sohn gezeugt, damit der eines Tages die Einhaltung der EU-Wasserrahmenrichtlinie im Speicherbecken Spremberg überwacht! Dann doch lieber Chansonsänger mit Vormittagsauftritten! Wie sollte ich irgendjemandem erklären, was aus meinem Sohn geworden war? Ich schloss kurz die Augen, schmeckte die schmelzende Schokolade in meinem Mund und atmete dabei leicht, aber bewusst durch die Nase. Ein Arzt erschien vor meinem inneren Auge, ein Arzt, der vor siebzehn Jahren an seinem Schreibtisch die Ergebnisse einer Blutuntersuchung durchblätterte, um Ulrike und mir schließlich mitzuteilen: «Es ist natürlich ganz allein Ihre Entscheidung, aber Sie müssen wissen, dass Ihr Kind höchstwahrscheinlich eine erbliche Neigung zum Gewässerschutzbeauftragten haben wird!» Ich fühlte, wie sich meine Hand um die Ulrikes krampfte, und ich hörte mich sagen: «Wir wollen es trotzdem!»

Ich hatte trotz einer kindheitslangen Entfremdung gehofft, dass Linus einen Weg gehen würde, der ihn mir irgendwann näherbrächte. Vielleicht nicht Schauspielerei. Vielleicht nicht mal was Selbständiges. Aber irgendwas, von dem aus er verstehen konnte, warum ich der war, der ich war. Doch er hatte sich entschieden, ganz aus dem Universum meines Begreifenkönnens zu verschwinden. Hatte einfach die Qualen des Abiturs, die Orientierungslosigkeit des

Jungerwachsenen, alles, wo er meinen Trost und Rat hätte brauchen können, beiseitegetan, um geradewegs ein Leben im Banne irgendwelcher Pegelstände zu führen. Auf dass wir nie zueinander fänden.

Vielleicht hätte ich es akzeptiert, wenn er zu mir gekommen wäre und mich gefragt hätte, wie ich das fände, dass er das Gymnasium abbrechen und was «Handfestes» machen wolle. Vielleicht hätte es gereicht, wenn er nur dieses verkackte Formular mit mir zusammen ausgefüllt hätte. Vielleicht ...

«Wartet nicht mit dem Abendbrot auf mich!», sprach es plötzlich aus mir. «Ich bin noch mal mit meinem Agenten verabredet. Wegen dieser Edel-Doku von Flim Flanders. Könnte dauern.»

Dann ging ich, und noch im Hinuntersteigen der Treppe wählte ich die Nummer von Birte. Vielleicht hätte ich noch ein bisschen warten sollen, bis meine Stimmung besser war. Ich hatte die Faxen so dicke, dass ich geradewegs in ein neues Leben hineinspringen wollte, eine neue Frau, ein neues Kind, überhaupt alles neu. In meinem neuen Haus.

«Hallo! Ich bin's!», sagte ich, zögernd, Birte direkt anzusprechen und zu duzen, unsicher, ob das «Du» auch schon jenseits Verstellung und Schabernack erlaubt war. «Ich komme gerade von diesem ... Ding ... mit Bill Pratt und der Kanzlerin», prahlte und stotterte ich zugleich, «da fiel mir ein ... da wollte ich ... das könnte man bei einem Glas Wein ... sacken lassen ..., dachte ich so.»

«Ich kann leider nicht», sagte Birte. Ich fiel etwas in mich zusammen. Natürlich. Was hatte ich gedacht? Dass da eine junge schöne Frau an einem Freitagabend zu Hause sitzt und wartet, dass endlich ein alter verheirateter Schwadroneur anruft, um sich an ihrer Gesellschaft zu erfrischen?

«Ich bin heute umgeknickt», sagte Birte weiter. «Ich habe einen dicken Knöchel. Ein schlimmes Aua.»

Wie sie «schlimmes Aua» sagte, war süß und verspielt und gewiss nichts, was man sagte, wenn einem ein Telefonat unangenehm war.

«Schade», sagte ich.

«Warum kommst du nicht vorbei?», fragte Birte. «Wir können auch bei mir ein Glas Wein trinken.»

Das ganz unverstellte Du und der Vorschlag verwandelte mein kurz in sich zusammengesunkenes Altherren-Ich sofort wieder in einen dynamischen Mann von Welt.

«Das ist eine ganz hervorragende Idee», sagte ich munter und bog im selben Moment ab zu einer Tankstelle, um Herzschokolade oder was anderes Tröstendes zu kaufen.

Es gibt eine Art geschmackvoll eingerichteter Singlefrauen-Wohnungen, die so perfekt zusammengestellt sind, dass jeder andere Mensch außer ihr Besitzer wie ein Fremdkörper darin wirkt. So war Birtes Wohnung. Ich wurde vom Verlangen überwältigt, einen schwarzen Rolli auf einem makellos schlanken Körper zu tragen. Die Flurgarderobe aus gebürstetem Stahl auf der violetten Velourstapete mit den grauen Lilien-Mustern, die weiße Küche mit den spiegelglatten Kacheln, die türkisfarbenen Stühle, die nach artig bestrumpften Beinen riefen, der himmelblaue kleine Tisch, wie gemacht für Espressotassen, das Bücherregal als Raumteiler, das dahinterstehende Sofa in impressionistischer Farbgebung, alles aufeinander abgestimmte Einzelstücke, ein mittelgroßer TV, wie er ausschließlich von Menschen gekauft wird, die dem Fernsehen nur eine untergeordnete Rolle in ihrer Freizeitgestaltung zugestehen. Ich lobte alles.

Birte humpelte mir voraus. In Stulpen. Ich wurde immer entzückter.

Sie holte zwei handballgroße Rotweingläser aus einer, ich sage jetzt mal, italienischen Designvitrine, und ich entkorkte sehr männlich die Flasche, die sie schon bereitgestellt hatte. Dann saßen wir nieder auf dem Sofa.

«Hier guck mal», sagte Birte in reizender Vertrautheit und legte mir ihren linken Unterschenkel auf den Schoß, «alles dick!»

Ich fand das nicht, aber es war auch egal, aus welchem Grund ich Birte anfassen durfte.

In diesem Moment klingelte mein Handy.

Es war ein Test.

Ich habe ihn nicht bestanden.

Hätte ich das Handy einfach lautlos gestellt und weggetan, wie es jeder romantische Mann in so unmittelbarer Nähe einer so wundervollen Frau wie Birte getan hätte, wäre ich weiter «the one and only German voice of the greatest moviestar alive» geblieben. Ich hätte vermutlich einen Abend berauschender Zärtlichkeiten erlebt und mich am Morgen endgültig für sie entschieden. Aber ich war das Kind eines Oberstleutnants der Zivilverteidigung. Ich konnte kein Telefon klingeln lassen. Ich musste rangehen.

«This is Bill!», sagte das Telefon. «How are things, my dear friend!»

«How did you get my number?», fragte ich sehr langsam und sehr erstaunt.

«Only the fast will last! I checked the number in your mobile», lachte Bill Pratt. «By the way. Do you remember that you owe me one, that you promised to do me a favor?»

SECHSTES KAPITEL

Es war schon gegen halb neun, als ich am nächsten Morgen in die Küche geschlurft kam. Der Tisch war bereits abgeräumt. Ulrike saß bei einer zweiten Tasse Kaffee und löste das Kreuzworträtsel in der Fernsehzeitschrift. Als sie mich sah, unterbrach sie ihr Rätselwerk und sagte: «Guten Morgen!»

Ein überaus klares und deutliches, sehr bewusst an mich persönlich gerichtetes «Guten Morgen!».

«Habt ja lange gemacht gestern!», meinte sie und ließ die Kugelschreibermine mit einem beherzten Klick ins Gehäuse zurückschnipsen.

Das Geräusch des klickenden Kugelschreibers verursachte in meinem schlaftrunkenen Geist ungefähr dasselbe wie der erste dumpfe Trittschall des T-Rex in *Jurassic Park*. Schlagartig war ich wach. Ich begriff, dass Ulrike ein Interesse an diesem Abend hatte, das sie nicht hätte haben dürfen.

«Wo wart ihr eigentlich?», fragte sie denn auch gleich weiter.

«Wir? Wo wir waren?», fragte ich zurück, fast versucht, noch «Du willst wissen, wo wir waren?» und vielleicht auch «Also wo wir eigentlich waren? Willst du das wissen?» zu fragen, doch mir war klar, dass ich nicht ewig zurückfragen konnte. Ich musste antworten. Schnell und überzeugend. Jetzt keinen Fehler machen. Plausibel bleiben, aber strengste Unüberprüfbarkeit sicherstellen.

«Bei ihm. Im Büro. Wieso?»

«Allein?»

«Was allein?»

«Ob ihr allein wart?», fragte Ulrike. «Du und dein Agent?»

Ich hatte jetzt das deutliche Gefühl, dass sie mich irgendwohin fragen wollte. In die Enge fragen wollte. Jeder Antwort eine Ausflucht weniger.

«Wieso willst du das wissen?»

Sie hob einen Teil der aufgeschlagenen Zeitschrift an. Ich sah mein Handy darunter liegen. Sie tippte auf die Hometaste, sodass der Bildschirm kurz aufleuchtete. Mit einer Nachricht.

«*Schade*», las Ulrike vor, «*dass du nicht länger bleiben konntest!*»

Dann sah sie mich an.

«Das schreibt die …», sie sah noch einmal genauer hin, «*‹Assistenz der Geschäftsleitung Schrägstrich DV Bank›*.»

Puh. Glück gehabt.

Ich hatte in einem Anfall vorausahnender Geheimniskrämerei Birtes Namen im Kontakt leer gelassen und nur die Zeile Firma ausgefüllt. Ich ahnte damals – oder vielleicht hoffte ich es auch –, dass Birte mich eines Tages zu Hause im Beisein meiner Familie anrufen könnte, und da schien es mir angebracht, ihre Identität ganz im Geschäftlichen zu verbergen. So konnte ich auch daheim jederzeit das Telefon offen herumliegen lassen. Und *Assistenz der Geschäftsleitung* war ja nicht gelogen!

«Ja, sorry», sagte ich, «die haben da noch länger gemacht. Also, der Agent und diese ... Assistenz der Geschäftsleitung. Wenn so eine Flasche Whiskey erst mal auf ist ... Hast du etwa gedacht, dass ...»

Ulrike tippte noch einmal auf den Homebutton. Entsperren konnte sie ja mein Handy nicht. Der Bildschirm leuchtete wieder auf.

«Oh, ich habe einen Satz vergessen, also, ihn vorzulesen», sagte sie und las: *«Mein schlimmes Aua ist schon viel besser!»*

Ich senkte die Lider halb über die Augen. Ja, sicher konnte man das Erscheinen von Nachrichten auf dem Sperrbildschirm auch irgendwo ausschalten. Hätte man machen können. Wenn man alle Möglichkeiten bedacht hätte, hätte man das bestimmt längst gemacht. Vielleicht verdankt sich Untreue einfach nur der Wahnvorstellung, dass man alle Möglichkeiten ihrer Entdeckung im Voraus bedenken könnte.

Ich entschied mich, nicht weiter zu lügen. Es mochte nicht der wohlbereitete Zeitpunkt sein, an dem ich Ulrike mit meinem neuen Leben konfrontieren wollte. Aber würdeloses Herumlügen machte es jetzt nicht besser. Lügen war für Feiglinge, und wenn Frauen etwas noch mehr hassten, als betrogen zu werden, dann auch noch von einem Feigling betrogen zu werden.

«Gut», sagte ich, «bei der Assistenz der Geschäftsleitung handelt es sich um ...»

Das Handy klingelte, und *Roman Köllner* erschien auf dem Display.

«Ich geh mal für dich ran!», sagte Ulrike süffisant und stellte das Handy laut.

«Der Hund lebt!», rief Köllner durchs Handy. «Danken

Sie Gott, dass der Hund lebt! Ein Tierarzt war in der Nähe! Stellen Sie sich vor, was geschehen würde, wenn der Hund krepiert wäre! Wir wollen alle Gott danken, dass Tierärzte so gut verdienen, dass sie in Fünf-Sterne-Hotels absteigen! Eine Riesenkalamität! Aber egal! Der Hund lebt!! Das ist alles, was zählt! Der Hund!»

Ulrike sah mich fragend an, ich zuckte mit den Schultern.

«Sie haben doch gestern mit Bill Pratt gesprochen», tönte Köllner weiter, «wirkte er da irgendwie anders? Hat er sich ungewöhnlich benommen? Hat er Andeutungen gemacht? Himmel, das haben jetzt schon hunderttausend Leute im Internet gesehen, wie der Hund da hängt! Und heute Abend sind es Millionen! Millionen! Verstehen Sie, was das für ein Schaden ist! Und dann rennt er auch noch weg ... Was soll die ganze Scheiße?»

«Tag, Herr Köllner», sagte Ulrike, die ihre erste Verwirrung abgeschüttelt hatte und wieder konzentriert war auf das, was sie wissen wollte, «ich bin's. Toms Frau. Schön, dass Sie anrufen. Aber waren Sie nicht gestern schon die halbe Nacht mit Tom zusammen?»

«Oh!», antwortete Köllner und wechselte abrupt ins Höfliche und Gediegene, «Sie sind das. Ich wusste ja nicht ... Kann ich ihn bitte sprechen?»

«Beantworten Sie mir doch erst meine Frage!», insistierte Ulrike. «Waren Sie gestern Abend mit Tom unterwegs?»

Köllner war kein Idiot.

«Liebe Frau Funke! Verzeihen Sie, aber ich spreche grundsätzlich nicht mit Dritten über geschäftliche Angelegenheiten. Und jetzt würde ich wirklich gerne mit ihm selbst sprechen!»

«Gib! Ihn! Mir!», verlangte ich und streckte die Hand aus. Ulrike schob trotzig die Unterlippe vor. Sie sah aus, als würde sie dem Handy gleich irgendetwas antun, wenn sie nicht sofort eine Antwort auf ihre Frage bekäme.

In diesem Moment läutete es an der Wohnungstür.

Eine Seltsamkeit sondergleichen. Ich würde unter Eid aussagen, dass noch nie an einem Samstagmorgen um halb neun jemand an unserer Wohnungstür geläutet hatte.

Von einer Ahnung erfasst, sprang Ulrike auf und rannte an mir vorbei zur Tür. Vielleicht dachte sie, dass die ominöse Assistenz der Geschäftsleitung jetzt persönlich aufkreuzen würde. Und eigentlich dachte ich so was auch. Ich schnappte mir das Handy und sagte Köllner, ich würde zurückrufen.

Ulrike riss die Tür auf und stieß einen kurzen Schrei aus. In zwei Sätzen war ich bei ihr.

«Kein Wort, hab ich gesagt!», krächzte mich Bill Pratt wütend an, kaum, dass ich hinter Ulrike auftauchte. «Kein einziges Wort! Sie sind dafür verantwortlich, dass das eskaliert ist! Sie allein! Ich habe Ihnen vorher gesagt, dass ich nichts sage! Ich habe mich an alles gehalten! Ich hab nichts gesagt! Wenn ick wat gesagt hätte, wäre alles aufgeflogen! Und nur, weil es nicht aufgeflogen ist, ist alles eskaliert! Sie werden das bezahlen! Ich will jetzt zweitausend Euro! Mindestens! Ich komme wieder! Zweitausend Euro!»

Er zeigte mir einen Stinkefinger, drehte sich abrupt um und lief die Treppe hinunter. Auf dem Treppenabsatz aber machte er noch einmal halt, sah zurück und kreischte geradezu: «Und ick habe diese verdammte Töle nicht getreten! Jedenfalls nicht mit Absicht!»

Dann war er weg.

Ulrike stand da, verblüfft bis in die Haarspitzen, und versuchte, mit der Tatsache klarzukommen, dass ihrem Verdacht meiner möglichen Untreue ganz plötzlich die Priorität abhandengekommen war.

«War das …?», fragte sie fassungslos. «Wieso spricht er deutsch?»

Sie schwieg eine Weile, bis ihr Denken wieder ein bisschen Tritt gefasst hatte.

«Und wieso spricht er so komisch? Hat er was am Hals?»

Ich konnte es ihr nicht sagen. Obschon ich gekonnt hätte …

«Hier sieht man es noch mal genau», sagte Köllner und drückte die Rücksprungtaste auf der Fernbedienung. «Die Frau redet auf ihn ein, der Hund kläfft, er geht in den Fahrstuhl, die Frau hinterher, der Hund ebenso, und dann, kurz bevor die Türen schließen, fliegt der Hund raus. Es könnte ein Tritt gewesen sein oder … der Hund sprang zurück. Man sieht es nicht.»

Ich saß, eine Stunde später, in Köllners Büro im schmusigen Verhandlungssessel, der einem jeden Widerstand raubte, und glotzte auf den Riesenbildschirm an der Wand, auf dem sonst irgendwelche News liefen. Jetzt sah man dort Bilder einer Überwachungskamera. Alles ohne Ton. Gott sei Dank. Man sah, wie die Leine des Hundes im Türschlitz nach oben glitt und den sich sträubenden Hund zurück an die geschlossenen Fahrstuhltüren schleifte, wo er schließlich ganz wunderlich und wie durch einen Zaubertrick nach oben schwebte, bis er am oberen Rahmen der Fahrstuhltür hängen blieb. Auf dem Gang davor liefen Leute zusammen. Drückten den Fahrstuhlknopf in irrer Verzweiflung. Eine Frau fiel in Ohnmacht. Jemand übergab sich. Der Hund da oben sah wirklich nicht gut aus. Machte komische Sachen mit den Pfoten. Dann zwei Männer. Einer kniete nieder, der andere stieg auf dessen Schultern und wollte den Hund aus seinem Halsband befreien, rutschte aber von den wackligen Schultern ab, fast, dass er sich am Hund festgehalten hätte. Doch beim zweiten Versuch bekam er das Halsband mit der einen Hand gelöst, hielt den Hund mit der anderen und nahm ihn dann in seine Arme. Der Hund aber war schon schlapp wie eine Lumpenpuppe.

«Alles in allem nicht mal anderthalb Minuten!», sagte Köllner und hielt das Bild an. Der Mann mit dem Hund im Arm und alle anderen drum herum blieben erstarrt im Bild stehen. «Der Hund hatte Glück für zwei. Elastische Hundeleine. Kennen Sie sicher. So eine, die auf Knopfdruck in die Kassette zurücksurrt. Immerhin zehn Meter auf der Rolle. Gut, dass Frauchen da nicht gespart hat. Bill Pratt bewohnt die Suite in der siebten Etage. Wäre er ganz nach oben gefahren, hätte es der Hund nicht überlebt. Rätselhafterweise drückt er aber die Drei. Schließlich der Tierarzt im Foyer, der sich um die Delle im Kehlkopf gekümmert hat. Natürlich Sauerstoffmangel. Der Hund wird vielleicht nicht mehr ganz so quick sein wie früher. Aber er lebt. Nur das ist wichtig. Der Tod ist ein unumstößliches Faktum. Hier aber haben wir bloß einen Vorfall, eine Verkettung unglücklicher Zufälle mit gottlob glücklichem Ausgang. Es wird nicht ganz einfach, diesen Vorfall zu bearbeiten, aber sein Management sollte das hinkriegen. Inklusive einer finanziellen Kompensation für die Dame.»

Köllner, der auf seinem Schreibtisch saß, um seiner Videoanalyse ein bisschen mehr War-Room-Charakter zu verleihen, drehte sich zu mir ein.

«Wissen Sie, was mich aber irritiert bei dieser Sache?», fragte er und trommelte ein paar Mal mit der Fernbedienung auf seinem Oberschenkel herum. «Bill Pratt wirkt so uncool!»

Ich nickte ein bisschen.

«Sehen Sie, Bill Pratt ist jetzt nicht so der Rain Man. Plötzlicher Kontakt mit fremden Menschen kommt für ihn eher nicht überraschend. Ich würde sogar sagen, er genießt es. Ein Charmeur, der noch nie jemanden hat stehen lassen, schon gar nicht Frauen. Ob mit Hund oder ohne. Dieser Bill Pratt jedoch gerät, als ihn eine Frau in der Hotellobby anspricht, sichtlich in Panik. Er hebt die Hände und macht sich schnurstracks auf den Weg zum Lift.»

«Vielleicht hatte er Verdauungsprobleme und wollte schnell auf sein Zimmer.»

«Dann wäre er auf sein Zimmer gegangen! Ist er aber nicht. Er ist abgehauen. Im dritten Stock ausgestiegen und wieder die Treppe runter. Hintenraus! Wie so ein Ganove! Und vorher hat er noch beinahe einen Hund ermordet!»

«Ja, aber weil diese Frau ihm in den Lift gefolgt ist!», sagte ich. «Welcher Star lässt denn eine Frau allein zu sich in den Fahrstuhl? Tür zu, und fertig ist die Notzuchtklage! Wo ist überhaupt seine Security?»

Roman Köllner deutete mit der Fernbedienung auf Einzelheiten in der Aufnahme.

«Das ist das nächste Rätsel. Die Security folgt Bill Pratt zunächst durch die Hotellobby – hier und hier – sehen Sie, die beiden Männer, da bleiben sie stehen. Pratt ist auf der Toilette. Bleibt insgesamt zehn Minuten. Ganz schön lange.

Prostata? Mit Ende dreißig? Dann ist er wieder da. Die Security will ihm folgen, wird aber abgelenkt. Sie schauen einem Mann mit Sonnenbrille und Basecap nach, der kurz nach Bill Pratt die Toilette verlässt. Dann geht das los mit der Frau im Foyer. Sie will unbedingt ein Foto mit ihm machen.

Er wehrt sie ab, aber sie folgt ihm. Jetzt erst werden die Securities aufmerksam, aber er hastet schon zum Fahrstuhl. Sie hinterher, der kläffende Köter mit dabei. Der Rest ist Geschichte.»

Köllner sah mich an, als müsse ich jetzt etwas sagen.

«Wo waren Sie eigentlich gestern Abend?», fragte er dann so beiläufig und unverbindlich, als sei das hier alles eitel Smalltalk in einer Konferenzpause.

«Weg!», antwortete ich, und Köllner nickte, als würde ihn diese Nichtauskunft vollends befriedigen. Er legte den Zeigefinger auf den Fuß der Fernbedienung und ließ sie ein bisschen wippen.

«Waren Sie nur weg oder richtig weg?», fragte er dann.

«Also, jetzt mal ehrlich, das geht Sie doch nichts an!», sagte ich.

«Und ob mich das was angeht!» Köllner sprang vom Tisch herunter. «Ich habe Ihnen diese Bilder doch nicht umsonst gezeigt. Glauben Sie, ich kann keine Gesichter lesen? Sie haben die Augen verdreht! Bei Sekunde Fünf! Da ist Bill Pratt noch gar nicht im Fahrstuhl! Warum verdrehen Sie da die Augen? Sie denken ‹*Was für ein Idiot!*›, und er hat noch gar nichts Idiotisches getan! Sagen Sie mir endlich, was Sie wissen!»

«Es ist nicht Bill Pratt!», seufzte ich.

Eigentlich war es nicht nur ein Gefallen, den Bill Pratt von mir am Vorabend gefordert hatte. Aber ich wollte nicht kleinlich sein. Einen Mietwagen zu beschaffen, das war leicht. Einen Doppelgänger zu besorgen, erwies sich hingegen als nicht so einfach. Es gab zwar etliche Doppelgänger-Agenturen in Berlin, die einen «Bill-Pratt-Lookalike» im Angebot hatten, aber bei den meisten ging um diese Zeit eben nur noch der Anrufbeantworter ran. Eine Agentur hatte jedoch eine Handynummer auf der Webseite, ich erreichte den Inhaber, der versprach, seinen Mann zu kontaktieren.

Ich habe mich immer gefragt, warum man Doppelgänger wird, wenn man doch schon selber aussieht wie der «sexiest man alive». Immerhin sollte das Leben dann doch freundlich zu einem sein. Gutaussehende Menschen finden leichter Kontakt, werden besser behandelt und verdienen sogar mehr. Im Falle des Bill-Pratt-Doppelgängers, den ich eine Stunde später am Frankfurter Tor traf, wurde mir schnell klar, dass ihm sein gutes Aussehen im wirklichen Leben wenig nützte. Der Doppelgänger klang wie ein Berliner Transportarbeiter mit Kehlkopfentzündung. Hin und her kickste seine Stimme und überschlug sich zuweilen, sobald er etwas aufgeregter war.

«Ich komme immer rein, mache den Pistolengruß» – er zeigte sehr gekonnt und hollywoodmäßig mit dem Zeigefinger auf mich –, «schüttele Hände, und wenn Tanz ist, schwenke ich auch mal kurz die Ladys umher. Und wieder raus. Das ist alles. Keine Ansprachen, kein ‹Hallo Leute!›. Ist ja klar, oder?»

Fragen bekamen ihm gar nicht. Die Tonhöhe brach unkontrolliert nach oben aus. Man hatte sofort den Wunsch, ihm irgendwas zu trinken zu geben. Eine heiße Zitrone oder Milch mit Honig.

«Es ist jetzt nicht so der gesellschaftliche Anlass», erklärte ich schmallippig, meine eigene Stimme bewusst flach haltend, um ihn nicht auf Gedanken zu bringen. «Sie sollen einfach ins *Adlon* gehen, mit Basecap oder Kapuzenshirt, von mir aus Brille, so Tourist eben, und dann ...»

«Und eins noch: Ich bin kein Stripper! Könnt' ich, mach ich aber nicht», sagte der Doppelgänger.

Ich schüttelte den Kopf und erklärte ihm, er solle einfach auf die Toilette im Foyer gehen, dort stünde eine Tasche mit Klamotten bereit, die er sich diskret in einer Kabine anziehen solle. Dann möge er sich in die Lobby setzen und eine Zeitung oder ein Buch lesen. Er könne von mir aus auch einen Drink bestellen, wenn ihm das ohne Benutzung der eigenen Stimme möglich sei. Nur solle er bitte für sich bleiben und kein Aufsehen erregen.

Der Doppelgänger, der es für sein Berufsbild hielt, Aufsehen zu erregen, zeigte sich irritiert.

«Was ist das für ein Job?»

«Ein Job, bei dem Sie gutes Geld dafür bekommen, keine Fragen zu stellen!», antwortete ich, was sicher ein guter Satz in einem Bill-Pratt-Film wäre, aber nicht in der Wirklichkeit war. Der Doppelgänger begann nun nämlich nachzudenken.

«Wenn das irgendeine Verarsche wird ...», drohte er mit Wichtelstimme, jetzt so angestrengt nachdenkend, dass man fast hören konnte, wie sich seine Synapsen, vorerst vergeblich, zueinanderreckten.

«Ich war noch nie im *Adlon*», grübelte er, «ich mach Geburtstagsfeiern in Gartenkolonien. Oder Junggesellinnenabschiede in Kneipen.»

«Ist doch egal», ich wollte ihn vom Denken abhalten.

«*Adlon* ist 'ne noble Bude. Da steigen ganz andere Leute ab. Die großen Tiere. Die bestellen doch keinen ...»

Dann hatte er es raus.

«Ach du Schei... Ich soll ihn selbst ... Ist es das?!»

Widerwillig bestätigte ich es ihm. Bill Pratt wolle in Ruhe ganz privat mal eine Runde durch Berlin drehen, und zwar ohne Security. Um aber nicht einfach auszubüxen und dabei erst recht Aufsehen zu erregen, habe er mich gebeten, einen Doppelgänger zu engagieren. So würde es niemandem auffallen.

«Was hat er vor? Wo will er hin? In' Puff?», fragte er jetzt frech.

«Nicht alle Männer wollen in den Puff», erwiderte ich und schob gereizt einen Witz hinterdrein, «vielleicht will er als sein Doppelgänger auftreten.»

Der Doppelgänger lachte nur kurz, eher höhnisch, dann beäugte er mich. Leider wirkte ich angespannt. Und wahrscheinlich sah man mir auch an, dass mir die Zeit weglief, dass ich keine weiteren Optionen hatte.

«Tausend!», kickste es begeistert aus ihm heraus. «Ich will tausend Euro!»

Mit der Agentur vereinbart waren fünfhundert. Ich gab ihm also fünfhundert, die ich dabeihatte, und vereinbarte, dass er die zweiten fünfhundert danach bekommen würde.

Ich möchte hinzufügen, dass das Frankfurter Tor kein besonders toller Platz ist, jemandem fünfhundert Euro in bar zu übergeben.

«Sie sind ein Idiot», stellte Köllner sachlich fest, als hätte er eben in einer Rateshow meinen Beruf erraten, «was glauben Sie, was Sie für Bill Pratt sind? Ein Freund? Der einzige Freund, den er in Deutschland hat? Und das auch noch von jetzt auf gleich? Nein, er hat sich für seine Eskapaden einen Trottel wie Sie gesucht, einen nützlichen Idioten!»

Ich verbat mir solche Beschimpfungen. Nicht Freundschaft wäre mein Motiv gewesen, sondern Mitleid mit einem Menschen, der keine Sekunde Privatleben genieße könne.

«Ach, Papperlapapp! Sentimentales Gedöns!», wischte Köllner meine Entgegnung weg. «Was wissen Sie denn von Bill Pratt? Was wissen Sie von seinem Management? Nichts! Vielleicht gibt es ja gute Gründe, dass Bill Pratt nicht einfach so durch die Gegend ziehen darf! John Lennon – schon vergessen? Peng, peng. Wollen Sie das?»

Er guckte mich böse an.

«Und vor allem frage ich mich, warum ich Ihr Agent bin, wenn Sie mich bei so einer Angelegenheit nicht vorher ins Vertrauen ziehen?»

Ich bereute es, mich in diesen weichen Sessel gesetzt zu haben. Ich hatte das Gefühl, mit jeder seiner Vorhaltungen weiter in ihn hineinzusinken.

«Na gut», straffte sich Köllner, «der Hund lebt. Das ist das Wichtigste. Ein irrer Doppelgänger sorgt für Unruhe. Kommt vor. Haben die Boulevardblätter was zum Schreiben. Ich ruf jetzt Pratts Management an. Wir klären das auf. Ihr Mann kriegt eine neue Geschichte und etwas mehr Geld dafür, dass er sie aufsagt. Jetzt muss alles schnell gehen.»

Er drehte sich um und schaltete wieder vom Kameramaterial auf das Nachrichtenfernsehen um.

«Sie müssen mal eins begreifen», sprach Köllner vor sich hin, während er auf sein Handy schaute und in seinen Kontakten nach der Nummer von Bill Pratts Management suchte, «in der Welt der Weltstars gelten andere Gesetze. Sie können da mit Ihrem murkeligen Kleinfamilienverstand nicht hineinfunken. Selbst wenn Sie jetzt aus dem Dispo raus sind und sich eine Geliebte und ein tolles Eigenheim mit Wasserblick zulegen.»

Er hatte die Nummer gefunden und wollte sie schon wählen, blickte jedoch nach dieser herzhaften Sottise noch einmal kurz zu mir rüber, ob ich in Bezug auf seine Kenntnisse zu Birte und dem Haus an der Havel auch hinreichend verblüfft war. Und stutzte, denn offenbar hatte er nicht mit so einem Entsetzen meinerseits gerechnet.

«Gut, *murkelig* nehme ich zurück», sagte er.

Aber mein Entsetzen wurde eher noch größer. Und endlich begriff auch Köllner, dass ich gar nicht ihn ansah, sondern auf den Bildschirm starrte, wo die Nachrichtensprecherin lautlos eine Nachricht verlas. «Nach Hundetritt in Berliner Hotel: Hollywoodstar entschuldigt sich» stand darunter in der Banderole. Ein Foto von Bill Pratt, eines dieser perfekten Strahlefotos, prangte neben der Sprecherin.

Köllner brach seinen Anruf ab.

«Oh!», sagte er. «Das ist ein Fehler!»

Aber er hatte auch noch nicht alle Informationen.

Da war nämlich noch ein dritter Gefallen, den ich Roman Köllner bislang verschwiegen hatte. Es handelte sich um eine größere Anzahl Kopfbedeckungen, die Bill Pratt für was auch immer brauchte. Achtundvierzig Wollmützen mit Strickzöpfen an den Seiten zu besorgen, war fast ein Ding der Unmöglichkeit, aber ich fand drei inhabergeführte Läden, zwei im Prenzlauer Berg und einen in Schöneberg, die kurz vor Ladenschluss für mich ihre Lager durchsuchten, was ich ihnen fürstlich bezahlte. Ich packte die Tasche mit den Mützen in den Kofferraum des Mietwagens und fuhr zum *Adlon*.

«I like you German guys», sagte Bill Pratt und schloss mich in seine Arme, nachdem ich ihm die Mützen gezeigt und den Autoschlüssel übergeben hatte, «you are efficient and reliable as fuck. No wonder we have to keep you at bay every now and then!» Dann nahm er kurz die Sonnenbrille runter, mit der er aus dem Hotel entkommen war, und zwinkerte mir zu. War ihm wichtig, dass Amerika als Supermacht trotzdem entspannt rüberkam. Wenn wir nicht in dieser Seitenstraße gestanden hätten, sondern direkt vor dem *Adlon*, hätten wir den Krawall, den der öffentlichkeitsscheue Doppelgänger schon jetzt verursachte, sicher mitbekommen, aber so klappte Bill Pratt die Kofferraumklappe mit einer gewissen filmreifen Entschlossenheit hinunter, stieg in den Wagen und fuhr davon. Keine Ahnung, wohin. Achtundvierzig Wollmützen im Gepäck.

Und genau die waren das Problem. Hätte mich Köllner nicht so zusammengestaucht, hätte ich ihm vielleicht davon erzählt, aber so kam ich mir schon blöd genug vor. Die Urväter des Christentums waren so dumm nicht, als sie für die Beichte Vergebung in Aussicht stellten. Aber so hatte mich Köllners Schelte nicht nur trotzig gemacht, sondern auch unsicher. Achtundvierzig Wollmützen zu besorgen, schien mir plötzlich kein extra kniffliger Gefallen mehr, sondern wie ein Test auf meine hirnlose Willfährigkeit. Hatte sich was mit «efficient and reliable»! Und sie dann auch noch abzuliefern, ohne Bill Pratt zu fragen, wozu er sie brauche, war schon fast rückgratloses Molluskentum, schlimmster ostdeutscher Untertanengeist und buckelnde Dienstbarkeit. Also schwieg ich. Das war dumm, denn als ich schließlich sah, wofür Bill Pratt die Wollmützen brauchte, wusste es schon alle Welt.

«Eine öffentliche Entschuldigung sollte man sich gut überlegen!», sagte Köllner. «Wenn Sie eine böse Koksnase sind, schon hundert Mal mit Riesenmurmelaugen in Polizeitaschenlampen geglotzt haben und bei Beerdigungen dauernd ‹krasser Scheiß› brüllen, wenn der Pfarrer tröstende Worte spricht, dann sind öffentliche Reue und Entschuldigung und ein paar Tränen bei Oprah Winfrey ganz klar der Weg zum Neustart. Aber hier? Wegen dieser Töle? Das macht die falschen Leute aufmerksam. Leute, die nur checken wollen, wo so ein Mann seine offene Flanke hat. Ich hätte der Dame einen Blumenstrauß gebracht und mit ihr einen Tee getrunken. Ein bisschen Händchenhalten und von strapazierten Nerven seufzen, das hätte den Casus sicher erledigt. Falls nicht, gibt es ja auch noch andere Relaxanzien, um so einen Fall zu entspannen. Aber öffentlich entschuldigen? Das ist ein Fehler.»

Die wortwörtliche Wiederholung, dass dies ein Fehler sei, verstörte mich nicht wenig. Köllner war ein eitles Individuum, aber er hatte seine Kompetenzen und liebte Public Relation.

«Wie groß, glauben Sie, ist denn dieser Fehler?», fragte ich vorsichtig.

«Hängt davon ab, was daraus wird», antwortete Köllner.

«Bis jetzt ist es nur eine weggeworfene Zigarette und noch kein Waldbrand. Wir sollten uns mal um diesen Doppelgänger kümmern. Nicht, dass er noch auf Gedanken kommt ...»

Er kam zu mir, klopfte mir auf die Schulter und meinte:

«Wir kriegen das wieder hin.»

Wieder zu Hause, hatte ich keins mehr. Ulrike erklärte mir, sie wisse jetzt, wer das Flittchen sei. War ja jetzt auch nicht so schwer zu wissen. Birte gab es mit Bild und Lebenslauf auf der Webseite der Bank. Viersprachiges Flittchen. Flittchen mit Master of Business Administration von der Universität St. Gallen.

Ulrike stand in der Küche, an den Geschirrspüler gelehnt, die Arme vor der Brust verschränkt, sah mich erwartungsvoll an, und ich wurde mit einem Mal von einer ungeheuren Müdigkeit erfasst. Der verrückte Abend, die kurze Nacht und das morgendliche Tohuwabohu hatten meine Energie erschöpft.

«Ich will nicht mehr», sagte ich.

«Was willst du nicht mehr?», fragte Ulrike.

«Alles», sagte ich.

«Gut!», meinte Ulrike, stieß sich mit der Hüfte vom Geschirrspüler ab und verließ die Küche. Ich hatte noch nie eine Trennung ausgesprochen. Ihre Reaktion war eine einzige Frechheit. Ich hatte ein Recht darauf, dass sie betroffen reagierte, von mir aus mit Zorn und Vorwürfen, aber nicht dieses Hinnehmen, Schulterzucken und Rausgehen.

Irgendwie hatte ich mir das Ende meiner Ehe anders vorgestellt.

«Du liebst mich doch überhaupt nicht!», rief ich ihr jetzt mit aller noch verfügbaren Kraft hinterher.

Ulrike drehte sich nicht um, aber sie warf die rechte Hand in die Höhe.

«Als wenn du das einschätzen könntest!», rief sie in den Flur.

Offenbar wusste alle Welt, dass sie mich liebte, nur ich nicht. Nach einer Weile kehrte Ulrike doch noch einmal zurück und sagte scharf:

«Du sagst es Linus!»

«Oh, da habe ich aber Angst!», höhnte ich, weil ich wusste, dass sie mir genau das unterstellte, weil sie mich genau damit bestrafen wollte.

So war es doch noch ein bisschen eskaliert.

SIEBTES KAPITEL

Ich sagte es Linus. Als ich im Schlafzimmer den Koffer packte, kam er vorbei und fragte, wo ich hinwolle. Ich bat ihn förmlich herein, ich holte tief Luft, sagte «deine Mutter und ich», verwendete das nicht ganz wahrhaftige Perfekt «haben beschlossen», sprach von «Auszeit», von «vorübergehender räumlicher Trennung», ich versuchte wirklich, mit aller Kraft, ehrlich und aufrichtig zu sein, aber alles, was aus meinem Mund kam, waren hinlänglich bekannte Wortbausteine. Aber es war auch egal. Eine originell formulierte Trennung wäre auch bloß eine Trennung. Linus ließ sich ein paar quälende Sekunden Zeit, um zu reagieren.

«Du wolltest doch schon lange weg», sagte er dann.
«Wie meinst du das?»
«Wie ich es gesagt habe.»
Er ging in sein Zimmer und schloss die Tür wie ein Mann, dem man nicht hinterhergehen sollte.

Ich schaffte den Koffer ins Auto, einen Moment lang unsicher, ob ich überhaupt noch so einfach über das Auto verfügen durfte. Dann eilte ich wieder hoch und holte den Futon aus der Abstellkammer. Er war auch zusammengerollt noch sehr unförmig und schwer zu transportieren.

«Kann mir mal jemand helfen?», rief ich, nachdem er mir im Flur aus den Händen geglitten war. Niemand reagierte. Erst als ich schon im Treppenhaus war, kam Ulrike an die Wohnungstür.

«Wohin willst du?», fragte sie.

«Ich hab ein Haus gekauft», keuchte ich und buckelte den Futon die Treppe hinunter. Auf dem Absatz schaute ich noch einmal zurück. Ulrike stand in der Tür, stumm und still sah sie mir hinterher, das Gesicht auskunftslos, es hätte Ruhe, Starre, Erschöpfung, Hass oder Trauer bedeuten können. Betroffen sprang mein Blick wieder zurück auf die Stufen unter mir, und ich schnaufte und zerrte den Futon weiter die Treppe hinunter.

Die erste Nacht allein im neuen Haus fühlte sich an wie Kirchenasyl. Jedes Rappeln auf meinem Futon, jedes Räuspern hallte durch den leeren Raum und verlor sich auf den blanken Fliesen. Ich hätte sonst was gegeben für einen alten, nach Staub muffelnden Teppichboden, für etwas akustische Dämpfung meiner Einsamkeit. Ja, sogar ein paar Stapel meiner heimischen Pappkartons hätte ich jetzt als wohltuend empfunden. Mitten in der Nacht schoss mir ein Gedanke ins Herz.

Es war zu früh.

Nichts war reif für diese Entscheidung. Ein, zwei neckische Begegnungen mit Birte, ein halber traulicher Abend in ihrer Wohnung, das war nichts als eine Brise von Verliebtheit. Ulrikes Misstrauen war fast noch unberechtigt. Ich hatte mir gar nicht die Chance gelassen, sie richtig zu hintergehen. In einer Art vorwegnehmender Ungeduld hatten wir klare

Fakten geschaffen, die aber nichts deckte als hier ein kleines Hach und da ein bisschen Krach. Ich bereute es, den Koffer gepackt zu haben. Ich bereute es, mit Linus gesprochen zu haben. Ulrike und ich hätten uns einen Tag lang angeschwiegen und dann vielleicht wieder zurück in die Spur gefunden. So aber konnte ich nicht zurück, ohne das lächerlichste aller Arschlöcher zu sein.

Gegen fünf weckte mich das Morgengrauen aus vermeintlicher Schlaflosigkeit. Gardinen fehlten. Ich hatte schon lange nicht mehr auf dem Boden geschlafen und war überrascht, wie schwer mir das Aufstehen fiel. Zwar erwartete ich nicht von mir, mit einer Ninja-Rückenwelle in den Stand zu springen, aber dass ich mich beim Aufstehen erst auf alle viere rollen und mich dann im Kniestand am Fensterbrett festhalten musste, um hochzukommen, gab mir ein Gefühl von Gebrechlichkeit, das nicht zu meinem neuen Leben passen wollte. Wütend duschte ich kalt, machte mir dann in der mitgebrachten Espressokanne einen starken Kaffee und setzte mich auf einen der unangenehm hohen, drehbaren, elfenbeinfarbenen Barhocker, die der Vorbesitzer seinerzeit als Gipfel der Frühstückskultur empfunden hatte. Während mir der hohe Rand der hin und her drehenden Sitzschale langsam das Blut in den Oberschenkeln abschnürte, trank ich in kleinen Schlucken den Kaffee und beschloss, in die Zukunft zu schauen. Und die Zukunft hieß Birte.

Ich würde sie anrufen und fragen, ob sie mich in «unserem Haus» besuchen wolle. Ich wusste leider nicht mehr, wie man eine Frau das erste Mal küsst. Immerhin: Sie hatte mir ihren Knöchel gezeigt. Das war schon was. Vielleicht würde ich erst mal ihren Knöchel küssen.

Aber erst mal war diese Kalamität mit dem Doppelgänger aus der Welt zu schaffen. Köllner hatte mich noch in seinem Büro angehalten, ein Treffen mit diesem Mann zu vereinbaren. Der Doppelgänger ging ans Telefon, als sei mein Anruf lange überfällig. Seine Antworten waren patzig, und er wirkte dreist. Köllner, der dem lautgestellten Gespräch lauschte, wedelte stumm mit seiner Hand vor dem Kopf herum, um mir zu zeigen, dass er ihn für übergeschnappt hielt. Wir kamen überein, uns am Vormittag vor dem Edeka in der Oberspreestraße zu treffen. Offenbar traute der Doppelgänger mir nicht, suchte die Öffentlichkeit, und er sah sich auch bestätigt, als ich mit Roman Köllner dort auftauchte.

«Ich will jetzt zwanzigtausend Euro», erklärte der Doppelgänger, die Hände in den Hosentaschen, «in bar.»

«Wie kommen Sie auf diesen Betrag?», fragte ich baff.

«Entgangene Einnahmen!», sagte er, und eine ihm wohl noch ganz ungewohnte Professionalität erleuchtete sein Gesicht.

«Was reden Sie da?», sagte ich. «Sie müssten eigentlich überhaupt nichts bekommen, so wie Sie sich da aufgeführt haben!»

«Ich kann nur, was ich kann. Das habe ich Ihnen gleich gesagt. Aber Sie wollten mich trotzdem. Sie sind schuld. Sie müssen den Schaden bezahlen.»

«Wir sollen den Schaden bezahlen, den Sie verursacht haben?»

«Nein, den Schaden, den Bill Pratt angerichtet hat.»

Der Doppelgänger fuhr sichtbar mit der Zunge in seinen Wangen umher, als müsse er sein Gesicht geschmeidig machen für das, was er jetzt verkünden würde.

«Ich wollte mich nämlich stellen. Ich hätte das auf meine Kappe genommen. Das mit dem Hund tut mir leid. Ich hatte schon eine Erklärung geschrieben. Da stand alles, was ich sagen wollte, wenn ich zu ‹stern TV› eingeladen würde. Oder zu Jauchs Jahresrückblick. Aber dann kam Pratt zurück und hat mir alles weggenommen. Er hat mir den einzigen Augenblick, wo alle Welt auf mich guckte, weggenommen. Ich hätte DER Doppelgänger werden können. Die Nummer eins. Vielleicht 'ne Reality Show gekriegt. Oder neben Dieter Bohlen sitzen in einer extra Show. *Deutschland sucht den Doppelgänger* oder so was! Jetzt ist alles Essig. Warum entschuldigt sich diese Arschbacke für etwas, was ICH getan habe? Warum hat er mir das weggenommen? Was soll das? Darum will ich zwanzigtausend Euro für die ganze ausgefallene Publicity!»

«Nein!», sagte ich wütend.

«Ihren Traum in allen Ehren», mischte sich Köllner ein, «aber da haben Sie mal Pech gehabt. Sie sind vom Original gedoubelt worden. Gibt es auch nicht alle Tage. Nehmen Sie Ihr Honorar und freuen Sie sich über diese verrückte Geschichte.»

«Ich weiß, wo Pratt hingefahren ist», sagte der Doppelgänger plötzlich. «Er saß im Klo neben mir und hat den Routenplaner auf seinem Handy programmiert. Die App hat gesprochen!»

Ich sah Köllner an, und der brauchte auch ein paar Sekunden, um sich neu zu orientieren.

«Gut. Hören Sie jetzt genau zu!», sagte er dann. «Sie bekommen neuntausendneunhundertneunundneunzig Euro und neunundneunzig Cent. Dafür unterschreiben Sie mir eine Verschwiegenheitserklärung, die vor jedem Gericht dieser Welt Bestand hat.»

«Nichts da! Zwanzigtausend!», der Doppelgänger hob den Kopf. «Ich lass nicht mit mir feilschen! Was soll überhaupt diese Neunundneunziger-Nummer? Sind wir hier bei McGeiz?»

«Ab zehntausend bekomme ich für Sie einen Killer», erläuterte Köllner. «Ich verstehe Ihre Argumentation, aber Sie überschätzen Ihren Wert als Geheimnisträger!»

Da der Doppelgänger in der Erfassung des Ganzen stockte, führte Köllner weiter aus.

«Es gibt zwei Möglichkeiten, diese Affäre zu bereinigen. Entweder schweigen Sie, oder Sie werden zum Schweigen gebracht. Da der Preis eines wirklich professionellen Killers bei zehntausend Euro beginnt, ist Ihr Schweigegelübde exakt einen Cent weniger wert. Für die von Ihnen verlangten zwanzigtausend bekäme ich sogar zwei Killer. Einen für Sie und einen, der danach Ihren Killer verschwinden lässt.»

«Guter Witz», lachte der Doppelgänger. Wie jeder normale Mitteleuropäer war er außerstande, eine Todesdrohung ernst zu nehmen. Aber Köllner senkte die Temperatur seiner eh schon kühlen Seriosität bis zu einem Punkt, an dem jeder Hauch von Ironie erfror.

«Sie wissen offenbar nicht, mit wem Sie es hier zu tun haben. Glauben Sie, Sie können hier als kleiner Nieselpriem einen Mann wie Bill Pratt in Schwierigkeiten bringen? Sie können von Glück reden, dass ich Sie nicht gleich prophylaktisch und sicherheitshalber habe töten lassen!»

Der Doppelgänger starrte Köllner fassungslos an. Dann sah er sich um, ob jemand von den Vorbeigehenden das auch gehört habe. Aber das war offenbar nicht der Fall. Also nahm er die Sache selbst in die Hand.

«Dieser Mann hat eben gesagt, dass er mich töten lassen will!», rief er einen Rentner an, der mit seinem Beutel in die Kaufhalle strebte, während er wie wild auf Köllner zeigte. «Merken Sie sich sein Gesicht!!»

Der Rentner starrte Köllner an, der in sein Sakko griff und eine Visitenkarte hervorzog.

Mit einem jovialen «Bemühen Sie Ihr Gedächtnis nicht. Hier steht alles, was Sie wissen müssen. Handyanrufe bitte nicht nach zweiundzwanzig Uhr», reichte er die Karte dem Rentner, der sie nahm wie jemand, der aus Altersschwäche alles nimmt, was man ihm reicht.

«Ich kenne Sie aus dem Fernseher!», sagte der Rentner etwas tumb zum Doppelgänger, der nun leicht verzweifelte.

«Vielleicht sollten wir alle mal einen Gang zurückschalten», warf ich jetzt ein, weil mir diese Killer-Argumentation doch etwas unbehaglich wurde.

«Sie sprechen übrigens so, wie der da aussieht!», sagte der Rentner zu mir. Dann schlurfte er weiter. Alleingelassen versuchte der Doppelgänger, wieder Herr der Lage zu werden. Er bluffte ungelenk zurück.

«Ich habe übrigens mein Handy auf *record* gestellt. Das wird alles mitgeschnitten, was Sie sagen», behauptete er.

«Dann lasse ich Sie umgehend töten», sagte Köllner kalt. «Mit Erpressern verhandele ich gleich gar nicht.»

«Sie gehen ins Gefängnis!», rief der Doppelgänger, jetzt doch ziemlich verunsichert, ja beinahe verängstigt.

«Das wird jetzt unsachlich», sagte Köllner. «Also, Sie nehmen das Geld nicht, verstehe ich Sie da richtig? Wohnen Sie noch in der Färberstraße? Arbeiten Sie nächste Woche bei Getränke Hoffmann in der Kanalstraße oder sind Sie in der Filiale Semmelweisstraße?»

Der Doppelgänger verzog das Gesicht in einer gequälten Grimasse, die ihn Bill Pratt komplett unähnlich machte. Man denkt ja immer, Doppelgänger würden lachen und weinen wie ihre Idole, aber jeder von ihnen hat dann doch ganz eigene mimische Zustände, die ihm seine wahre Identität zurückgeben. Köllner hingegen sah aus, als hätte er seine Informationskanone gerade erst durchgeladen.

«Ich nehme das Geld», sagte der Doppelgänger schlapp.

«Gute Entscheidung», sagte Köllner und holte eine weitere Visitenkarte aus seinem Sakko. «Kommen Sie bitte Montag in mein Büro. Und trinken Sie jetzt mal einen Schnaps! Sie müssen ja völlig durch den Wind sein.»

Als wir wieder im Auto saßen und gen Mitte fuhren, fragte ich Köllner besorgt, ob er das mit dem Killer wirklich ernst gemeint habe.

«Ach», sagte er. «Sie wissen doch, wie das ist. Um glaubhaft zu wirken, muss man auch ein bisschen selbst dran glauben.»

Er wechselte so dynamisch die Spur, dass es mich trotz Sportsitz hin und her warf.

«Und wer bezahlt ihn nun?», fragte ich.

«Das soll mal Mister Hollywood selber machen. Natürlich über meinen Tisch.»

«Wegen Provision?»

«Verdientermaßen!», sagte Köllner und ließ die Finger vergnügt auf dem Multifunktionslenkrad tanzen.

Das Ende dieser Sache mit dem Doppelgänger erleichterte mich enorm. Wie ein Staatssekretär voller Hintergrundinformationen fuhr ich durch den Samstagvormittagsverkehr zu meinem Haus, vorbei an riesigen Infotafeln, wo hin und wieder die Society-News von Bill Pratts angeblichem Fahrstuhlabenteuer über den Bildschirm lief. Ich lachte. Das war die Show fürs Volk, aber hier saß der Auskenner, der Strippenzieher, der wusste, was wirklich gelaufen war. Ich spürte, wie mich etwas komplettierte, das in meinem Leben bislang gefehlt hatte.

Mein Vater hatte das *Neue Deutschland* immer mit erheblichem Vorwissen gelesen. Er nahm das Blatt nicht zur Hand, um sich über den Lauf der Welt zu unterrichten, sondern um die geheimen Zeichen der Parteiführung zu entschlüsseln. Die Zeitung war für ihn eine Art QR-Code. Anhand der Zeilenzahl und der Raumaufteilung der Themen auf einer Seite konnte er sehen, was andere nicht sahen. Ich erinnere mich, dass er einmal am Abendbrottisch aus einer offenbar sehr langwierigen, gedanklichen Analyse auftauchte und sprach: «Es wird wegen Grenada keinen Krieg geben.» Dann schwieg er wieder, und meine Mutter sagte nach einer kleinen Weile: «Na, das ist doch schön!» Es klang, als hätte sie andernfalls noch schnell die Wäsche reingeholt.

Nun war ich der Mann, der Bescheid wusste. Ich musste es nur noch zu erkennen geben dürfen. Das hieß Birte anrufen, sie einladen, das Gespräch würde wie von selbst auf Bill Pratt, meinen weltbekannten Arbeitgeber, und den «Vorfall» im Hotel kommen. Dann würde ich mit einer sanft tiefer gesenkten Stimme sagen: «Das ist die offizielle Version!» Birte würde mich mädchenhaft bestürmen, mehr zu erzählen, aber ich würde sagen: «Lass uns von was anderem sprechen! Was macht dein Knöchel?» Mit vor lauter Geheimnis geschwellter Brust phantasierte ich, dass ihr Knöchel dringend hochgelegt werden musste. Und noch höher. Am besten über meine Schulter.

Ich musste geschlagene zehn Minuten warten, bis die Phantasie abgeklungen war. Dann war ich wieder klar genug, um mit Birte zu telefonieren. Ich hegte nämlich die Vorstellung, dass eine Frau hören könne, wenn sie gerade erst Gegenstand einer erotischen Phantasie gewesen war.

Am Nachmittag schleppten vier Speditionskräfte ein Kingsize-Bett in mein Haus. Wenn man ein bisschen Geld in die Hand nimmt, geht ja alles noch am selben Tag, selbst wenn es ein Samstag ist. Ich hatte erst ein Sofa kaufen wollen, aber die Nacht auf dem Futon hatte meine Prioritäten verändert. Ein herrliches großes Bett in einem noch nicht fertig bezogenen Haus hatte den Charme einer unschuldigen Verlegenheitslösung, und natürlich war es darauf leichter, aus dem Sitzen ins Liegen zu kommen, was ein bisschen meine Absicht war. Denn: Birte hatte, als ich sie anrief, gleich sehr zärtlich gefragt: «Geht es dir gut?» Ich deutete an, dass sehr viel passiert sei nach unserer letzten Begegnung, nicht nur ganz allgemein, sondern auch privat, weswegen ich jetzt allein in meinem, «unserem» Haus logierte. Ohne dass ich sie noch groß einladen musste, sagte sie: «Weißt du was? Ich denke, du brauchst Gesellschaft!», und schlug vor, am Abend vorbeizukommen.

Das war ein so klares Signal, dass ich schon im Auto saß und zu Möbel-Höffner fuhr, bevor unser Gespräch ganz beendet war. Ich orderte zu dem Kingsize-Bett aus lauter Messing nebst allerlei dunkelrotem Puff- und Paff-Kissen, in denen man schön versinken konnte, auch ein paar Schaffelle, die ich rund ums Bett auf die blanken Fliesen werfen wollte, auf dass sie Birtes nackten Füßen schmeichelten, wenn sie am nächsten Morgen aufstand. Auf dem Weg zur Kasse kam ich unvermeidlich durch die Kerzenabteilung und packte noch zwei Kisten weißer Altarkerzen ein, denn ich hatte einen verführerischen Einfall.

Und so flackerten und beleuchteten dann zweiundvierzig riesige Kerzen den Weg vom Flur zum Schlafzimmer, wo das von Schaffellen umlagerte Bett stand, als ich um halb acht die Haustür öffnete. Da stand Birte, schön wie die Liebe selbst, ein Lächeln umspielte ihre Lippen, Zärtlichkeit wärmte den Blick ihrer Augen – und sanft, wie ein Luftzug ein Seidentuch in die Höhe weht, hob sich ihr Arm mit der langfingrigen Hand, um hinter sich zu weisen.

«Ich hab noch jemanden mitgebracht», sagte sie.

Mir war schleierhaft, warum sie an diesem Abend mit ihrem verwegen aknenarbigen Begleiter von der Filmpreisverleihung bei mir aufkreuzte. Vielleicht hatte ich etwas missverstanden, vielleicht wollte sie sich selbst davor schützen, eine allzu leichte Beute meiner gereiften Männlichkeit zu werden, vielleicht war er es, der sie dazu genötigt hatte. Keine Ahnung. Nun jedenfalls war es an mir, ins Stottern zu kommen. Das Leitfeuer der Kerzen, das die kleine Treppe hinauf durch das Atrium und dann um die Ecke ins Schlafzimmer wies, wirkte plötzlich nicht mehr romantisch, sondern eher wie ein perverser Laufkäfig aus Flammen. Ich erklärte, dass ich noch keine Lampen im Haus hätte (was nicht stimmte, da in die Hälfte der Decken Halogenstrahler eingelassen waren, wie jeder sehen konnte) und ich mir deswegen diesen Kerzenpfad hingestellt hätte, der von der Haustür ins Schlafzimmer führe, weil ich abends nach der Arbeit immer sehr müde sei und schnurstracks ins Bett ginge. Sonst gäbe es auch noch keine Möbel.

«Ist das der Grund, warum es mit Ihrer Frau und Ihnen auseinanderging?», erkundigte sich das Narbengesicht freundlich. Offenbar hatte ihn Birte schon in meine Umstände eingeführt.

«Nein, das hat damit nichts zu tun», erwiderte ich verlegen und fügte an, «das mit meiner Frau und mir ist eine lang geplante Sache.»

Ich wollte und musste jeden Anschein vermeiden, dass meine Begegnung mit Birte und die damit verbundenen zarten Hoffnungen irgendeine Rolle dabei spielten, dass ich jetzt allein in einem riesigen Kubus aus Granit und Stahl lebte. Denn so wie die beiden sich jetzt gegeneinander benahmen, konnte es auch gut sein, dass er ihr Freund war. Mindestens aber ein sehr guter Bekannter, denn er langte ab und zu durchaus vertraut nach ihr, um sie vor einer Stufe zu warnen oder davor zu bewahren, zu dicht an eine Kerze zu kommen.

«Wir wollten uns schon länger trennen, meine Frau und ich. Also im Guten selbstverständlich», eierte ich weiter. «Also das ist schon Jahre ein Thema, aber wie gesagt, ganz entspannt …», versenkte ich mich Wort für Wort, während das Narbengesicht mit Birte den Kerzenweg entlangstrebte. Ging ja auch nicht anders, die Kerzen waren kniehoch und eng gestellt. Ich musste völlig verblödet gewesen sein, als ich sie aufstellte. Dann betraten wir das Schlafzimmer,

«Obacht!», rief ich, weil Birte beinahe auf einem der Schaffelle ausgerutscht wäre. Wir, das Narbengesicht und ich, fingen sie von zwei Seiten ab. Ich bat sie beide, sich dann doch sicherheitshalber auf das Bett zu setzen. Ich holte Wein und Käsestangen. Eigentlich ganz so, wie ich es geplant hatte, nur dass jetzt noch eine weitere Person mit von der Partie war. Wir saßen also zu dritt auf dem riesigen Messingbett mit den Boudoir-Kissen, prosteten uns mit dem Wein zu und knabberten Käsestangen. Ein Gespräch wollte nicht recht aufkommen. Zwar fragte Birte nach dem Skandal mit Bill Pratt, aber ich tat, als wenn ich es auch nur aus den Medien erfahren hätte. Ich hatte keine Lust, diesen Menschen neben ihr mit meinen Andeutungen und Geheimnissen zu füttern. Unterdessen erfuhr ich wenigstens, dass der aknenarbige Begleiter von Birte als Fotograf arbeitete. Im Bereich *Porträt* und *Private Shooting*, was immer das heißen sollte. Als Birte etwas später einmal sachte ihre Hand auf meine legte, fragte ich mich, ob er womöglich hier war, um uns «dabei» zu fotografieren. Oder ob sie ihn mitgebracht hatte, weil sie eine moderne Frau war, eine, die lieber von vier Händen gestreichelt wurde als von zwei. In diesem Moment beugte sich ihr Begleiter auch noch zu mir herüber, um sich eine weitere Käsestange aus der Packung zu nehmen, die ich auf meinem Schoß festhielt. Ich konnte ihn riechen. Er roch nach Leder, Harz und animalischer Vitalität. Das alles machte mich schwindlig, und ich bereute wütend meine Einladung und wünschte mich zurück in die öde, voraussehbare Sexualität meiner Ehe.

Birte fragte auch: «Wie geht es jetzt weiter bei dir?», aber die Frage schien sie selbst nicht einzuschließen. «Ooooch», sagte ich, «arbeiten. Gibt 'ne Menge Arbeit. Der nächste Bill-Pratt-Film liegt schon an, und die Serie geht ja auch weiter.»

Nach anderthalb schwierigen Stunden voll Gestocke und gequälten Lächelns machten sie sich wieder auf den Weg. Ich schüttelte die erwartungsgemäß feste Hand des Begleiters und ließ mich von Birte umarmen, die mir ein «Pass auf dich auf! Ich melde mich wieder!» ins Ohr flüsterte, wobei ihre Lippen mein Ohrläppchen berührten.

Warum?

Als sie gegangen waren, stellte ich fest, dass das Narbengesicht alles vollgekrümelt hatte. Fettige Blätterteig-Käsestangenkrümel fanden sich nicht nur in den Ritzen der gesteppten Samtkissen, sondern in jeder Falte des Bettes, wo sie langsam wachsende Fettflecke hinterließen. Birte hatte fein die Hand untergehalten, wenn sie von einer Käsestange abbiss, aber ihr komischer Freund hatte es so richtig krachen und krümeln lassen. Sogar einen Rotweinfleck fand ich. Der Fleck sah aus, als wenn ihm beim Trinken was aus dem Mundwinkel gelaufen wäre.

Ich schlief die Nacht wieder auf dem Futon. Umnebelt vom feinen Rauch zweiundvierzig gelöschter Altarkerzen.

Am Sonntag holte mich Georg zur Matinee ab. Obschon ich ihm meine neue Adresse gesimst hatte, fand er das Haus nicht gleich. Einfach, weil es ihm zu groß vorkam. Er war die Straße auf und ab gegangen und hatte auf die Klingelschilder kleinerer Häuser aus den dreißiger Jahren gespäht. War endlich dann, etwas ungläubig, zu diesem riesigen Trumm zurückgekommen, in dem ich hauste, und hatte, immer noch unsicher, den Knopf der Wechselsprechanlage gedrückt.

«Was ist das?», rief er, als ich antwortete. «Wie kommst du in dieses Haus?»

Ich ließ ihn herein. Ich zeigte ihm alles. Ich klärte ihn auf. Es ging ja nicht anders, als sich angesichts dieses Hauses endlich ehrlich zu machen. Dass ich schon lange nicht mehr nur «Sprecher» war wie er «Sänger». Dass ich schon seit einiger Zeit nicht eine unter vielen, sondern «die Stimme» war, und dass mich dies mit den Mitteln ausgestattet hatte, ein solches Anwesen zu erwerben. Georg sagte «gratuliere», aber es klang traurig. Also verschaffte ich ihm Kompensation, indem ich vom Zerbrechen meiner Ehe sprach.

«Glück im Spiel», sagte ich, sehr bewusst bitter lachend. «Pech in der Liebe!»

Aber das machte Georg irgendwie noch trauriger. Er umarmte mich spontan und drückte mich eine beträchtliche Weile fest an sich, wie man jemand drückt und festhält, den man gernhat, obwohl er ein riesengroßer Dummkopf ist. Ich registrierte dies dennoch mit Erleichterung. Offenbar war nicht sein erster Gedanke, sich um Ulrike zu kümmern.

«Mann, Mann, Mann», meinte Georg, als wir etwas später im Auto saßen und zur Matinee fuhren. «Du warst mein letzter Freund, der noch mit seiner ersten Frau zusammen lebte. Du warst der Beweis, dass es geht. Du kannst dir nicht vorstellen, was das in mir anrichtet.»

Ich sagte, das tue mir leid. Hätte ich gewusst, was das mit ihm macht, hätte ich es mir noch mal überlegt. Doch Georg ging auf meinen Sarkasmus nicht ein.

«Ja, die Liebe ist eine zarte Pflanze», sinnierte er, «sie geht ein, wenn man sie nicht hegt.»

Er hielt inne und lauschte dem ganz unvermutet hervorgekommenen Versmaß hinterher. Unversehens inspiriert, suchte er in seinem Kopf nach weiteren Chanson-reifen Einsichten und reimte diese dann, zusehends fasziniert, in einem fort.

«Die Zärtlichkeit verbleicht, wenn man die Arme nicht mehr umeinanderlegt ...»

Nun, vollends ergriffen von seiner eigenen Lyrik, langte er nach hinten in seine Jacke, holte sein Handy heraus, rief die Diktierfunktion auf und sprach ins Mikro: «Die Liebe ist eine zarte Pflanze Schrägstrich sie geht ein, wenn man sie nicht mehr hegt Punkt.»

«Das ist nicht dein Ernst jetzt, oder?», fragte ich.

Georg bedeutete mir, noch einen Moment still zu sein, und diktierte weiter.

«Kalt wird das Herz, wenn es nicht mehr für den anderen schlägt.»

Ich schüttelte nur den Kopf.

«Wenn's ein Hit wird, will ich Prozente!»

«Nichts kriegst du!», erwiderte Georg und legte das Handy ins Seitenfach. «Nichts! Du bist für mich nur Material!»

Er seufzte in seinen wundervoll grau melierten Bart. Ein dichter, wetterfester Bart, der ihn aussehen ließ, als würde er von Berufs wegen mit einer braunen Cordjoppe bekleidet im Morgennebel Kraniche beobachten. Er holte noch einmal tief Luft.

«Wie soll man denn diese Welt ertragen, außer als Material?»

Im Stile eines Frauenchors sang ich im Diskant «außer als Materiaaaaaaaaaal!» und «So fataaaaaal!» hinterher, und Georg brummte, widerwillig in die Heiterkeit gezogen, ein paar Chansonlaute dazu. Es war immerhin Sonntag. Ich besaß ein großes Haus. Geld regnete auf mich herab. Und Birte würde sicher beim nächsten Mal allein kommen. Hoffentlich.

Ulrike meldete sich am Abend.

«Bleibt das jetzt so?», fragte sie am Telefon. Und ob ich mich gut damit fühlte, einfach zu verschwinden? Ob ich glaubte, die Dinge würden sich von alleine regeln? Ob ich dächte, sie würde sich das lange gefallen lassen? Ich wusste, dass sie gut im Fragen war, aber jetzt, mit etwas seelischem und räumlichem Abstand, erschien sie mir geradezu den schwarzen Gürtel im Fragen zu haben. Nach so einer Eröffnung stand man schon nur noch auf den Knien und hielt sich den schmerzenden Kiefer. Unfähig, etwas Würdevolles oder Gelassenes zu sagen. Eigentlich konnte man da nur pampig reagieren oder irgendwas Kindisches zurückquäken, in der vergeblichen Hoffnung, sie zu verletzen. Ich schwieg eine Weile, aber auch das brachte mich nicht in eine bessere Position.

«Keine Antwort ist auch eine Antwort», sagte Ulrike routiniert. «Dann also alles auf dem Postweg.»

Ich kämpfte mühsam meinen Stolz klein und schlug vor, wir sollten uns auf neutralem Boden treffen und über alles reden, was anstünde.

«Du hast sicher nichts dagegen, wenn ich eine Liste mache», sagte Ulrike.

«Ich bin mir meiner Verantwortung bewusst», erwiderte

ich. «Wir müssen nicht streiten. Du bekommst alles, was dir zusteht. Von mir aus auch mehr.»

«Oh, der Herr ist großmütig!», meinte Ulrike giftig. «Hatten wir etwa gerade Sex?»

«Ich will nicht, dass das so endet», sagte ich. «Aber ich will auch nicht den Rest meines Lebens ohne Liebe verbringen.»

Das schien mir ein gelungener Satz, der Ulrike klarmachen musste, dass ich nicht wegen eines Abenteuers aus dem Haus gegangen war, sondern weil menschliche Grundbedürfnisse in unserer Ehe nicht mehr erfüllt wurden. Doch Ulrike versank nicht in Betroffenheit.

«Du willst nicht geliebt werden», konterte sie ohne eine Sekunde des Nachdenkens, «du willst bewundert werden.»

«Und wenn es so wäre? Wäre das falsch?», fragte ich. «Ich habe viel erreicht. Habe ich nicht auch ein bisschen Bewunderung verdient?»

«Ich bin nicht deine Mutter», sagte Ulrike, «Und du bist nicht dein Vater. Du musst davon wegkommen. Das führt zu nichts. Du wirst nie ein gestandener Mann sein, Tom!»

«Ja, mach mich runter!», erwiderte ich böse. «Wenn es dir hilft!»

«Nein», sagte Ulrike lauter, plötzlich doch irgendwie verzweifelt, «weil es das alles nicht mehr gibt. Es gibt keine gestandenen Männer mehr! Und du begreifst das nicht!»

«Okay», sagte ich, befriedigt, weil sie endlich auch etwas hochgekocht war.

«Such dir jemanden, der dich bewundert», meinte Ulrike in einem sehr abschließenden Ton, «ich jedenfalls kann das nicht.»

Sie zögerte.

«Vor allem, weil du es so sehr willst!»

Ich nahm das nicht auf, sondern schlug vor, dass wir uns am Mittwochvormittag treffen, weil ich wusste, dass sie mittwochvormittags frei hatte.

Meine Mutter hätte nie so mit meinem Vater gesprochen.

Selbst, wenn mein Vater ungehalten wurde, redete sie nie dagegen, sondern beschwichtigte ihn. Das kam selten genug vor, denn Mutter hielt viel darauf, dass sie einen so nüchternen Menschen wie Vater «lesen» konnte. Wenn ich etwas von Vater wollte, hielt sie mich manchmal zurück, weil er gerade «einen Anruf» bekommen hatte, und, obschon äußerlich unverändert, innerlich wohl bis zum Irresein aufgewühlt war.

Sie verzieh sich darum auch nie, dass sie an jenem Morgen im Frühjahr des Jahres 1990 die Zeichen nicht erkannt hatte, die seinem Verschwinden vorausgingen. Erst, als sie seine Brieftasche samt Dienstausweis in seiner alten Jacke fand, wurde ihr klar, dass er nicht wiederkommen würde.

ACHTES KAPITEL

Wie Roman Köllner aus den Stillschweige-Verhandlungen mit dem Doppelgänger erfuhr, war Bill Pratt offenbar in jener Nacht zurück nach Bad Belzig gefahren.
«Haben Sie eine Ahnung, was er da gewollt haben könnte? Allein und im Geheimen?», fragte er mich am Telefon.
Ich sagte, mir fiele nichts ein.
«Es ist rätselhaft», sann Köllner, «ich habe so einen Animus, dass uns möglicherweise ein wichtiges Detail dieses Abends fehlt.»
Ich gab ihm recht, aber sagte ihm auch jetzt nichts von den Wollmützen. Ich wollte einfach nicht, dass er durch dieses Puzzleteil ein Bild erkannte, das ich selbst vergebens zusammenzusetzen suchte. Es war ein nutzloser, eifersüchtiger Informationsvorsprung, aber ich fühlte mich gut damit.
Strategisches Wissen in kleinen Einheiten über eine Vielzahl von Menschen zu verteilen, schien mir angenehm ostdeutsch und also herkunftsgerecht. *Jeder darf nur so viel wissen, wie er unbedingt zur Erfüllung der ihm übertragenen Aufgaben benötigt*, hatte mir mein Vater salomonisch geantwortet, als ich als Knabe das erste Mal das Wort Geheimnisträger hörte und ihn fragte, was für Geheimnisse er denn mit sich herumtrage.

Es mochte also geschehen, dass er einen Anruf aus der Zentrale erhielt, ein Losungswort genannt bekam, seinen Panzerschrank öffnete, diesem ein versiegeltes Kuvert entnahm und erbrach, um im Brief zu lesen, dass er um zwei Uhr nachts ein gewisses Schleusentor öffnen solle. Ähnlicher Auftrag wurde im selben Moment hundert anderen Zivilverteidigern zuteil, und so ergoss sich nachts um zwei die geballte Macht aller norddeutschen Wasserläufe in die norddeutsche Tiefebene, woraufhin die imperialistischen Panzer im Schlamm ersoffen. Ungewarnt von ihrer Feindaufklärung, die nicht aufklären konnte, da ja gar niemand etwas wusste, weil jeder nur blind und brav einen Teil des Geheimnisses hütete.

«Das behagt mir nicht so recht», sagte Köllner dann, «denn eigentlich wollte ich die ganze Bill-Pratt-Sache unter Dach und Fach haben, bevor ich aufs Wasser gehe.»

«Sie gehen was?»

«Segeln», sagte Köllner, «ich bin für drei Wochen auf dem Atlantik. Yachtüberführung in die Karibik. Mit dem Passat nach Westen. Durch das größte Funkloch der Hemisphäre. Sehr entspannend. Gemischte Crew, falls Sie fragen wollten.»

Ich hatte nicht fragen wollen. Mit wem er da bei steifer Brise durch die Wellen ritt, interessierte mich schon deswegen absolut nicht, weil mein eigenes Fortkommen als Mann gerade irgendwie im Übergang von der einen Frau zur anderen steckengeblieben war.

«Na, da wünsche ich, dass Ihnen der Mast bricht oder so», sagte ich giftig.

Köllner lachte: «Danke.»

«Und du solltest das Abonnement von *Blickpunkt Film* auf deine neue Adresse umleiten», beschied mir Ulrike, als sie mit ihrer Liste fertig war. Wir saßen uns im Café gegenüber, und ich war wieder einmal, ein letztes Mal vermutlich, fasziniert von ihrer Akribie. Ulrike hatte nichts vergessen. Sie hatte alle Unterlagen zusammengesucht und anfallende Beträge geteilt, hatte Provenienzen von Büchern, Möbeln und selbst Sportgeräten geklärt und überhaupt alles so abgewickelt, dass es aussah, als würde ich mich ohne ihre Hilfe nicht von ihr trennen können. Dabei hätte ich das alles auch allein bewerkstelligt, wenn sie mir etwas Zeit, genauer gesagt, sehr viel mehr Zeit gelassen hätte. Aber so war es ja immer gewesen. Weil mir nicht gleich etwas einfiel, fiel ihr etwas ein, was getan werden sollte.

«Wenn keiner was vorschlägt, schlage ich was vor!», sagte sie oft, wenn es darum ging, was am Wochenende, beim Spieleabend oder im Urlaub gemacht werden solle. Unsere Trennung hatte wahrscheinlich vorrangig kinetische Gründe. Wir lebten in unterschiedlichen Entscheidungsgeschwindigkeiten.

Sie sah, so wie sie vor mir saß, eingestandenermaßen gut aus. Wie alle Frauen in Trennung hatte sie sich umgehend etwas sorgfältiger gekleidet, aufmerksamer geschminkt und hielt sich betont selbstbewusst. Es ging ja wieder um was. Marktmodus.

Um nicht länger wie ein Kind dazusitzen, das von seiner Mutter den Koffer gepackt bekommt, holte ich den Kaufvertrag für das Haus hervor. Sie mochte unseren gemeinsamen Haushalt abgewickelt haben, aber gegen diesen wuchtigen Vermögenswert war das alles Pillepalle.

«Ich möchte dieses Haus nicht gleich wieder verkaufen», sagte ich. «Da ich erst in einem halben Jahr wieder Geld bekomme, nehme ich eine Hypothek auf und zahle dich komplett aus. Du würdest dann etwa siebenhundertfünfzigtausend Euro bekommen.»

Sie sollte wissen, was für ein reicher Mann ich inzwischen war. Doch die Zahl beeindruckte sie offenbar überhaupt nicht. Sie nickte nur.

«Ich will wirklich, dass du gut versorgt bist», propagierte ich meinen Freikauf aus zwanzig Jahren Ehe. «Ich geh damit ins Risiko, aber das steht dir zu.»

Nicht die leiseste Anerkennung zeigte sich. Ich hätte sagen können, dass ich zehn Jahre Leprakranke salben würde oder in einem Schwefelbergwerk schuften, es war alles egal.

«Ulrike! Mir tut es leid, dass es so gekommen ist. Ich wollte das nicht. Aber ich bin ein anderer Mann geworden mit der Zeit, und du hast mich immer noch behandelt, als wäre ich ...»

«Will ich nicht hören», sagte Ulrike, «das ist hier keine Therapiesitzung. Erzähl das deiner Neuen. Falls sie das spannend findet.»

Es muss ein Bedürfnis nach stählerner Kante, nach messerscharfer Zurückweisung in Frauen geben, das sich Bahn bricht, wenn sie trennungsbedingt kein Verständnis mehr haben müssen. Überrascht registrierte ich, dass es mir nicht übermäßig weh tat. Früher hatten kleine Misstöne gereicht, um mir gemeinsame Essen, ganze Abende oder Nächte zu verleiden. Aber jetzt, wo ich nichts mehr von ihr wollte, machte mir ihre Schärfe fast Appetit. Ich schluckte ihn runter. Nahm die Liste, schrieb das Haus drauf und die Entschädigung. Dann setzte ich schwungvoll meinen wertvollen Namen drunter und schob ihr Papier zurück.

Vielleicht hätte ich etwas vorsichtiger sein sollen, weniger großzügig. Vielleicht hätte ich nicht versuchen sollen, Ulrike mit einer solchen protzigen Geste zu beeindrucken. Vielleicht hätte ich mir eine Reserve lassen sollen.

Roman Köllner sagte später, dass alle gelacht hätten, als sie das erste Mal die Fotos mit Bill Pratt sahen. Ungefähr satte zwanzig Sekunden lang. Einer habe in weltläufiger Jugendlichkeit «What the f..k?» gerufen. Ein anderer «Is' nicht wahr, oder?». Christoph W. Gerstenberger habe gelächelt, aber dann, nach ungefähr zwanzig Sekunden allgemeiner Heiterkeit, wären seine Gesichtszüge wieder in großen Ernst zurückgeglitten, und er habe erklärt: «Das ist keine Posse, meine Damen und Herren. Das ist mehr.»

Roman Köllner sagte später, dass bei der Zeitung alles schon im Satz gewesen sein musste, als *Titel, Thesen, Temperamente* den Beitrag brachte, dass folglich Gerstenberger die Bilder vorher an die Redaktion der Sendung durchgereicht habe, weil er der Auffassung war, der Skandal brauche einen gemeinschaftlichen medialen Auftakt, einen konzertierten Tusch.

Roman Köllner sagte später, Gerstenberger hätte seinen Aufstieg eben diesem Kniff zu verdanken, dass er nämlich argwöhnisch gegen sein eigenes Lachen war. Gerstenberger stand nicht nur für eine neue Empfindlichkeit im Zeitungsjournalismus, sondern auch für einen Konflikt zwischen Jung und Alt. «Lachen», hatte Gerstenberger einmal in dem Essay «Die lachenden Dritten» über die Generation der heutigen

Gebissträger geschrieben, «kommt aus dem kalten Herzen. Lachen heißt immer Distanz, heißt, ich will etwas von mir weghalten. Und da müssen wir Journalisten hellhörig werden!»

Bevor Christoph W. Gerstenberger Redaktionsleiter Gesellschaft wurde, hatte er erfolgreiche Reportagen über Dispraktiker geschrieben, also über Menschen, die man früher als Tollpatsche verspottet hatte; über übergriffige Initiationsriten wie das «Gautschen» von Druckerlehrlingen (er hatte erreicht, dass viele Druckereien ihre Lehrlinge nicht mehr komplett in ein Wasserfass tauchten, sondern nur noch nach eingeholter Einwilligung die Nase mit ein paar Tropfen bespritzten); und sogar über Menschen mit angewachsenen Ohrläppchen, einer Minderheit, die ein Leben im Banne dieses von anderen oft still, aber dennoch intensiv registrierten Merkmals führten. Seiner – wenngleich nie überprüften – Schätzung zufolge verdienten Menschen mit angewachsenen Ohrläppchen fünfzehn Prozent weniger als Menschen mit der dominanten Ohrläppchenform. Ein Report, der in Personalabteilungen großer Unternehmen aufmerksam registriert wurde. Niemand wollte als Erster in die Falle eines Gerichtsprozesses tappen, in dem mit statistischen Verfahren die Benachteiligung angewachsener Ohrläppchen festgestellt wurde.

Gerstenberger konnte also ein Thema setzen. Er hatte die eigentümlich unkollegiale Geste kultiviert, ein allgemeines Gelächter mit nur einem Wort zu unterbrechen und peinlich verhallen zu lassen, und er war stolz darauf. Aber nie hatte er eine Größe vom Format eines Bill Pratt versenkt. Wie er so vor den Seinen stand, trat wohl der Geist Bob Woodwards in ihn ein, und er rief, während ein kleiner Schauer seinen Rücken herunterprickelte:

«An die Arbeit! Zeigen wir es Hollywood!»

«Wir haben uns entschieden, diese Bilder zu zeigen», sagte denn auch die ttt-Moderatorin mit feiner Erschütterung, «weil wir glauben, dass Kunst und Leben auch bei einem so weltberühmten Schauspieler sich nicht in dieser Weise widersprechen sollten. Mit Rücksicht auf die betroffenen Schafe haben wir Teile dieser Bilder unkenntlich gemacht.»

Dann der Beitrag. Kurze Exposition. Bill Pratts Aufstieg zum größten lebenden Star in Hollywood. Sein «merkwürdig» braves Privatleben. Seine Wohltätigkeiten, sein «betont» ökologisches Engagement. Treffen und Handshakes mit Naturschützern. Aber dann: Ein Delphintrainer berichtet über «unangemessenes Verhalten» des Stars bei den Dreharbeiten zu «Blutige Wellen». Dazu Bilder von Bill Pratt, wie er mit dem Delphin schwimmt. Während des Drehs zu «Königin der Savanne» wäre Pratt mit «Manipulationen» am «erschossenen», in Wirklichkeit betäubten Löwen aufgefallen. Dazu Bilder vom *Making of*. Ein Tierschützer erzählte, dass sich Bill Pratt an der «Männlichkeit» des Löwen zu schaffen gemacht hätte. Und war es tatsächlich Zufall, dass unweit des ländlichen Drehortes zu «Schlacht der Giganten» eine Herde Ziegen jener Fainting Goats genannter Rasse, die bei Erschrecken in eine Schockstarre verfallen, immer wieder nachts mit einem Böllerschuss komplett ohnmächtig gemacht wurde?

«Bill Pratt hat uns, seinem Publikum, einiges zu erklären», sagte die Moderatorin zum Abschluss des Beitrages. «Leider hat sein Management auf unsere Anfrage bis zum Redaktionsschluss nicht reagiert.»

Roman Köllner sagte später, er hätte schon viele peinliche Fotos gesehen, aber noch nie so eins. Und dass Bill Pratt eher sich selber ungeschehen machen könne als diese Fotos.

Aber so viel Roman Köllner auch später sagte, in diesem Moment sagte er nichts. Er war schlicht und ergreifend nicht anwesend. Er glitt mit seinen vom Salzwind gewürzten Begleiterinnen die Wellen des Atlantiks hinauf und hinunter. Ich hingegen lagerte allein im Wohnzimmer meines riesengroßen Hauses auf einem Schaffell, trank Bier und fraß Erdnüsse und zappte den ganzen Abend durch die Fernsehsender, weil der Kabelanschluss endlich freigeschaltet war. Ich hatte schon den Finger auf der Fernbedienung, um den Kanal zu wechseln, als ich den Namen Bill aus dem Mund der Moderatorin hörte.

Die Bilder stammten von einer Wildkamera, wie die Moderatorin eingangs erläuterte, welche eigentlich zur Dokumentation von Wolfsattacken aufgestellt worden war, wie sie im Brandenburgischen öfter vorgekommen waren. Die Kamerabilder zeigten zweifelsfrei Bill Pratt, wie er ein Schaf zwischen seine Beine klemmte und es am Kopf festhielt. Zumindest musste man das mutmaßen, denn das Gesicht des Schafes war mit Rücksicht auf dessen emotionalen Zustand verpixelt. Weiter hinten liefen ein paar Schafe herum, an denen Bill Pratt sich offenbar bereits zu schaffen gemacht hatte. Der Hintergrund der mit Infrarotlicht beleuchteten Szene lief allerdings schnell ins Dunkle, und deswegen konnte man nicht auf den ersten Blick erkennen, was ich bereits wusste:

Alle Schafe trugen Wollmützen. Mit ihren Strickzöpfen unter dem Schafskopf verknotete Wollmützen.

Achtundvierzig Stück. Ich hatte sie besorgt.

In einem ersten Reflex prustete ich los, als ich Bill Pratt mit dem Schaf sah. So wie man spontan loslacht, wenn jemand gegen einen Laternenpfahl rennt oder auf eine Harke tritt, so wie es eben aus einem herauslacht, egal was folgt. Es war auch zu komisch. Nach ein paar Sekunden weiterer Betrachtung aber dann war es viel zu komisch. Warum setzt man einem Schaf eine Wollmütze auf? Warum setzt man achtundvierzig Schafen Wollmützen auf? Warum stiehlt man sich heimlich aus einem Grandhotel, fährt in die Ödnis und versieht dort nächtens eine ganze Schafherde mit strickbezopften Wollmützen? Warum? Aus Spaß? Aus mehr als Spaß? Was kommt denn hinter «Spaß»? Das ausgetüftelte Vorhaben, die umständliche Logistik, die Plackerei der Wollmützenverknotung, zuvörderst aber die Geheimniskrämerei sprachen eine andere Sprache. Spaß, der ergibt sich im Rahmen überschaubarer Anstrengungen. Niemand rekrutiert ein Bataillon Schweizer Gebirgsjäger, um in einer geheimen Luftlandeaktion einem nepalesischen Yakhirten ein Furzkissen unterzuschieben ...

Warum, Bill Pratt? Warum?

Ich war gewohnt, Fragen mit der Hoffnung auf Antwort zu stellen, aber so sehr ich auch nach Beweggründen suchte, ich fand keine. Das Warum stand glatt und schwarz und unversehens wie der Monolith in Kubricks 2001 in meinen verstörten Gedanken herum.

Ich lag auf einem Schaffell und verspürte plötzlich eine tiefgehende Entfremdung zwischen mir und diesem Fell.

Das Bild von Bill Pratt, sehr bald auch unverpixelt, wie er dem entsetzt glotzenden Schaf die Wollmütze aufsetzte, nahm seinen Weg durch die Medien in geometrischer Progression. Binnen dreier Tage hatte es ikonischen Charakter. Wenn ich geglaubt und gehofft hatte, die Enthüllung von Pratts unerklärlichem Hobby würde im bürgerlichen Feuilleton und in spätabendlichen Kulturmagazinen mit dreistelligen Zuschauerzahlen ein kurzes Leben als cineastische Kuriosität führen, hatte ich mich getäuscht. Aufgescheucht von den Recherchen der Gerstenberger'schen Redaktion, machten sich in Übersee und überall professionelle Dreckschleudern und einschlägige Rechtsverdreher daran, diesen größten aller Stars zu erlegen. *USA Today* brachte die Geschichte des narkotisierten Löwen Kian, dem Bill Pratt nach Drehschluss mit einem Elektrorasierer einen Irokesenschnitt aus der Mähne gefräst hat, was allen Löwenexperten dieser Welt die Haare zu Berge stehen ließ. Da die Mähne des Löwen seine Männlichkeit darstelle, habe es sich um nichts weniger als um eine symbolische Kastration gehandelt, so der Tenor des Artikels. Die *Washington Post* berichtete, dass die berühmte New Yorker Rechtsanwaltskanzlei «Cliff Boone Arlington» Klagen von Tierhaltern sammelte, die vordem mit Bill Pratt zusammen- oder auch nur in seiner Nähe gearbeitet hatten. Da fand sich alles. Vom Ziegenhirt dieser komischen Ohnmachtsziegen bis zu einem Hundehalter aus Oregon, der behauptet, Pratt hätte seinen Schäferhund länger gestreichelt als üblich, und seitdem sei dieser wesensverändert. In TV-Shows kreuzten seltsame Menschen auf, die alle möglichen Katzen, Vögel, Meerschweinchen und sogar Glasbowlen mit Goldfischen auf dem Schoß hielten und von schrecklichen Begegnungen mit Bill Pratt berichteten.

Ich las und sah dies alles mit der irren Ruhe eines Mannes, der eine Monsterwelle auf sich zukommen sieht und von ihrer Größe mehr beeindruckt ist als von der Aussicht, dass sie ihn überrollen wird.

Dann traf sie mich.

Erst unmerklich, schwach, ein kleines Zeichen nur des Kommenden. Ein Zurückweichen des Wassers am Ufer, das unheimliche Atemholen des Tsunamis.

Bei unserer Sonntagsmatinee, diesmal im Kulturhaus von Premnitz, stand mitten in meiner Lesung ein Mann im Publikum auf und entschuldigte sich vielmals durch die Reihen. Eben noch hatte Georg mit seinem Lied vom Hering und der Makrele allgemeines Schmunzeln und sogar etwas klapperigen Applaus hervorgerufen. Nun war ich dran, eine Passage aus Brehms Tierleben über den «hochmütigen» Steinbock zu lesen. Ich sah mit halbem Auge den Mann sich durch die Reihe bittend und seinen Kopf schüttelnd, las aber weiter, dass «schon mit halberwachsenen Steinböcken nicht gut zu scherzen» sei. Da hörte ich ihn, in einer kleinen Kunstpause, wie er vernehmlich brummte, dass das nun wirklich nicht sein müsse, nach alldem.

Noch nie hatte jemand eine meiner Lesungen mittendrin verlassen.

Einen kurzen Moment war ich versucht, das Buch beiseitezulegen und ihn laut durch den Saal zu fragen, was er denn habe. Aber falls es ein Verrückter war, ein ewig Selbstgespräche führender und womöglich ortsbekannter Narr, dann käme die ganze Veranstaltung zu Schaden, und das war es nicht wert. Also ließ ich ihn unbefragt gehen.

Derweil schwappte die Welle, die zuerst von den deutschen Medien nach Übersee geflutet war, wieder zurück. Die *Zeit* brachte einen Aufmacher namens «Spaß mit Tieren? – Eine Grenze wird neu vermessen». Man nahm Bill Pratts Snapshot als Aufmacher, war aber bemüht, das Thema etwas genereller anzugehen, vom Kuhschubsen bis zum Aufscheuchen von Taubenschwärmen, wie es Kinder auf Plätzen so gerne tun. Klar, Bill Pratts eigentümliches Verhalten trug sicher nicht Monate der öffentlichen Debatte. Kinder zu ermahnen, nicht in Taubenschwärme zu rennen, weil dies Stress für die Tiere bedeutete, war einfach lächerlich. Was denn noch? Nicht mehr am Sommerabend mit den Händen wedeln, weil den Mücken sonst schwindlig wird? Rückzugsgefechte, nichts als Rückzugsgefechte, dachte ich. Bald würde der Casus vergessen sein.

Dann klingelte das Telefon.

«Hier ist Sigrid Polikowski, das Büro von Flim Flanders. Ich wollte mich bei Ihnen kurz melden», sagte eine ältliche Frauenstimme am Telefon, «bezüglich der Angelegenheit der Sprachaufnahmen zur Dokumentation *Vernetzt allein*. Ich kann nämlich Herrn Köllner nicht erreichen, und da die Sache eilt, wende ich mich jetzt direkt an Sie!»

«Na endlich!», lachte ich, denn der Dokumentarfilm dieses vielbeachteten, kunstvollen und geistreichen Regisseurs würde mich aus dem Bann, immer nur und nichts weiter als die Stimme von Bill Pratt zu sein, erlösen. Und das Honorar würde sich ebenfalls sehen lassen können.

«Also nur für Ihre Planungssicherheit», fuhr die gute Seele von Flim Flanders fort, «Herr Flanders hat sich jetzt doch für Hansi Jochmann, die deutsche Stimme von Jodie Foster, entschieden. Das heißt, Sie müssen sich jetzt nichts mehr freihalten und können wieder nach Belieben disponieren.»

Ich schwieg eine bedeutende Weile.

«Herr Funke, sind Sie noch dran?»

«Ja, aber ich bin einigermaßen verwirrt. Mir gegenüber hat Herr Flanders betont, es gäbe in Deutschland keine geeignete Frauenstimme für dieses Projekt. Wieso also ...?»

«Dazu kann ich Ihnen nun gar nichts sagen.»

«Ist es wegen dieser Sache mit den Schafen? Ist es wegen Bill Pratt?»

«Nein», log Frau Polikowski mit mütterlicher Routine, «das glaube ich nicht.»

Ich schwieg so intensiv, dass es ihr das Herz abschnürte.

«Mir tut das sehr leid. Sie sind ein großartiger Sprecher. Es geht nicht gegen Sie persönlich.»

Ich schwieg die Vögel von den Bäumen. Ich schwieg die Katzen von den Dächern. Ich schwieg, dass sich der Himmel öffnete und die Kälte des Weltalls hereinließ. Frau Polikowski räusperte sich.

«Das ist nur eine künstlerische Ermessensentscheidung, Herr Funke.»

«Bill Pratt hat sich mit diesen Schafen einen Schabernack erlaubt. Einen Scherz! Mehr nicht!», sagte ich sehr hart und sehr langsam.

«Wissen Sie, ich bin auf dem Land groß geworden», seufzte Frau Polikowski. «Mir muss keiner was erzählen.»

Ich legte auf.

Mir wurde etwas frostig zumute. Bis hierhin war es eine Sache von Bill Pratt gewesen. So sehr hatte ich gehofft, dass die Angelegenheit von kurzer Dauer und auf ihn selbst beschränkt bleiben möge. Das Telefonat vom Großregisseur deutete in eine andere Richtung. Begannen die feinfühligeren Künstler des Filmgeschäftes bereits, mich in Pratts Fall mit einzubeziehen? Mit einem Mal befiel mich die Furcht, dieser Fall könne ein wirklicher Fall werden, und ein tieferer Fall, als ich bisher gedacht hatte. Was, wenn ich im Krieg der Ernstmacher gegen die Spaßmacher höchstselbst zwischen die Fronten geriete?

Als es zwanzig Uhr wurde, griff ich mit kalten Fingern nach der Fernbedienung und schaltete den Fernseher ein. Mit einer ungeheuren Erleichterung hörte ich die gewohnte Station Voice «Hier ist das Erste Deutsche Fernsehen mit der Tagesschau» sprechen. Meine Stimme. Beherzt, gefasst und mit einem fast unmerklichen Hauch Überlegenheit. Jedem Zuschauer vertraut. Meine Stimme – fest verankert im Tagesablauf des informierten Bürgers.

Ich fasste wieder Mut. Wer weiß, was den senilen Kastenbrillenregisseur getrieben hatte, mich als Sprecher aus seinem Projekt zu streichen? Vielleicht hatte seine Vorzimmerdame Polikowski recht, und es hatte überhaupt nichts mit Bill Pratt und den Schafen zu tun. Vielleicht war ich ihm einfach zu teuer, und die Jodie-Foster-Stimme hatte es für die Hälfte gemacht. Keine Ahnung. Ich hatte auch so gut zu tun. Ich brauchte sein Geld nicht.

«Die Internationalen Filmfestspiele von Venedig werden dieses Jahr nicht, wie geplant, unter dem Vorsitz des amerikanischen Schauspielers Bill ...», sagte Judith Rakers. Mir standen abrupt die Haare zu Berge, noch bevor sie funkelblond und etwas schnippisch, wie es ihre Art war, das Wort

«Pratt» sagte. Ich verlor für ein paar Sekunden das Gehör, und ganz erfüllt von weißem Rauschen starrte ich auf den Bildschirm.

Es gehört zum Wesen und höchsten Wert der Nachrichten, dass sie für den Zuschauer selbst im Grunde absolut bedeutungslos sind. Wenn man so will, ist die persönliche Bedeutungslosigkeit der eigentliche Inhalt des Informationsgeschäftes. Jeder will die Nachrichten sehen. Niemand will die Nachricht sein.

«Sein Management erklärte heute, Pratt werde sich nach einer Zeit intensiver Dreharbeiten und einer Vielzahl karitativer Engagements auf der ganzen Welt für eine Weile aus der Öffentlichkeit zurückziehen, um sich, so wörtlich, zu erholen.» Das letzte Wort betonend, verabschiedete Judith Rakers diese Nachricht mit ihrem norddeutschen «Tja Leute, so ist das wohl!»-Blick in die Kamera. Nächstes Thema.

Kein Wort von dem Vorfall am Rande des Deutschlandbesuchs. Kein Wort der Erklärung, kein Wort der Entschuldigung. Bill Pratt tauchte einfach ab, um Gras über die Sache wachsen zu lassen. Gras, das die Schafe dann wieder fressen konnten, als wäre nichts gewesen. Wie lange mochte so was dauern?

Ich war blank. Mittelloser Besitzer eines bedeutenden Hauses mit Havelblick. Zwar erwartete ich ebenso bedeutende Einkünfte. Aber war mit ihnen wirklich noch zu rechnen? Die Frage quälte mich die ganze Nacht, aber mit der beruhigenden Aussicht, sie würde mich nur diese eine Nacht lang quälen. Anderntags war die Synchro einer weiteren Folge von «No Time to Lose». Die würde er ja wohl noch gedreht haben, bevor er in den langen dunklen Urlaub der Seele ging.

Als ich am Vormittag energiegeladen ins Studio kam, ging ein kurzer Schmerz durch den Regisseur und den TonIng. Der kurze Schmerz, einen Menschen nicht angerufen zu haben, um ihm einen Weg zu ersparen.

«So!», sagte ich und rieb mir die Hände. «Fangen wir an! Wir wollen was schaffen heute!»

Anstatt die Takes an seinem Pult klarzumachen, erhob sich der TonIng und sagte, er gehe mal auf Toilette.

«*Ausgeschlafen und ausgeschissen erscheint ein Mann auf Arbeit*, hat mein Schauspiellehrer immer gesagt!», lachte ich ihm hinterher.

Der Regisseur kniff den Mund zusammen und holte tief Luft durch die Nase. Die letzte gute Luft für länger.

«Dir hat es noch keiner gesagt?», fragte er.

«Was?», fragte ich zurück.

«Sie haben ihn rausgeschrieben», sagte der Regisseur.

«Wen?», fragte ich.

«Bill Pratt.»

«Ach, Quatsch!», sagte ich. «Das war schon gedreht. Da kann man doch keinen mehr rausschreiben.»

Der Regisseur blätterte im Manuskript von «No Time to Lose» ein paar Seiten vor und schob es mir offen hin.

Die Headline kündete AUSSEN TAG an und gab als Ort einen FRIEDHOF an. Fassungslos las ich die Szene. Sie waren dabei, die Serienfigur von Bill Pratt zu beerdigen. Der Chef der Filmfigur sprach rührende Worte über den Helden, der beim Versuch, eine Giftmüllverklappung zu verhindern, von malaysischen Piraten erschossen worden war.

«Das kommt aber sehr überraschend», kritisierte ich schwächlich die Staffeldramaturgie.

«Haben Erschießungen so an sich», sagte der Regisseur.

«Gibt es wenigstens noch eine Rückblende?», fragte ich. «Kann ich noch einen letzten Satz einsprechen, wenigstens einen Abschied röcheln?»

Der Regisseur verneinte. Statt des eigentlich geplanten furiosen Feuergefechts gegen den wie immer kugelsicheren Helden, nach welchem dieser bei den Piratenleichen Dokumente fände, die die Verstrickung amerikanischer Chemiekonzerne bewiesen, würde er nun nur nachts über die Bordwand klettern und gleich vom ersten Wachposten erschossen werden.

«Hat einen gewissen Realismus», fügte der Regisseur an und meinte, danach ginge es nur noch um das Auslösen der Leiche, die Beerdigung und die überraschende Entdeckung, dass der Held einen unehelichen, aber schon adoleszenten Sohn hinterlassen habe, der nun rächend sein Erbe anträte.

«Also», schloss er, «du hast hier nichts mehr zu tun. Tut mir leid.»

Mir fiel ein, dass zwei Monaten zuvor die Dreharbeiten zu einem neuen Bill-Pratt-Film begonnen hatten. *The Nurse*. Ein Thriller. Krankenschwester kümmert sich täglich um einen Patienten im Koma. Die Familie will ihn abschalten, aber die Krankenschwester entdeckt Lebenszeichen, ja, beginnt sogar, mit ihm zu kommunizieren. So erfährt sie, dass er, ein gutaussehender Millionär, ermordet werden sollte und nur mit Glück überlebt hat. Sie setzt alles daran, dass die Abschaltung der Geräte verzögert wird und er wieder aufwacht, um seine Mörder zu überführen. War nicht viel zu sprechen, außer am Anfang und am Ende. Aber das war egal. Ich war am Umsatz in Deutschland beteiligt.

«Dann sehen wir uns erst wieder bei *The Nurse*?», fragte ich hoffnungsvoll, wenn auch schon vorsichtig.

«Nee», antwortete der Regisseur, «Dreh wurde gleich gestoppt. Haben alles umgeschmissen. Patient ist quasi nur noch Deko. Ist jetzt 'ne romantische Komödie mit Patrick Schwarzenegger als jungem Arzt. Der Komapatient gibt ihm Hinweise über sein Hirnstromgerät, sein EEG, dass die Krankenschwester ihn liebt und so ... Also. Der spricht nicht mehr.»

«Langsam wird es albern», sagte ich.

«Ist nicht meine Entscheidung», meinte der Regisseur.

«Aber dir ist schon klar, was das heißt? Bill Pratt und ich sind wie siamesische Zwillinge», sagte ich mit zunehmender Erregung. «Wenn er stirbt, sterbe ich auch!»

Der Regisseur nickte, aber so recht fasste ihn mein Schicksal nicht an.

«Nun übertreib mal nicht», erwiderte er. «Du hast doch gut verdient. Viele Schauspieler wären froh, wenn sie ein einziges Mal eine Gage kriegen würden, wie du sie jahrelang bekommen hast.»

«Ich bin kein Schauspieler», herrschte ich ihn an. «Ich bin nur eine gottverdammte Stimme!»

Der Regisseur zog das Manuskript wieder vorsichtig über den Tisch zu sich herüber, um es vor einer möglichen Beschädigung zu bewahren. Dann sah er mich an, bar jeden Trostes.

«Das stimmt.»

Mein Vater wollte übrigens nicht, dass ich Schauspieler werde. Ich hatte als Siebzehnjähriger in einer Aufführung von «Leonce und Lena» des Schultheaters den Leonce gespielt und unerwartet viel Beifall bekommen. Vielleicht hatte ich nur das Glück, dass die tollpatschige Romantik des Helden irgendwie zu meiner Person passte, aber ich vermeinte zu hören, dass das Publikum mich deutlich mehr beklatschte als die anderen Akteure. Dieser Moment im Scheinwerferlicht, die artige, in Wirklichkeit aber vor Stolz bald platzende Verbeugung vor dem klatschenden Publikum, das schmeckte unbedingt nach mehr.

Mein Vater war nicht direkt dagegen – dazu war er viel zu klug –, aber er gab zu bedenken. Zu bedenken geben ist schlimmer als verbieten, wenn man jung ist. Denn was ist Jugend ohne Bedenkenlosigkeit? Ein Verbot hätte mich erzürnt und aufgebracht, erst recht entschlossen gemacht und mir ein produktives Trauma verschafft, aus dem meine Schauspielerei hervorgesprossen wäre wie die zum Himmel strebende Bohnenranke. Ich wäre nach Berlin geflohen, hätte unauffindbar in Dachkammern gelebt, meinen Schmerz mit Schnaps und Zigaretten betäubt, das Zimmer voller Bücher und Skripte, ich hätte wachsbleiche, bipolar gestörte Geliebte gehabt in muffiger Bettwäsche, um dann schon mit dreißig eine so knorrige, unverwechselbare Persönlichkeit entwickelt zu haben, dass kein Regisseur an mir vorbeikäme.

So aber erklärte ich beim Sonntagskaffee, dass sich Anne-Kathrin, meine Mitspielerin im Schülertheater, an der Schauspielschule bewerben wolle und mich gefragt habe, ob ich mitkäme. Meine Mutter fragte in tödlicher Unschuld:

«Wolltest du nicht Geographielehrer werden?»

Mein Vater rührte die Sahne im Kaffee um, wiegte seinen Kopf hin und her und meinte schließlich:

«Ich glaube, du bist kein Schauspieler.»

Er führte es nicht aus. Seine Menschenkenntnis war zu groß, sie in Worte zu fassen.

Da die Gepflogenheiten unserer Familie weitere Erörterungen nach einem solchen Satz nicht vorsahen, wechselte ich das Thema und berichtete, dass sich mein Klassenkamerad Mecki mit seiner MZ an der Kurve vor unserer Schule «gepackt» habe und jetzt einen Gips trüge.

«Im Herbst muss man aufpassen», sagte mein Vater. Meine Mutter gab mir noch ein Stück Sandkuchen.

Vater sollte recht behalten. Ich wurde nie ein richtiger Schauspieler. Meine Engagements an einem Theater konnte man an einer Hand abzählen. Ich hatte zwei kleine Rollen in Vorabendserien gehabt. Einmal hatte ich einen Barkeeper mit zwei Sätzen spielen sollen, wurde dann aber am Drehort kurzfristig zu einem Gast an der Bar ohne Sprechrolle umdisponiert. Begründet wurde das damit, dass meine Stimme nicht zu meinem Gesicht passe. Ohne den Zufall, dass ich bei der richtigen Gelegenheit einmal in einem Tonstudio herumgestanden hatte, als ein markiger Satz für eine Nebenfigur zu sprechen war, würde aus mir wahrscheinlich nie mehr geworden sein als dramaturgisches Füllmaterial oder ein Stichwortgeber, ein «Rufer aus der Menge» auf einer kleinen Bühne in Vorpommern. Vielleicht auch nur des Sommers auf einer Freilichtbühne.

Bis zu dem Tag, an dem ich Birte getroffen hatte, war ich der Überzeugung gewesen, dass die Wirkung meiner Stimme darauf beruhte, dass ich nicht zu sehen war.

Ich hatte zwei fürchterliche Tage, in denen die Nachrichten gar nicht mehr aufhören wollten, Spekulationen über Bill Pratt und seinen «Urlaub» zu bringen. Spekulationen, dass er eine Therapie mache. Spekulationen, dass er sich mit dem Präsidenten getroffen habe, um eine Amnestie zu erwirken. Spekulationen, dass er nach Russland geflohen sei. In der Not meiner Schlaflosigkeit griff ich sogar einmal zum Handy und wählte Bill Pratts Nummer – immerhin war meine Nacht sein Tag –, aber natürlich war da niemand «available». Ich rief im Halbstundentakt auch die Nummer von Roman Köllner an, in der irren Hoffnung, er segele auf dem Ozean an Containerschiffen mit WLAN vorbei.

Übernächtigt und von dem Willen beherrscht, mich aus dieser ohnmächtigen Situation zu befreien, bemühte ich mich um einen Termin bei Bradley Gallagher, aber die Sekretärin sagte mir, Mister Gallagher hätte jetzt und auf absehbare Zeit keinen Termin für mich frei. Sie machte nach jedem Wort eine kleine Pause, die den Eindruck vermittelte, ihr Boss stünde vor ihr und mache Zeichen, in denen mir der Hals durchgeschnitten und ich in einer Schlinge aufgehängt würde.

Ich beschloss, Gallagher aufzulauern. Ich fuhr zum protzigen wilhelminischen Gebäude, in dem «Global Pictures» seine Europa-Residenz hatte, und wartete im Auto, immer auf das von zwei Atlanten-Skulpturen gehaltene Portal starrend, auf den Moment, in dem er herauskäme. Als er es schließlich nach Stunden tat, war ich gerade dabei, in ein Sandwich zu beißen. Ich sprang, mir den Mund abwischend, aus dem Auto. Es hatte zu regnen begonnen, und ich hastete zu Gallagher, dem sein Chauffeur unterdessen mit einem schwarzen Regenschirm entgegeneilte, um ihn zum Wagen zu geleiten.

«Mister Gallagher», rief ich noch im Laufen, «so ein Zufall! Da komme ich hier vorbei und wen treffe ich ...?»

Gallagher zuckte zusammen, seinem ersten Blick nach zu urteilen, erwog er wohl, eilends in den Wagen zu streben und mich zu ignorieren, dann entschied er sich aber, mich anzuhören.

«Da ich Sie gerade sehe, Mister Gallagher, muss ich jetzt doch mal was loswerden. Diese Sache mit Bill Pratt», haspelte ich los. «So ein Superstar! Und dann plötzlich puff! Weg!»

Bradley Gallagher stand auf dem Gehsteig, gänzlich trocken unter dem vom Chauffeur servil gehaltenen Regenschirm. Er verzog keine Miene, während ich langsam vor ihm durchnässte.

«Das muss Ihnen doch mächtig die Bilanz verhageln. Können Sie das irgendwie kompensieren?»

Gallaghers Gesicht blieb ohne Auskunft.

«Ich meine, wir haben ja immer gut zusammengearbeitet. Und ich denke, ich habe Ihnen eine hübsche Summe Geld verdient mit meiner Stimme.»

«Kommen Sie mal zum Punkt!», knurrte Gallagher jetzt.

«Kurz gesagt, ich könnte mir vorstellen, ich würde also ... und das wäre doch eine gute Idee, wenn ich meine Stimme, eine sehr eindrucksvolle Stimme, wie Sie wissen, einem anderen Star leihe. Das würde sich sicher positiv an der Kasse auswirken und würde so manches Loch stopfen. Nicht wahr?»

Gallagher beugte sich ein wenig vor, wobei ihn der Regenschirm begleitete, als wäre er mit unsichtbaren Fäden an seinem massigen Kopf befestigt.

«Sie haben in der Tat eine eindrucksvolle, eine einzigartige Stimme», bestätigte er. «Niemand in diesem Deutschland, niemand, der sie jemals gehört hat, kann vergessen, dass es die deutsche Stimme von Bill Pratt ist. Verstehen Sie?»

«Ach, das verspielt sich», versuchte ich ihn zu locken. «Ich bin einfach die Stimme eines kernigen Mannes. Bisschen sexy, bisschen dynamisch. Da geht alles.»

«Nein, mein Freund», schüttelte Gallagher sich eine schwere Locke in die breite Stirn. «Der Zug ist abgefahren. Sie wollten mit aller Macht Bill Pratts Stimme sein. Und jetzt sind Sie es. Für immer!»

Dann wandte er sich um, und sein Chauffeur riss die Wagentür auf.

«Bill Pratt kommt zurück, und dann reden wir noch mal!», schrie ich ihm hinterher.

Gallagher winkte ab. Dann schloss sich die Wagentür.

Als ich wieder zurück war und den Wagen parkte, hatte der Regen noch zugenommen und platterte gebieterisch aufs Autodach. Ich hätte ins Haus flüchten können, aber dieser heftige Regen passte so sehr zu meiner Weltuntergangsstimmung, dass ich bewusst gelassen aus dem Auto stieg und, mehr noch, die Straße runterging. Die Hände in den Hosentaschen, wie ein Flaneur. Ich war sofort patschnass, und das Wasser lief mir in den Kragen und den Rücken runter.

Ein paar Häuser weiter stand ein Krankenwagen auf der Straße, dessen Rundumleuchte ihr nervöses blaues Licht in die Welt warf. Zwei Sanitäter buckelten sich unter dem Regen mit der Trage zum Wagen. Darauf lag ein älterer Mann, der die Tropfen auf sich prasseln ließ, ohne sich zu rühren.

Neben ihm ein Arzt, der ihm in die Augen leuchtete, was dem Mann aber auch egal zu sein schien. In der Tür des kleinen Hauses aus den dreißiger Jahren stand eine verweinte Frau.

Sie sah mich, und die rote Scham schoss mir ins Gesicht. Ich hatte hier nichts verloren. Ich war in diesem Regen unterwegs, weil ich das unangenehme Gefühl einer Ablehnung mit dem Wüten der Elemente zu einem großen emotionalen Spektakel in mir aufrühren wollte. Aber mein Drama war nichts gegen das ihre. Ich blieb stehen und faltete meine Hände vor der Brust zusammen, zum Zeichen, dass ich für ihren Mann betete.

Sie schnupfte und schüttelte nur leicht den Kopf.

NEUNTES KAPITEL

Zurück im Haus zog ich noch im Flur die nassen Klamotten aus. Das brachte mich in die Verlegenheit, blanken Leibes am großen Spiegel vorbeizumüssen, der dort hing. Ein fünfzigjähriger Mann in Unterhosen mit nassen Haaren auf dem Kopf und triefendem Fell am korpulenten Körper ist nicht das, was man nach einem niederschmetternden Tag sehen möchte. Ein Anblick schon wieder jenseits von Selbstekel. So was mochte man noch nicht mal umbringen. Kein Gerichtsmediziner hatte verdient, so was auf dem Tisch zu haben. Ich schlurfte die drei Stufen aus dem Flur hoch, stieß mir dabei den großen Zeh und biss vor Wut und Schmerz brüllend in meine nassen Sachen. Ich humpelte ins Bad, schmiss das nasse Zeug in die Dusche und ließ den Whirlpool ein.

Dann lag ich eine Viertelstunde im Geblubber, und das machte alles wieder besser. Ich hatte es bis in dieses Haus, bis in diesen Whirlpool gebracht. Ich würde dieses Leben nicht wieder aufgeben. Selbstbewusst schob ich nach einer Weile meinen Bauch aus dem schäumenden Wasser und legte einen Schwamm drauf, als Häuschen auf einer Insel im tosenden Meer, so wie ich es als Kind gemacht hatte. Nur dass heute die Bauchinsel ziemlich bewachsen war. Dann senkte ich meinen Bauch wieder, und das Schwammhäuschen trieb davon. Das Schicksal hatte mich am Nacken und wollte, dass ich von der Höhe meines Ruhms wieder herunterpurzelte. Wie gewonnen, so zerronnen. Aber ich würde dieses Haus nicht davonschwimmen lassen. Ich würde nicht verkaufen, um mit dem Erlös in eine Zweiraumwohnung in Lichtenberg zu ziehen, um dort hinter kaputten Jalousien den kümmerlichen Rest meines Lebens im Alkohol zu ersäufen. Niemals! Ich würde hier bleiben und mein neues Leben leben, wie ich es geplant hatte.

Ich erhob mich aus dem Whirlpool. Griff nach dem Handtuch, trocknete mich ab und band es mir um die Hüften. Mit dem Handtuch um den Leib war ich keine nackerte Unförmigkeit mehr, ich war ein Pharao. Gesäubert, umschmeichelt und bereit. Ich nahm das Telefon und rief Birte an.

«Hallo», sagte ich. «Ich wollte dich mal fragen, wie es mir geht!»

Birte schwieg eine Sekunde verdutzt.

«Du wolltest MICH fragen, wie es DIR geht?»

«Ja», antwortete ich, «ich wollte dir Arbeit abnehmen. Bevor du dich fragst, wie es mir geht, frage ich es lieber!»

Ich fühlte, dass sie lächelte.

«Ich musste öfter an dich denken, die letzte Zeit», sagte Birte. «Das ist alles so verrückt.»

«Wollen wir uns treffen?», fragte ich.

«Ja, von mir aus», sagte sie. «Am besten irgendwo, wo man guten Wein trinken kann.»

Andere, weniger des Zuspruchs bedürftige Männer hätte darin vielleicht eine halbe Absage, zumindest aber eine doch deutliche Neutralisierung unserer Beziehung gehört, aber ich mochte nicht glauben, dass mein Leben an wirklich allen Ecken zu bröckeln begann.

Ich schlug ein Weinhaus in Mitte vor und sagte dann, sie würde mich leicht erkennen, denn ich würde am Ende einer Gasse aus schimmernden Altarkerzen sitzen.

«Du bist süß!», sagte Birte, und ich atmete tief durch vor wiedergefundener Souveränität. Wenn man vor einer halben Stunde noch ein fetter nasser Sitzsack auf zwei Beinen war und plötzlich süß ist, ist noch nicht alles verloren.

Gestärkt von der Aussicht auf einen weinseligen Abend mit Birte watschelte ich in die Küche, um die Rechnungen zu öffnen, die seit meinem Einzug aufgelaufen waren. Es stellte sich heraus, dass der ordnungsgemäße Betrieb des großen Hauses und die Hypothek etwa eintausenddreihundert Euro im Monat verlangten. Da ich mit den Matineen an Georgs Seite etwa anderthalbtausend einnahm, blieben mir zweihundert Euro zum Leben. Das war wirklich nicht sehr viel. Aber genug für ein normales Kerzenscheindinner mit einer wundervollen Frau. Der Rest musste sich finden.

Hier wird nicht verzagt, befahl ich mir streng. Waren meine Eltern nicht nur mit dem blanken Leben aus dem Osten gekommen? Hatten sie nicht in Scheunen geschlafen und liegengebliebene Kartoffeln vom Acker gesammelt? Malzkaffee getrunken und bei Kerzenlicht gebüffelt, um was zu werden? Vom Nichts zum Oberstleutnant der Zivilverteidigung – das war mein Vater gewesen. Das war mein Geschlecht.

Die Ermunterung hielt nicht lang.

Die Rückkehr ins Nichts hatte mein Vater nicht verkraftet. Obwohl seine Ablösung noch nicht erfolgt war, war sich mein Vater schon im Jahr der deutschen Einheit sicher, dass er seines Berufes und seines Ranges verlustig gehen würde. Er sprach nur einmal kurz darüber, dass er alles verlieren und von vorn anfangen müsse. Man hörte, wie schwer ihm das fiel. Und doch hätte ich damals nie geglaubt, dass er sich das Leben nehmen würde. Mutter wollte es bis zum Schluß nicht glauben. Er wurde ja auch nie gefunden.

Der Abend mit Birte begann vielversprechend. Wir hatten den Kellner nach einer Weinempfehlung für die Entenbrust gefragt, und der hatte uns den Sommelier an den Tisch geschickt, welcher uns zum «Erlebnis einer vinophilen Sinnlichkeit» einen Enorme Grand Cru Trés Haut-Médoc Château Trop Cher anempfahl, der uns in eine «Aromenwelt von Herbstwind, Pinienwald, Lakritze, Flusskiesel und Schlehe entführen» würde, was Birte in kleinkindhafter Genussvorfreude in die Hände klatschen ließ. Ich war gleich wieder ganz verliebt in ihre witzig-verspielte Art. Von mir aus hätten wir uns den ganzen Abend über die Feinschmeckerei lustig machen und uns in «Geschmacksorgasmen» im Gestühl hin und her werfen können. Aber leider gab es Dinge zu bereden. Ich drohte das einzige menschliche Opfer von Bill Pratts sonderbarer Veranstaltung zu werden. Eben noch schwer angesagt, wurde ich jetzt abgesagt, dass es nur so eine Art hatte.

«Bei uns im Haus ist noch gar nichts entschieden», erklärte Birte. «Wir warten erst mal ab, ob es eine neue Werbung mit deiner Stimme geben kann.»

«Kann?»

«Das hängt nicht von uns ab. Wir schauen, wie die sozialen Medien reagieren. Bis jetzt hat sich noch keiner mokiert über deine Stimme in unserer Werbung.»

«Aber was, wenn es einer tut? Irgendein Idiot, ein durchgeknallter Fan, der sich alle Filme, alle Trailer, alle Spots mit der Einzelbildtaste ansieht, um Fehler zu finden. Irgendein Freak, der mit sechs unkastrierten Katern und zwölf Säcken Trockenfutter in seiner Mansarde lebt und nur darauf wartet, dass ihm irgendwas da draußen in der Welt nicht passt.»

«Wenn es nicht trendet … egal!», meinte Birte.

«Und was, wenn es trendet? Wenn es ein Hashtag wird? Mit zehntausend Likes und Spikes? Was macht ihr dann?»

«Also ein bisschen resilient sind wir schon. Wir fallen nicht gleich bei jedem Twitter-Pups um. Entscheidend ist, ob die Mainstream-Medien da eine Geschichte draus machen wollen. Und da kannst du dich ja ein bisschen engagieren.»

«Ich? Was kann ich da tun?»

Birte schenkte dem Kellner, der die Teller brachte, ein Lächeln, und legte sich die Damastserviette über den Schoß. Ich klemmte meine in den Ausschnitt meines Hemdes. Die Entenbrust kam schließlich in einer Rotweinsoße.

«Du hast ja Bill Pratt nicht dabei synchronisiert, als er sich über die Schafe hermachte», sagte Birte. «Was hat also deine Stimme mit dieser Sache zu tun? Nichts. Deine Stimme steht für etwas ganz anderes. Für all die wunderbaren Momente im Kino, wo Bill Pratt uns inspiriert hat. Die Hoffnung auf eine bessere Welt. Da musst du ansetzen.»

«Ich verstehe nicht.»

«Geh in die Öffentlichkeit. Setze dich für nachhaltiges Sprechen ein. Vielleicht lancierst du eine Erklärung, die viele deutsche Synchronsprecher unterschreiben, dass sie nur noch Rollen sprechen, die positive Botschaften enthalten, oder so.»

«Und wer soll dann die Bösewichte sprechen?»

«Na Bösewichte», fuchtelte Birte mit einem Stück Entenbrust auf der Gabel herum, «alles andere wäre kulturelle Aneignung. In Amerika werden schwarze Cartoon-Figuren nur noch von Schwarzen gesprochen.»

«Das meinst du nicht ernst! Dann könnten Kosmonauten nur noch von Kosmonauten gesprochen werden.»

Birte verspeiste ihr Stück Entenbrust und hob, noch kauend, ihr Glas:

«Du solltest dich jedenfalls erklären. Du bist doch ein toller Sprecher. Dir hört man gerne zu. Setz dich in eine Talkshow und sag mit deiner Stimme, was du gefühlt hast, als du von dieser Sache mit Bill Pratt und den Schafen erfahren musstest. Dass du glaubst, dass deine Stimme missbraucht wurde. Setz dich an die Spitze, bevor du unter die Hufe kommst.»

Ich erhob ebenfalls mein Glas, und wir tranken einander zu. Sie war eine wunderbare Frau, und auch wenn alles, was sie bis jetzt gesagt hatte, für aufmerksame Ohren in einem nur allzu freundschaftlichen, unverbindlichen Ton gesprochen war, fühlte ich mich so zu ihr hingezogen, dass ich mich ehrlich machen musste.

«Birte», sagte ich, «ich weiß nicht, ob ich das tun sollte. Ich bin nicht so unschuldig an dieser Sache mit den Schafen.»

Dann erzählte ich von meinem Handel mit Bill Pratt, dem Doppelgänger, dem Mietwagen und den achtundvierzig Wollmützen.

«Und bei alldem hast du dir überhaupt nichts gedacht?», fragte Birte, während eine unangenehme Sachlichkeit in ihr Gesicht einzog. Der Kellner kam, räumte die Teller ab und erkundigte sich, ob er gleich das Dessert bringen solle. Birte nickte.

«Hast du die Mützen wenigstens in bar bezahlt?», fragte sie dann.

Ich schüttelte den Kopf.

«Mit deiner Kreditkarte? Oh! Mein! Gott!», sagte Birte. «Ich dachte, du wärst ein bisschen smarter.»

Ich wollte ihr noch ein wenig Wein nachschenken, aber sie hob routiniert die Hand übers Glas. Sie sah mich eingehend an und sagte dann:

«Vielleicht habe ich dich mit deiner Stimme verwechselt.»

Ich begriff, dass sie nicht sehr fehlertolerant war. Schlagartig begriff ich das: Natürlich war eine so perfekte Frau nicht tolerant gegenüber Fehlern. Sonst würde sie ja nicht perfekt sein können. Ich verspürte ein brennendes Verlangen, mich und all die vertrackten Umstände jammernd zu erklären. Aber ich unterdrückte es. Noch nie hatten jammervolle Erklärungen das Herz einer Frau zurückerobert.

Als die Rechnung kam, sagte Birte, sie werde bezahlen. Ich würde mein Geld noch brauchen.

Wir standen dann noch eine Minute vor dem Lokal, und ich litt mit ein paar verlegenen «Nun ja» und «So also» vor Birte herum. Schließlich nahm sie doch noch meine Hand, hielt sie überraschend herzlich fest.

«Du hast viel Glück gehabt. Vielleicht hast du ja weiter Glück. Ich gucke mal, was ich für dich machen kann. Ich kenne ja auch ein paar Leute.»

Dann hauchte sie mir einen sanften Kuss an meine Wange, und ich roch noch einmal ihre makellose Jugend und Eleganz.

Trüb in Hirn und Herz betrat ich mein Heim. Der kalte Granit schwieg mich an. Alle Geräusche, die ich machte – das Ausziehen der Jacke, das Aufhängen der Schlüssel, die Schritte in die Wohnhalle –, klangen wie extra eingespielt von einem teuflischen Tonmeister. Vor ein paar Stunden war ich voll Zuversicht gewesen. Jetzt wurde ich von einer Lustlosigkeit ergriffen, die mich mitten im Zimmer stehen bleiben ließ. Ich wollte mich nicht setzen, ich wollte mich nicht legen. Ich wollte nicht denken, ich wollte nicht mal seufzen. Eine Art Ohnmacht des Wollens. Ein seelischer Zustand, der mir klinisch noch nicht beschrieben schien. So stand ich eine Stunde rum. Von den Gegenständen nur durch Atmung zu unterscheiden.

Dann musste ich pinkeln. Das gab mir wieder ein Ziel, und ich trat zurück in die Welt der Absichten. Zwei Schlaftabletten und die Wärme meines Puffbettes trennten mich dann endlich von diesem Tag.

Am nächsten Morgen war mein Willen zurück. Ich musste mit Georg reden. Ganz entspannt. Ohne Druck. Beim nächsten Billard. Er sollte nicht wissen, dass ich finanziell etwas klamm war. Vielleicht konnten wir unser Geschäft ausbauen. Mehr Häuser klarmachen. Mehr touren. Mit zweitausend Euro wäre ich schon fast ein gemachter Mann. Ich würde sehr frugal, aber kommod auf meiner Veranda sitzen und auf die Havel glotzen, bis das alles vorbei war.

Oder würde es nie vorbeigehen?

Würde es bleiben?

Beim Billard waren Olli und Georg besonders behutsam mit mir. Olli sagte gleich, er lade uns heute ein. Georg ließ mich bauen und hauen und meinte, wir könnte ja heute mal ohne Ansagen spielen.

«Hallo Leute, ich bin erwachsen!», wehrte ich mich. «Bloß, weil ich keine Frau und keine Arbeit mehr habe, müsst ihr mich nicht gleich wie ein rohes Ei behandeln.»

Ich sagte die lila Volle für die Tasche links oben an und verschoss sie bedeutend. Olli fragte, ob ich von Bill Pratts sonderbaren Vorlieben gewusst hätte.

«Natürlich wusste ich das nicht», sagte ich und ließ Georg den Vortritt, der sechs Kugeln so zackig versenkte, als dürfe niemand wissen, dass sie überhaupt auf dem Filz gelegen hatten. «Aber jetzt mal ehrlich Leute. Selbst wenn ich es gewusst hätte! Das ist doch kein Verbrechen! Es ist ein alberner Streich! Ich verstehe überhaupt nicht, was hier abgeht. Was haben wir früher als Jungs alles für Quatsch gemacht! Frösche mit einem Strohhalm aufgeblasen …!», lachte ich, als mein Blick auf den Nachbartisch fiel, wo ein Pärchen saß. Das Mädchen hatte bis eben an ihrem Caipirinha gezutscht, ließ aber nun ihren Strohhalm aus dem Mund gleiten und sah mich angewidert an.

«Jedenfalls versteh ich nicht, warum ich als sein Synchronsprecher gleich mit in Haft genommen werde», sagte ich schon etwas leiser, aber da die Beschallung gerade eine Pause zwischen zwei Musiktiteln einlegte, nicht leise genug für das Pärchen. Zu allem Überfluss trompete Olli auch gleich weiter.

«Du bist die Stimme von Bill Pratt. Wenn Bill Pratt Scheiße baut, bleibt auch irgendwas an dir kleben. Das ist doch klar.»

Ich bedeutete ihm, dass das nicht alle mitbekommen müssten. Das Pärchen tuschelte.

«Was heißt hier Scheiße bauen?», sagte ich. «Er ist doch nicht bei Rot über die Kreuzung ...»

Der Mann am Nebentisch bestätigte jetzt seiner Freundin mit einem Nicken, dass er auch glaube, was sie ihm geflüstert habe. Ich beschloss, das Gespräch so schnell wie möglich herunterzufahren.

«Lasst uns einfach Billard spielen. Wir können ja nachher noch reden. Ich hab sowieso noch ein paar Vorschläge für Georg und mich und unsere Touren. Ich habe ja jetzt ein bisschen mehr Zeit für solche Sachen.»

Ich legte den Queue an und versenkte eine Kugel, aber schon die nächste ging wieder daneben. Georg machte das Spiel fertig. Als er die schwarze Kugel versenkt hatte, nahm er die weiße vom Filz und drehte sie verlegen in den Händen.

«Darüber wollte ich mit dir reden», sagte Georg, «ich hatte diese Woche einen Anruf von den Uckermärkischen Bühnen in Schwedt. Sie haben doch diese Fassade mit den riesigen verspiegelten Fenstern.»

«Ja, so siebziger Jahre, Kulturpalast halt», sagte ich.

Georg rang mit sich.

«Und du weißt, die Uckermark ist voll mit grünen Kommunen und Gnadenhöfen. Also, die Sache ist, es gab Anrufe, dass die kommen und die Fassade entglasen, wenn du mit ...»

«Wenn ich was?»

«Du stehst im Programm als deutsche Stimme von Bill Pratt. Deswegen sind ja die Leute früher gekommen. Das ist schon vor Wochen gedruckt worden. Und das haben irgendwelche Typen gelesen und beschlossen, sie können das nicht dulden. Also, ich könne noch singen, aber ohne dich.»

«Das hast du sicher abgelehnt.»

«Nicht so direkt. Ich meine, es gibt auch so etwas wie eine Verantwortung gegenüber dieser Fassade.»

«Ob du abgelehnt hast, will ich wissen!», herrschte ich ihn an.

«Nein! Ich habe nicht abgelehnt!», verteidigte sich Georg. «Der Vorverkauf läuft gut. Ich brauche das Geld.»

«Du willst mein Freund sein?», fragte ich bitter.

«Ich bin dein Freund, aber ich helfe dir nicht, wenn ich selber kein Geld mehr verdiene!», antwortete Georg.

«Merkt ihr denn nicht, dass das Wahnsinn ist», rief ich. «Ein durchgeknallter Hollywoodstar macht sich einen Jux mit ein paar blöden Schafen, und die halbe Welt tut so, als hätte er einen Massenmord begangen. Warum stoppt denn das keiner? Warum ducken sich hier alle weg?»

Georg drehte die Billardkugel verlegen in den Händen.

«Ich ducke mich nicht weg. Aber man kann doch nichts machen. Soll ich was auf Facebook posten oder einen Leserbrief an die *Berliner Zeitung* schreiben? Das ist doch alles total sinnlos.»

Olli sprang ihm bei.

«Das sind Tierschützer! Tierschützer lieben Tiere, weil sie Menschen hassen! Mit denen sollte man sich nie anlegen!»

«Einem Schaf eine Wollmütze aufzusetzen, ist keine Tierquälerei! Das ist ein Scherz!»

Wir waren unterdessen alle wieder etwas lauter geworden, und das Pärchen, das neben dem Billardtisch saß, hatte nun lange genug unserem Disput lauschen müssen, ohne sich selbst unterhalten zu können, dass es sich ermächtigt fühlte einzugreifen.

«Einer Frau auf den Hintern zu klatschen, war auch mal nur ein Scherz!», sagte das Mädchen mit dem Caipirinha. «Wach mal langsam auf, Alter!»

Ich drehte mich zu ihr um und donnerte:

«Niemand hat dich um deine Meinung gefragt!»

Der Typ neben ihr, den ich für dick gehalten hatte, lehnte sich vor, wodurch klarwurde, dass er seinen Umfang der sportlichen Betätigung mit sehr schweren Gewichten verdankte.

«Soll ich dir mal eine Wollmütze aufsetzen, du Scherzkeks? Soll ich dir mal so eine Mütze aufsetzen! Gegen deinen Willen? Da will ich dich mal sehen!»

Das hätte mir zu denken geben müssen. Aber Georgs Weigerung, für mich einzustehen, und überhaupt der allgemeine Wahnsinn um diese schafsdumme Lächerlichkeit hatten mich so aufgebracht, dass ich alle zivile Vorsicht fahren ließ.

«Na, los! Versuch's doch!»

Der Mann sprang brüllend auf und zugleich über einen leeren Stuhl an seinem Tisch, und er wäre in zwei Sekunden bei mir gewesen, wenn sein Brüllen nicht auf halber Distanz gestoppt worden wäre von Georgs vorschnellender Hand. Und mit dem Brüllen stoppte der ganze Mann. Es schien ganz verwunderlich, dass es Georg gelungen sein sollte, ihn mit dieser kurzen Geste zum Schweigen zu bringen. Mehr noch: Der Mann beugte sich vor und stieß seltsame Laute aus. Erst jetzt sah ich, dass Georg die Billardkugel nicht mehr in den Hand hatte. Stattdessen hatte der Mann sie im Mund. Und dort blieb sie auch, obschon der Mann mit maulspreizenden Fingern und viel Speichel versuchte, sie herauszuholen. Es war wohl nicht so, dass sie ihm den Atem nahm, zumindest aber verhinderte sie eine konkrete Artikulation. Jetzt begann die junge Frau, um Hilfe zu schreien, und das Bild eines Mannes in Not, der sich vor drei Kerlen krümmte und wand, setzte uns vor den anderen Kneipeninsassen ins Unrecht. Wer die Szene nicht von Anfang an beobachtet hatte, musste zu dem Eindruck kommen, dass wir einen Mann hier irgendwie misshandelten. Sodass wir, als man sich hier und da erhob, um ihm beizustehen, zusahen, dass wir auf die Straße kamen. Draußen rannten wir los und hielten keuchend erst zwei Ecken weiter an.

«Danke», sagte ich atemlos, die Hände auf den Knien abstützend, «ich nehm alles zurück. Du bist ein Freund. Ein wahrer Freund.»

Olli, etwas sportlicher als wir beide, boxte Georg in die Schulter.

«Was bist du für ein gottverdammter Kanonier! Heiliger Bimbam! Wie hast du diese Billardkugel in seinen Mund gekriegt?»

Georg zuckte mit den Schultern. Ballistisches Vorwissen, ein Gefühl für Kugeln und Ziele, die aufreizende Gelegenheit des brüllend offenen Mundes? Er wusste es nicht. Die Aktion war ihm selbst irgendwie peinlich. Georg hasste Aggression. Gut, dass ihm das nicht auf der Bühne passiert war. Aber jeder, der eine Gitarre in die Hand nimmt, hat einmal diesen Rammstein-Moment. Wenn man jahrelang nur verständnisvoll war und alle Welt beschwichtigt hat, dann baut sich irgendwas auf, und plötzlich haut man im «ZDF-Fernsehgarten» einem schunkelnden Rentner die Gitarre über den Schädel und weiß gar nicht, warum.

Wir trennten uns jedenfalls vorsichtshalber und trollten uns heim.

Am nächsten Morgen rief mich Olli an.

«Ich bin übrigens auch dein Freund», sagte er. «Ich hab die ganze Nacht überlegt, wie ich dir helfen könnte. Und ich hab eben gerade was für dich klargemacht.»

Olli stand mit einer mittelständischen Präzisionsdreherei in Verbindung, die mit einer Unmenge an hochspezialisierten Drehteilen im Segment Verbindungselemente gut Geld verdiente. Olli kannte den Geschäftsführer aus einem privaten Rechtsstreit, den der mit Olli abgewickelt hatte. Seitdem waren die beiden befreundet, wie man ja ohnehin gern einen Rechtsanwalt zum Freund hat, damit man für den Satz «Ich hab da mal eine Frage» nicht gleich dreihundert Euro hinlegen muss. Deswegen wusste Olli, dass das Unternehmen gerade seine Außendarstellung optimierte, wozu auch ein Online-Bestellsystem gehörte, das die Produktpalette präsentierte. Statt fader Fotos gab es kleine Clips, in denen die Verbindungselemente vorgestellt wurden. Eingesprochen vom Leiter der Fertigung. Olli hatte das für den Geschäftsführer begutachtet und sofort geurteilt, das wäre ja eine Affenschande, diese wunderbaren Informationen über die wertvollen Teile mit einer derart tonlosen Stimme einzusprechen. Er selbst wäre mit einer der bekanntesten Stimmen Deutschlands befreundet und wisse daher, welchen Unterschied ein guter Sprecher mache.

Darauf war er nun zurückgekommen und hatte den Geschäftsführer überzeugt, mich für diesen Job zu buchen. Es gab zwei Tagessätze, und Olli hatte auch noch ein Erfolgshonorar ausgehandelt, wenn meine Stimme tatsächlich zusätzliche Bestellungen generieren sollte. Ich hatte noch nie Industriefilme eingesprochen, aber ich wusste aus meiner Zeit als Sprecher diverser Naturdokumentationen, wie man in der Beschreibung scheinbar nüchterner Szenen Spannung erzeugt. Ich sage nur «Wasseramsel».

Ein einziges Mal, auf der Fahrt in das Industriegebiet bei Hoppegarten, schmerzte es mich kurz, mich in diese Niederungen des Stimmgewerbes herablassen zu müssen. Hoffentlich beschädigte es meinen guten Ruf als Sprecher nicht. Doch andererseits: Wer aus der tonangebenden Kulturszene sah sich schon die Vorstellung von präzisionsgedrehten Verbindungselementen im Internetauftritt eines Mittelständlers an?

Die Arbeitsbedingungen waren nicht optimal. Ich sprach das Sortiment in einer Kammer ein, wo das Toilettenpapier und die Reinigungsmittel aufbewahrt wurden. Betreut wurde ich von einem Praktikanten, der sich angeblich mit dem Internet auskannte und schon mal einen eigenen Podcast gemacht hatte. Aufgenommen wurde mit einem nur semiprofessionellen Mikrophon und vor einem älteren Laptop, der hin und wieder eine Art Lüftung anschmiss, was sicher auch damit zu tun hatte, dass ich das Ganze unter einer Decke einsprach, um die Raumakustik etwas weniger toilettenhaft zu gestalten. Ich schwitzte, mein Hals wurde rau von den Ausdünstungen der Reinigungsmittel, aber ich klagte nicht. Am Ende der zwei Tage hatte ich frivole siebenhundert Spezialdrehteile aus der Welt der Verbindungselemente eingesprochen und war mir sicher, dass sich niemand auf dieser Welt das jemals anschauen würde. Die Sekretärin bezahlte mich aus der Handkasse.

Drei Tage später rief mich ebenjene Sekretärin an und fragte mich, ob ich am selben Tag zu einem Termin mit dem Geschäftsführer in sein Büro kommen könne. Ich war verblüfft, sagte mir dann aber schnell, dass es wahrscheinlich um Folgeaufträge, Weiterempfehlungen und dergleichen ging. Verständlich. Noch nie war ein so hochkarätiger Sprecher in dieser Branche unterwegs gewesen. Ich musste doch wie ein heißes Messer durch die Butter der metallverarbeitenden Industrie gehen! Entsprechend hochgestimmt nahm ich drei Stunden später vor dem Geschäftsführer Platz. Die Sekretärin brachte Kaffee und Kekse. Der Geschäftsführer kam schnell zur Sache.

«Haben wir mehr Views als früher? Ganz klares Ja! Aber sind es die richtigen? Eher nein. Irgendwelche Freaks. Die blockieren hier stundenlang den Server. Schauen sich das Sortiment an. Auch abends. Wahrscheinlich mit Freunden und einer Runde Joints. Bestellen diese Leute in großem Umfang spezialisierte Präzisionsdrehteile? Ich sehe es nicht.»

Ich war von seiner Art, sich selber Fragen zu stellen, so eingenommen, dass sich mir die Tendenz des Gesprächs zunächst nicht erschloss. Auch gab es Lob.

«Also. Ich muss zugeben, Sie haben eine besondere Stimme. Wie Sie das Sortiment eingesprochen haben, hat sicher noch nie einer unser Sortiment eingesprochen. Aber genau das ist das Problem. Verbindungselemente sind Dinge.

Das ist einfach nur Zeug. Ein Flansch ist ein Flansch, weil er flanscht. Nicht mehr. So will ich das mal formulieren.»

Ich bestätigte ihm das. Der Geschäftsführer kam auf den Punkt.

«Verbindungselemente sollten über ihre Funktion hinaus keine eigenständigen Charakteristiken haben.»

«Ich habe so nüchtern gesprochen, wie ich konnte», sagte ich. «Das müssen Sie mir glauben»

«Glaube ich Ihnen sofort. Aber es ändert nichts an der Tatsache, dass Sie der Welt der Präzisionsdrehteile ein Leben eingehaucht haben, das dort absolut nichts verloren hat. Ich habe mir die Sprachaufnahmen auf der Fahrt zu einem unserer Kunden im Auto angehört. Ich wollte eigentlich nur mal reinhören, zur Kontrolle. Und soll ich Ihnen was sagen? Ich bin drangeblieben! Zwei Stunden habe ich mir das ganze Sortiment angehört! Ich bin im Auto sitzen geblieben. Auf dem Kundenparkplatz! Wollte ich das? Nein! Aber ich konnte noch nicht aufhören, weil ich wissen wollte, wie es ausgeht mit dem Sortiment!»

Er wedelte sich selbst mit der Hand vorm Kopf herum.

«Werde ich je wieder in eine unserer Fertigungshallen gehen können, ohne dass mich aus jeder Teilekiste Schicksale aus Metall anspringen?! Ich bin nicht sicher.»

Er hatte diese anschwellende Art zur reden, die kurz vor größter Erregung stehen bleibt, um dann wieder ins ganz Sachbetonte zu kippen. Wahrscheinlich eine angelernte Verhandlungsdramaturgie.

«Wir sind da wohl ein bisschen über das Ziel hinausgeschossen!», resümiert er.

Er sah mich resigniert auf meinen Stuhl hocken und

beugte sich etwas aufgeräumter, ja versöhnlicher über den Tisch. Zu meiner Verblüffung begann er sich jetzt zu begeistern.

«Ich persönlich mag ja die Mantelklemmen am meisten. Auch die butzenfreien Kühlelemente haben ihren Charme. Die geschlitzten Spannköpfe – na ja, da weiß man gleich Bescheid. Wie Sie die gerändelten Kugelköpfe sprechen, finde ich die irgendwie eingebildet. Von den gebogenen Spindeln denkt man sofort, dass sie schon ein bisschen was hinter sich haben. Man spürt quasi, wie sie gebogen wurden. Und dann die Hydraulikstutzen – die wirken irgendwie dumm. Die Vierkant-Flansche wollen auch mehr sein, als sie sind. Jedenfalls mehr als die Dreikant-Flansche. Über die Anschlussnippel muss ich hier nicht reden. Da kommen mir gleich die Zapfen mit Sternkontur und die Mittelbolzen in den Sinn, die offenbar nur eins wollen – wir verstehen uns.»

Er merkte, dass der Wahnsinn der wundersam belebten Präzisionsdrehteile aus ihm gesprochen hatte, und bekam sich wieder ein. Anschwellen, um abzufallen.

«Es war ein Versuch», sagte der Geschäftsführer. «Sollten wir nun wieder auf die Stimme unseres Fertigungsleiters zurückgreifen? Ich denke, ja.»

Hatte sich was mit dem Erfolgshonorar. Wütend fuhr ich zurück und hupte an den Ampeln schon, wenn das Rot noch gar nicht ganz zu Gelb geworden war.

Ich war überqualifiziert. Meine Sprecherkollege Tommy Stötterich hatte recht behalten. Ich war der Größte. Der größte Spezialist im Sprechgeschäft. Der Dinosaurier. Ich konnte mit meiner Stimme einem Dreikant-Flansch Leben einhauchen. Aber das nützte mir nichts. Weil ich mich einzig von Bill Pratt ernährt hatte. Ich war so dämlich gewesen.

Ich überholte einen Opa, der drei Millisekunden zu lange gebraucht hatte, um bei Gelbgrün loszufahren, und schrie «Bleib zu Hause, du seniler Trottel!» zu ihm hinüber. Er hörte mich nicht, und er sah mich nicht mal. Ich war im Verschwinden begriffen.

Das Auf und Ab meiner Hoffnungen in dieser Affäre raute mich langsam auf. Zum ersten Mal, seit Bill Pratt mich aus der fast schon vollendeten Intimität mit Birte herausgeklingelt hatte, spürte ich ein gewisses undramatisches, also echtes Genervtsein, ein wirkliches Desinteresse am Fortbetrieb meiner Sprecherkarriere. Ein Dann-eben-nicht.

Vielleicht war das, was hier gerade um mich herum und mit mir geschah, gar nicht verrückt, sondern eine Rückkehr zur Normalität. Vielleicht war es ja meine Karriere gewesen, die der blanke Wahnsinn gewesen war, und Ulrike hatte mich die ganze Zeit nur darauf aufmerksam machen wollen. Sie hatte mich ja als nicht besonders vielversprechenden Schauspielschüler kennengelernt. Auch damals nur mild amüsiert, als ich «Der Hase im Rausch» durch die Friedrichshainer Nacht deklamierte, bis wir endlich bei ihr waren, wo wir auf ihrer Klappcouch noch ein Wasserglas sauren Rotwein tranken, bis sie sagte:

«Steh mal auf, du Hase! Ich mach uns das Bett!»

Sie hatte eine klare Vorstellung, wozu ich gut war.

Ich vermisste Ulrike kurz, konnte das aber etwas kompensieren, indem ich den durchgelaufenen Geschirrspüler ausräumte. Das noch warme Porzellan fühlte sich gut an, und ich hielt die Tassen etwas länger in beiden Händen, bevor ich sie in den Hängeschrank stellte. Mehr Wärme war auf absehbare Zeit nicht zu erwarten. ‹Für den Fall, dass ich mal von jemandem gedrückt werden will›, dachte ich, ‹sollte ich mir ein Blutdruckmessgerät zulegen.›

Ich räumte nicht nur den Geschirrspüler aus, ich machte auch etwas Ordnung im Wohnzimmer, warf alle erledigten Briefe und gekauften Zeitungen mit ihren Bill-Pratt-Schlagzeilen in den Kamin und verbrannte sie. Schließlich fiel mein Blick auf die vermaledeiten Schaffelle im Schlafzimmer, und ich erkannte, dass sie mir in mehrfacher Hinsicht ein schlechtes Gewissen machten. Also sammelte ich sie ein, brachte sie raus und stopfte sie vor dem Haus in die schon etwas volle Mülltonne, die ich im Stress um Bill Pratt vergessen hatte, auf die Straße zu stellen. Ich war ja nun mein eigener Hausmeister.

Eine unbekannte Handynummer erschien auf dem Display. Während mir unbekannte Handynummern früher unangenehm waren – Anrufer unter «Anonym» pflegte ich gleich ganz wegzudrücken –, kam mir diese Nummer jetzt wie eine Folge von Lottozahlen vor, hinter denen sich ein aparter Gewinn versteckte. Wie auch anders? Jeder Anruf musste ja ein Gewinn sein für den, der kaum noch Anrufe bekam.

«Herr Funke? Ja, hallo. Ich bin die Constanze Burger von ‹Talk um Zehn›. Meine Freundin Birte hat mir Ihre Nummer gegeben. Wir wollen Sie einladen in unsere Sendung am Donnerstag. Thema können Sie sich ja denken. ‹Haben

Tiere eine Stimme in unserer Zeit?› Wir dachten, Sie möchten da mal Ihre Perspektive einbringen, damit die Diskussion nicht so einseitig ist. Wir dachten, Sie hätten da einiges zu sagen.»

«Und ob», antwortete ich, «und ob ich da was zu sagen habe.»

Wem das Herz voll ist, dem geht der Mund über, pflegte meine Mutter immer zu sagen.

ZEHNTES KAPITEL

Am nächsten Morgen erwachte ich mit guter Laune und großer Zuversicht. Hatte ich bis gestern das Gefühl gehabt, dass ich das einzige wirkliche Opfer dieses Skandals um Bill Pratt war, dass der Strudel der allgemeinen Erregung meine berufliche Existenz immer mehr hinabriss, so hatte ich jetzt endlich die Gelegenheit, meine wundersame Stimme zu erheben und die öffentliche Meinung zu meinen Gunsten zu wenden, ach, was sage ich, herumzureißen. Ich fühlte mich stark und kompetent, der Welt zu erklären, was nicht einmal Bill Pratt zu erklären vermocht hatte. Dass es eine Lappalie war, ein Schabernack, ein Scherz, ein Streich.

Was ich zu dem Zeitpunkt noch nicht begriff, war, dass es keine Streiche mehr gab. Es gab noch den Begriff, aber nur wie eine Erinnerung an ein untergegangenes Handwerk.

Ich verließ das Haus und ging im Jogginganzug zum Bäcker. Kaufte zwei Brötchen und zwei Croissants, damit es nicht so aussah, als würde ich allein frühstücken. Auf dem Heimweg traf ich die alte Frau aus meinem abgebrochenen Regendrama. Sie holte die Mülltonne rein.

«Wie geht es Ihrem Mann?», fragte ich. Die Frau sah mich traurig an.

«Er ist leider verstorben. Es war ein Hinterwandinfarkt», sagte sie, als müsse sich dafür entschuldigen.

Ich nahm ihre Hand. Eine weiche, mütterliche Hand, mit Falten wie aus Saffianleder.

«Mein herzliches Beileid. Haben Sie jemanden, der jetzt bei Ihnen ist?»

«Ja, die Kinder kümmern sich. Ich bin ja nicht mehr gut zu Fuß.»

«Wenn ich was helfen kann ...»

«Ach, danke. Aber Sie haben ja wohl selbst Probleme.»

«Wie kommen Sie darauf?»

«Na, gestern waren Leute vor Ihrem Haus. Man weiß ja, ob hier einer hergehört oder herumstrolcht.»

«Was für Leute?»

«Zwei. Einer und dann noch einer mit Fotoapparat. So ein Riesending. Der eine hat dem anderen gesagt, was er fotografieren soll. Dann saßen sie noch ewig im Auto. Ich glaube, die haben auf Sie gewartet.»

«Ich hab niemanden gesehen.»

«Die standen da drüben hinter der Linde.»

Ich zuckte mit den Schultern. Wer konnte was von mir wollen? War ich überhaupt gemeint? Die Gegend wurde auch immer attraktiver, und Makler trieben sich rum. Ich wiederholte mein Angebot, für sie da zu sein, wann immer und wie kurzfristig es auch nötig war.

«Talk um Zehn» hatte sich als Donnerstagsformat gegenüber dem üblichen Freitagspalaver im Fernsehen eine eigene Präsenz verschafft. Nicht zuletzt wegen Mark Hofer, dem Moderator, der sich vor allen anderen seiner Zunft durch eine fast schon ins Manische gesteigerte Interessiertheit auszeichnete. Er saß immer vornübergebeugt und fragte dauernd zurück, ob er das so richtig verstanden habe, fasste am Ende einer Ausführung noch einmal zusammen und zerhackte auch gern mal beim Fragen und Zusammenfassen mit beiden Händen die Luft vor sich, als müsse er sich unwahrscheinlich konzentrieren, um überhaupt zu verstehen, was das Thema seiner Sendung war. Berühmt war sein «Jetzt mal ganz dumm gefragt», eine Erkenntnistechnik, mit der er selbst kompliziertes Sachverhalte für Zuschauer öffnete, die eigentlich nur wissen wollten, ob zum Beispiel das Maut-System «gut» oder «böse» war. Die Quoten konnten sich sehen lassen.

«Das ist echt verrückt», sagte die Maskenbildnerin, die mich vor der Sendung schminkte, «Sie haben wirklich diese Stimme von Bill Pratt!»

Ich korrigierte sie nicht. Maskenbildnerinnen tragen entscheidend zum Erfolg eines Gastes in einer Talkshow bei. Wenn sie einen nicht mögen, tragen sie einem zu viel Schminke auf, und man sieht danach im Studio aus wie jemand, der tagelang in seiner Bräunungsdusche gefangen war. Aber die Maskenbildnerin mochte mich.

«Ich zupf Ihnen mal die Nasenhaare da weg. Da sieht nicht schön aus in der Nahaufnahme.»

Ich dankte.

«Sprechen Sie mir was aufs Handy?», fragte sie danach. «Für meinen Anrufbeantworter? Irgendwas Fetziges. So was wie ‹Sagen Sie, was Sie zu sagen haben, wenn Sie hier was zu sagen haben!›.»

«Oh, Sie haben *Eine Handvoll Haudegen* gesehen!», lobte ich sie.

Mindestens drei Mal, beteuerte sie, im Kino, auf DVD und im Fernsehen. Ich sprach ihr den Satz aufs Handy. Sie kicherte vor Freude.

Bevor wir unsere Plätze einnahmen, machte mich die Redakteurin mit den anderen Gästen bekannt. Ein kirchlicher Würdenträger mit schon etwas schütterem, grauem, quer über seinen Schädel gescheiteltem Haar und einer randlosen Brille, der mir als Weihbischof Bühler vorgestellt wurde. Eine junge Frau, fast noch ein Mädchen, mit einem sehr kurzen, wie selbstgeschnitten wirkenden Pony, die schlank in einem beigen Rollkragenpullover steckte. Julia Ringelstetter war ihr Name, Kinderbuchautorin. Beide gaben mir freundlich die Hand. Nicht so Dagmar Poche, vom Verein «Tierwürde e. V.». Sie nickte mir so knapp und abweisend zu, dass mir die Hand noch im Ausstrecken einschlief.

«Wir würde alle nicht hier sitzen», begann Mark Hofer die Sendung, «wenn es nicht einen Vorfall gegeben hätte, der für Diskussionen auf der ganzen Welt gesorgt hat. Einen Vorfall, der erneut ein grelles Licht auf das Verhältnis von Mensch und Tier geworfen hat. Der Vorfall um den Missbrauch einer Reihe von Schafen durch den weltbekannten Filmschauspieler Bill Pratt. Und das alles in unserem Land, vor unseren Augen sozusagen, nicht weit von hier, in Brandenburg.»

Ein bedeutender Ernst war sofort hergestellt. Der Moderator wandte sich zu mir.

«Sie, Herr Funke, sind seit fast zwei Jahrzehnten die deutsche Stimme von Bill Pratt. Sie gelten als einer der erfolgreichsten Synchronsprecher unseres Landes. Sie sind Bundesfilmpreisträger. Ihre Stimme war einem amerikanischen

Filmstudio sogar eine Umsatzbeteiligung wert. Sie haben Bill Pratt anlässlich seines letzten Besuchs, bei der Eröffnung der ‹Wildbrücke Deutschland›, in einer noch nie da gewesenen Aktion live synchronisiert, wofür man sicherlich einiges an Einfühlungsvermögen braucht. Da stellt sich mir die Frage: Wie gut kannten Sie Bill Pratt? Und hätten Sie das von ihm erwartet?»

An dieser Stelle hätte ich die Gunst der Fragen würdigen sollen.

Dann hätte ich von hier aus vielleicht noch einiges retten können, hätte mich tatsächlich mit Entrüstung und Enttäuschung von dem Star, dem ich alles verdankte, absetzen können, hätte ein Erneuerer synchronsprecherischer Ethik werden können, wie Birte es mir unlängst beim Wein geraten hatte. Aber das Wort «Missbrauch» hatte mich so angespitzt, dass ich in die andere Richtung strebte. Ins Dunkel schäbiger Verteidigung.

«Also, von Missbrauch kann schon mal gar nicht die Rede sein», korrigierte ich munter den Moderator, «das Ganze war doch wohl eher eine Marotte. Kreative Genies wie Bill Pratt entspannen anders. Wir dürfen so einen Star nicht mit unserer Elle messen. Sehen Sie, Sie können nicht durch kreischende Massen gehen, Millionen verdienen, mit den Mächtigen der Welt Shakehands machen und dann abends nach Hause kommen, sich eine Leberwurststulle schmieren und ein Bier aufmachen.»

«Warum nicht? Frage ich jetzt einfach mal!», sagte Mark Hofer, begeistert von seiner Einfachheit.

«Weil das ganze andere Vibrationen sind, die Sie als so ein Megastar empfangen! Sie müssen diese Energien anders verarbeiten. Und das heißt eben nicht Beine hochlegen und die Katze kraulen. Manchmal muss mehr passieren. Kennen wir das alle nicht von Halloween? Wie herrlich fühlen wir uns, wenn wir einmal im Jahr jemanden erschrecken können? Die eigene Frau, ein paar klingelnde Kinder – und jetzt frage ich mal zurück, warum nicht auch Schafe? Sind Schafe was Besonderes?»

«Sie schütteln schon die ganze Zeit den Kopf, Frau Ringelstetter!», sagte der Moderator und blickte die Kinderbuchautorin an.

«Ich finde schon, dass es da einen Unterschied gibt. Menschen können vielleicht Schafe erschrecken, aber Schafe haben noch nie Menschen erschreckt. Es sind so wunderbare Tiere. Wie kann man auf so eine kranke Idee kommen?»

«In Ihrem Buch, das muss ich vielleicht erklären, geht es um die kleine Maja und das Schäfchen Klette», kommentierte Mark Hofer.

«Ja, und das heißt so, weil es nach seinen Abenteuern immer so viele Kletten in der Wolle hat, denn Klette ist ein kleiner Ausreißer und hat keine Lust, mit der Herde mitzutraben. Es geht also darum, wie die kleine Maja vom Schäfchen Klette lernt, auch mal eigene Weg zu gehen, abseits der Herde.»

«Ein wichtiges Buch, gerade für Mädchen», schätzte Mark Hofer ein, «ein Buch, das Mut machen soll. Als Sie jetzt diese Bilder von Bill Pratt und den Schafen gesehen haben, wie haben Sie sich da gefühlt?»

Wann hat das angefangen, dachte ich, dass man Leute nicht mehr danach fragt, was sie denken, sondern was sie fühlen?

«Ich kann Ihnen sagen, wie es mir ging», antwortete die

Kinderbuchautorin Julia Ringelstetter. «Ich war erst furchtbar erschrocken, und dann habe ich geweint. Schafe sind doch unsere Freunde!»

«Das ist doch krauses Zeug!», belehrte ich sie. «Schafe sind nicht unsere Freunde. Wenn Sie an einer Weide spazieren gehen und stolpern, sich das Knie verrenken und dann schreiend im Gras liegen, guckt kein Schaf nach Ihnen. Die mümmeln weiter ihre Schafgarbe, während Sie sich vor Schmerz übergeben. Schafe sind völlig gleichgültig. Erschreckend gleichgültig, würde ich sogar sagen. Wer so was Freunde nennt, hat noch nie Freunde gehabt.»

Der Moderator spürte, dass die Kinderbuchautorin meinem kantigen Realismus möglicherweise nicht gewachsen war, und wandte sich an den Weihbischof.

«Schafe erschrecken zum Spaß, geht das, Euer Hochwürden?», redete Mark Hofer den Kirchenmann an, der sich schon bei Erwähnung des allerunchristlichsten Halloweens geräuspert hatte.

Weihbischof Bühler antwortete, dass Gott dem Mensch einen besonderen Platz in der Schöpfung zugewiesen habe, und dass dieser Platz des Menschen bedeute, Verantwortung zu übernehmen gegenüber seinen Mitgeschöpfen, denn nur der Mensch könne schuldig werden. Tiere seien an und für sich unschuldig.

Mark Hofer nickte sehr christlich.

«Wie konkret Menschen an Tieren schuldig werden, in dem sie mit ihnen Scherz treiben», leitete er dann über, «kann uns Frau Dagmar Poche vom Verein ‹Tierwürde› sagen.»

Mark Hofer machte eine Wendung vom Bischof zur Frau vom Tierverein.

«Frau Poche, Sie sind unter anderem Deutschlands wichtigste Mopsrechtlerin und ...»

Alle Blicke sprangen zu mir, der ich kurz prusten musste.

«Was ist so lustig, Herr Funke?», fragte der Moderator.

«Entschuldigung», fing ich mein Lachen wieder ein, «Aber Mopsrechtlerin ... sorry!»

«Frau Poche», erläuterte Mark Hofer weiter, «setzt sich seit Jahren gegen Witze mit Möpsen ein. Bekannt geworden ist sie mit ihrem Aufruf, zu Weihnachten keine Bilder von Möpsen mit Rentiergeweihen oder Weihnachtsmannmützen ins Netz zu stellen, um diese am meisten entwürdigte Hunderasse nicht noch weiter zu entwürdigen.»

Hinter uns auf dem Screen erschien ein Foto, das Frau Dagmar Poche und ein paar Mitstreiterinnen zeigte. Sie hielten ein Bild in ihrer Mitte, auf dem ein Mops mit einem gebastelten Rentiergeweih zu sehen war, und senkten allesamt den Daumen.

Der treuherzig glotzende Mops mit dem schiefen Geweih ließ mich vor Lachen im Sessel zusammenbrechen. Mein Lachen hallte jedoch wunderlich einsam durchs Studio. Ich rappelte mich nach einer kurzen Weile wieder hoch und sah um mich herum nur Ernst in den Gesichtern. Nicht mal die Kameramänner hinter den Kameras grienten. Wahrscheinlich waren sie im Arbeitsvertrag verwarnt worden.

«Herr Funke findet das vielleicht lustig», sagte Frau Dagmar Poche jetzt, «aber was würden Sie denn sagen, wenn man Sie kleinzüchten würde? Kurzbeinig, krummbeinig? Wenn man über Generationen nur diejenigen Ihrer Nachkommen zur Fortpflanzung zulassen würde, die irgendwie komisch aussehen und eine zu kurze Schnauze haben? Und wenn man

Ihnen dann zu guter Letzt noch ein Rentiergeweih aufschnallen würde?»

«Liebe Frau Poche, ich verstehe gar nicht, was Sie da machen. Wer hat Ihnen denn den Auftrag gegeben, für Mopsrechte einzutreten? Wissen die Möpse davon? Ist mal einer zu Ihnen in die Küche gekommen …?»

Es sollte ein kleiner Spaß sein. Ich wollte die Unterhaltung ein bisschen entkrampfen. Vergeblich. Der Ernst der Veranstaltung wollte nicht weichen.

«Ich weiß, Sie wollen dass wir diesen Vorfall mit Ihrem Hollywoodstar lächerlich finden», meinte Frau Dagmar Poche, «aber den Gefallen werde ich Ihnen nicht tun. Wer einem Tier eine Mütze aufsetzt, verletzt seine Würde. Punkt.»

Ich versuchte, ihr eine Brücke zu bauen.

«Aber jetzt mal ehrlich: Mit jemandem einen Scherz zu machen, ist doch ein Zeichen von Zuneigung. Dazu ist Humor doch da. Um Spannungen auszugleichen …» Ich zwinkerte sie an.

Weihbischof Bühler äußerte sich jetzt dahin gehend, dass Gott, der gute Hirte, seinen Schäfchen Liebe zeige, indem er sie auf grüner Aue weide und zum frischen Wasser führe, wie der Psalmist singe. Von Scherzen sei da nicht die Rede.

Ich riss die Arme auseinander, weil hier niemand das Offensichtliche sehen wollte.

«Mein lieber Herr Bischof! Gott veralbert seine Schöpfung andauernd. Die ganze Bibel ist voll davon. Nehmen wir nur die Geschichte von Abraham, dem Gott befiehlt, seinen Sohn Isaak zu opfern. Der zieht also los, setzt seinem Jungen das Messer an die Gurgel, und was macht Gott? Schickt einen Engel, der Abraham im letzten Moment auf die Schulter tippt und sagt: ‹Eh, Alter! War nur Spaß!› Wenn das keine klassische Verarsche ist!»

«Das ist Gossentheologie», sagte Weihbischof Bühler entrüstet.

«Und wen holt sich Abraham danach, in Opferlaune, wie er gerade ist...?»

«Es ist genug!», fuhr er mich scharf an.

Ich formte zwei Gehörnschnecken mit den Händen am Kopf und machte: «Mäh!»

Der Moderator sah seine Karten durch, irgendwie zufrieden, dass sich so schnell so klare Fronten hergestellt hatten. Das stellte sicher, dass der nächste Akt der Show nicht in mitbürgerlichem Verständnis versimmern würde.

«Ich habe hier», sagte Mark Hofer und langte neben sich, «den *Berliner Kurier* von morgen. Titelzeile ‹Alles nur Spaß? – Was weiß Bill Pratts Synchronsprecher?›. Dazu ein Foto, wie Sie, Herr Funke, ein halbes Dutzend Schaffelle in eine Mülltonne stopfen. Den Recherchen der Kollegen zufolge sollen Sie auch die Wollmützen beschafft haben, die Bill Pratt bei seinem nächtlichen Überfall auf die Schafe benutzt hat.»

Er zeigte das Blatt kurz herum und dann in die Kamera. Ich begriff, dass meine Nachbarin recht gehabt hatte, als sie wähnte, ich sei in Schwierigkeiten.

«Das hat nichts damit zu tun», sagte ich eilends, während mir das Licht der Scheinwerfer auf einmal viel zu grell und zu warm vorkam.

«Ach, jetzt plötzlich fehlen Ihnen die Worte», triumphierte Frau Dagmar Poche, «jetzt, wo Licht ins Dunkel Ihrer Machenschaften fällt, da sind Sie plötzlich ganz kleinlaut.»

«Trifft dieser Bericht zu?», fragte jetzt Mark Hofer. «Haben Sie diese Wollmützen beschafft? Und warum werfen Sie plötzlich Schaffelle weg?»

Millionen Menschen kauften jedes Jahr Schaffelle. Für die Couchlehne, für die warmen Füße vorm Bett, schließlich auch für das Baby, um es kuschlig zu betten und vor Allergien zu schützen. Millionen Schaffelle. Nicht sehr haltbar. Rieben sich schnell ab. Millionen Menschen warfen jedes Jahr Schaffelle in den Müll. Nur mir wurde diese Selbstverständlichkeit als Indiz ausgelegt.

«Ich könnte Ihnen die wahre Geschichte erzählen», antwortete ich, «aber diese Geschichte ist verwirrend, und ich würde dabei selber verwirrt wirken, weshalb Sie mir nicht glauben würden. Deswegen erzähle ich sie Ihnen nicht.»

«Ich muss darauf bestehen!», sagte Mark Hofer «Sie schulden uns eine Antwort!»

«Ich kann nur so viel sagen: Es ist nicht so, wie Sie denken.»

«Wenn eine Geschichte wahr ist, kann man sie auch erzählen», warf die Kinderbuchautorin Julia Ringelstetter ein. Ich ging sie an.

«Das müssen gerade Sie sagen, mit Ihrem Schäfchen Klette. Seit wann gibt es abenteuerlustige Schafe? Das sind Herdentiere. Und nicht umsonst. Im wahren Leben hätte sich Ihr Schäfchen schon längst der Adler geholt. Samt Kletten.»

Die Kinderbuchautorin Julia Ringelstetter, in deren sanfter Welt bissige Repliken bislang gefehlt hatten, verschluckte sich fast.

«Sie sind so ein ...»

Die unbeholfene Empörung der jungen Damen gab Frau Dagmar Poche neue Kraft und Schärfe.

«Ich glaube, ich weiß langsam, warum Sie Bill Pratt so gekonnt synchronisieren. Weil bei Ihnen beiden einiges synchron läuft.»

«Vorsichtig!», warnte ich Frau Dagmar Poche. «Ganz vorsichtig!»

«Sie sind seine deutsche Stimme, weil Sie eines Geistes Kind sind mit diesem Schafschinder Pratt! Die Stimme, lieber Herr Funke, ist das Fenster zur Seele!»

«Wo ich ein Fenster habe, ist bei Ihnen nur eine Schießscharte! Sie müssten sich mal hören! Dieses Gekeife!»

«Werden Sie bitte nicht persönlich!», mahnte Mark Hofer ausschließlich mich, was mich aber erst recht in Rage brachte. Diese ganze Talkshow war eine einzige Verlade! Ich sollte hier nicht meine Meinung sagen, ich sollte aufs Schafott geführt werden! Es war ein abgekartetes Spiel! Und ich, anstatt das Blatt zu wenden und den künstlichen Aufruhr in der Öffentlichkeit ein für alle Mal zu beenden, hatte mich dazu hergegeben, als leibhaftiger Bösewicht in dieser Schmierenkomödie zu agieren. Ich holte tief Luft.

«Der lächerlichste Mensch ist doch der, der gar nichts mehr lustig findet. Ihre komische Vorstellung von würdevollen Kreaturen, von freien Möpsen auf freiem Grund, das haben Sie sich doch nur ausgesponnen, weil niemand was gegen Freiheit und Würde sagen will», bellte ich Frau Dagmar Poche an, «Ihnen geht es doch überhaupt nicht darum, irgendeinem Tier zu helfen! Sie wollen nur Leuten auf den Sack gehen!»

«Herr Funke, mäßigen Sie sich!», befahl Mark Hofer jetzt, aber ich war ins Rollen gekommen. Tage und Wochen feinnerviger Beschnüffelung dieses unglückseligen Vorfalls um

Bill Pratt hatten mich wahnsinnig gemacht. So wie man auch den Friedlichsten rasend machen kann, wenn man ihn nur lange genug anlasslos beschwichtigt, so hatte auch ich mich durch das mediale Getrommel hineinreißen lassen zu etwas, das es nur gab, weil man es ernst nahm.

«Und ich sage Ihnen auch, werte Dame, warum Sie den Leuten so beharrlich auf den Sack gehen. Weil es Ihre einzige Möglichkeit ist, Aufmerksamkeit zu bekommen. Niemand würde sonst Ihre jämmerliche Existenz zur Kenntnis nehmen, wenn Sie nicht ständig Alarm keifen würden. Sie wollen einfach, dass keiner mehr Spaß hat, weil Sie selbst keinen Spaß haben. Weil Sie eine verbiesterte olle Dörrpflaume sind!»

«Habe ich das jetzt richtig verstanden», fragte Mark Hofer, «haben Sie Frau Poche eben als Dörrpflaume bezeichnet?»

«Das habe ich!», sagte ich stolz.

«Das ist eine widerwärtige Anspielung, für die Sie sich umgehend bei Frau Poche entschuldigen», forderte Mark Hofer.

«Ich habe gesagt, Frau Poche ist eine olle Dörrpflaume! Ich habe keine Aussagen über den Zustand Ihrer ...»

«Pflaume?», fragte der Moderator lauernd.

«Ich wusste das! Ich wusste das sofort», eiferte sich Frau Dagmar Poche, «dass Sie unter die Gürtellinie zielen würden!»

«Sie hören, was Sie hören wollen! Wenn ich jemand als olle Pflaume bezeichne, dann meine ich ...»

«Sie haben aber Dörrpflaume gesagt!», mischte sich jetzt die Kinderbuchautorin Julia Ringelstetter ein.

«Ich weiß, was ich gesagt habe!», fuhr ich sie an.

«Sie brauchen die junge Dame gar nicht so anzupflaumen!», warf Weihbischof Bühler ein.

Ich drehte mich nach ihm um.

«Sie haben doch überhaupt keine Ahnung von Pflaumen!»

«Da!», schrie die Mopsrechtlerin. «Er hat es schon wieder gesagt. Genau so, wie es gemeint war!»

«Sie legen es ja geradezu drauf an», rief ich, hochrot im Gesicht. «Wenn Sie bei olle Dörrpflaume nur an Ihre ...»

«Wagen Sie es nicht!», kreischte Frau Dagmar Poche. Ich fasste mich wieder und atmete ein paar Mal sehr bewusst in den Bauch. Dann setzte ich neu an.

«Ich meinte es nicht pars pro toto! Für mich sind Sie eine geistige Dörrpflaume!»

Mark Hofer wusste, dass er die Sendung an diesem Punkt nicht einfach so weiterlaufen lassen konnte.

«Ich glaube, mit diesem Wort haben Sie sich selber für jedes ernsthafte Gespräch disqualifiziert. Ich stehe mit meinem Namen für die verbale Unversehrtheit meiner Gäste einschließlich aller ihrer Körperteile. Darum muss ich Sie jetzt bitten ...»

«Ach», sagte ich und setzte mich wieder bequem. «Kommen Sie mir doch jetzt nicht so! Olle Dörrpflaume ist ein wunderbares, farbenprächtiges, lebendiges Wort. Jeder weiß sofort, was gemeint ist ...»

Mark Hofer wies mit der Hand zum Ausgang.

«Herr Funke! Ich bitte Sie, jetzt das Studio zu verlassen!»

«Das werde ich nicht tun!», sagte ich bockig.

«Wenn Sie nicht gehen, dann werde ich gehen!», drohte Mark Hofer.

«Wir werden alle gehen!», kündigte Frau Dagmar Poche

an und erhob sich. Auch der Kirchenmann machte Anstalten aufzustehen.

«Ihre gekünstelte Empfindlichkeit können Sie sich schenken!», rief ich. «Sie wollen nur, dass die Leute nicht mehr mit griffigen Metaphern denken, sondern ängstlich durch ihr Vokabular eiern vor lauter Angst, ein verbotenes Wort zu sagen. Aber da mache ich nicht mit. Ich werde Sie hier nicht als wenig hilfreich beschönigen! Nein! Ich sitze hier und zeihe Sie der charakterlichen und geistigen Dörrpflaumenhaftigkeit.»

Mark Hofer gab der Regie ein Zeichen, sie möge mich stummschalten. Als ich das merkte, beugte ich mich hinüber zur Kinderbuchautorin Julia Ringelstetter und rief in ihr am Pullover befestigtes Mikrophon:

«Olle Dörrpflaume!»

Dann setzte ich mich wieder zurück in den Sessel und trank mein Weinglas befriedigt in einem Zug aus. Mark Hofer verständigte sich derweil mit den Gästen, dass sie nun alle das Studio verlassen würden. Er machte eine Scherenbewegung mit seinen Händen. Das große Finito.

«Liebe Zuschauer! Das ist der Moment, den sich kein Moderator wünscht, aber an dem auch der unparteiischste Gastgeber einmal Flagge zeigen muss. Wir beenden heute diese Sendung und hoffen, Sie sind am nächsten Donnerstag wieder dabei.»

Dann stand er auf und reichte der Kinderbuchautorin Julia Ringelstetter die Hand, um ihr aus dem Sessel zu helfen. Er ließ auch Frau Dagmar Poche vom «Tierwürde e. V.» den Vortritt sowie dem geistlichen Würdenträger, und im Gänsemarsch gingen sie alle nach links ab.

«Ja», rief ich, extra trotzig in den Sessel gelümmelt, «gehen Sie im Namen Gottes und aller stolzen Möpse und befreundeten Schafe! Aber Sie sind und bleiben eine olle Dörrpflaume!»

Dann holte ich mir die nur angenippten Weingläser von Frau Dagmar Poche und Seiner Hochwürden Weihbischof Bühler als auch den Gin Tonic der Kinderbuchautorin Julia Ringelstetter und trank sie vor aller Augen mit hastigen Schlucken aus. Nur das Wasserglas von Mark Hofer ließ ich stehen.

Das war das letzte Bild, das von dieser Talkshow gesendet wurde.

Dann gingen nach und nach die Scheinwerfer aus. Alles bekam wieder die mau erhellte Unerheblichkeit eines schmucklosen Raumes, in dem eine wohnzimmertaugliche Sitzgruppe etwas verloren zwischen lauter Kameras und Kabeln stand. Ich blieb in meinem Sessel, während um mich herum aufgeräumt und zurückgebaut wurde. Leitern wurden aufgestellt, an den Scheinwerferleisten herumgeschraubt. Der ovale Tisch, auf dem die leeren Gläser standen, wurde abgeräumt und gewischt. Ein Assistent befreite mich vom Mikroport. Die Kameras bekamen Hüllen übergestülpt. Das technische Personal warf sich letzte Worte zu und ging.

Ich nahm mein Handy hervor und schaltete es wieder an. Kaum dass es sich ins Netz eingeloggt hatte, erschien mit einem wuchtigen Ping eine Nachricht auf dem Bildschirm.

«Bin gerade in der Karibik angekommen. Was ist los? Die ganze Welt steht Kopf wegen Bill Pratt! Unternehmen Sie nichts! Sprechen Sie mit niemandem! Mit niemandem!!! Ich kümmere mich! R. Köllner»

Ich legte das Handy in meinen Schoß und seufzte.

Der Wachmann kam und sagte, ich könne hier nicht sitzen bleiben, weil er jetzt das Studio abschließen müsse.

Er führte mich durch die verwinkelten Flure hinaus. An der Wache fragte er, ob er mir ein Taxi rufen solle. Ich verneinte.

Es war eine noch sommerlich warme Nacht, obwohl bereits hier und da trockene Blätter auf dem Gehweg lagen und schon etwas Pilzduft in der Luft war. Ich trottete die Straße hinunter. Ich war mir nicht mal sicher, dass das der richtige Weg war.

Ich rief Birte an. Sie ging nicht ran. Eine Minute später kam stattdessen eine Nachricht.

«Lieber Tom! Ich habe dich immer für deine kluge, warmherzige Art geschätzt. Aber ich habe heute gesehen, dass du doch mehr Zeit für dich allein brauchst, um dich in dieser für dich komplizierten Zeit selbst wiederzufinden. Dazu wünsche ich dir viel Glück! Alles Liebe Birte.»

Ich rief sie noch einmal an. Sie ging wieder nicht ran. Nur eine Nachricht folgte.

«Sei so lieb: Ruf bitte nicht mehr an!»

Es war vorbei.

So ist das also, dachte ich. Du kommst in Schwierigkeiten. Du kommst in Verdacht. Du kommst in Wallungen. Du sagst ein falsches Wort. Du bettelst nicht um Verzeihung. Aus.

Ich hatte meine Karriere mit einem Satz begonnen und hatte sie mit einem Satz beendet. Ich konnte es nicht fassen.

Bald würde es kalt werden. Ich hatte eigentlich kein Geld, um die Gasheizung anzustellen. Aber ich hatte üppig Kaminholz. Ich würde im Wohnzimmer bleiben. Das Wohnzimmer würde ich warm kriegen. Nur wusste ich nicht, was ich im Wohnzimmer sollte. Jeder Mensch muss doch irgendwas sollen. Plötzlich wurde mir ganz weinerlich und kleinkindlich zumute. ‹Es war doch nur Spaß›, weinte es in mir los, ‹ihr könnt mich doch nicht wegen eines Spaßes so ruinieren? Warum habt ihr denn kein Mitleid? Die ihr sonst mit jedem Regenwurm auf der Straße Mitleid habt? Oder ist das gar kein Mitleid? Ist euer Mitleid am Ende nur ein Vorwand, um andere ungestraft hassen zu dürfen?›

Ich ging krumm und krümmer und verspürte den Wunsch, mich in Fötushaltung auf die Erde zu legen.

Dann sah ich es. Das Wahlplakat. Es hing an einem Laternenpfahl und schaute auf mich herab. Wohlweislich sehr hoch oben angebunden. Ein behäbiges, unpolitisches Gesicht. Aber: Auf der richtigen Seite. Auf gutem Weg. «Deine Stimme für eine bessere Zukunft», verlangte das Gesicht. Das wohlfeile Allgemeine stieß mir sauer auf. Billiger Besserungskrämer. Aber der Verweis auf meine Stimme zog mir den Abzug durch. Ich rannte los, sprang ungeachtet der sofort einploppenden Delle auf die Motorhaube des Kleinwagens, der unter der Laterne stand, und von dort auf sein Dach und, ohne noch einmal innezuhalten, hinauf zum Plakat. Ich umklammerte die Stange mit den Schenkeln und zog mich mit den Händen und aller Gewalt noch einen Meter nach oben, bis ich die Kante der Plakatpappe zu greifen bekam und sie aus den Kabelbindern riss. Das Plakat segelte nach unten. Ich sah ihm nach.

Dann war die Kraft dieses Wutanfalls verbraucht, mein Griff am Laternenpfahl lockerte sich, ich rutschte ein Stück nach unten und rastete schmerzhaft ein. Ich schaute wieder nach oben und sah, dass sich das stählerne Armband meiner Uhr an der Spannschraube einer Metallschelle verfangen hatte. Ich wollte mich wieder hochziehen, um es zu lösen, aber es war nichts mehr da, an dem ich mich hochziehen hätte können. Meine Muskeln taten, als hätten sie mich nicht gehört. Ich sah meine abgeschnürte Hand blau werden. Panik fiel mich an. Ich fingerte in meiner Hosentasche nach dem Handy, grabbelte es vorsichtig hervor, feucht vor Stress, wie meine Hand war, öffnete gerade die Telefon-App, als es mir entglitt. In einer mir selber unheimlichen Reflexbewegung fing ich es mit dem Schuh auf. Dort lag es, während mein Fuß, mein Bein unter der Anspannung zu zittern anfingen. Und wackelnd bewegte sich das Handy über meinen Fuß in Richtung Abgrund. Ich hob das Knie, um das Handy wieder in Reichweite meiner Finger zu heben, und langte so sehr mit dem Zeigefinger hin, dass ich das Gefühl hatte, mein Arm würde wirklich länger werden. Ein einziger Fingertipp gelang mir. Dann rutschte das Handy vom Fuß und fiel auf das Autodach. Während meine Hand in der Uhrenarmbandfessel immer dicker und pulsender wurde, sah ich mit Tränen in den Augen, wie das Handy eine Nummer wählte.

«Was willst du?», sagte das Handy in die Stille der Spätsommernacht, und ich erkannte an der mauligen Kürze, dass ich Linus angerufen hatte.

«Ich habe mich an einer Laterne aufgehängt!», rief ich zum Handy hin.

«Wieso kannst du dann noch telefonieren?», fragte Linus in perfekter Logik.

«Lass mich jetzt nicht hängen!», rief ich. «Es ist mein tödlicher Ernst! Ich hänge an einer Laterne. Ruf die Feuerwehr! Die Polizei! Die sollen mein Handy orten! Ich geh hier sonst drauf!»

Vielleicht hatte Linus immer unter meiner Unangefochtenheit gelitten. Vielleicht hatte er sich immer gewünscht, der starke Sohn eines schwachen Vaters zu sein und nicht umgekehrt. Obwohl er durch das Handy auf dem Autodach nur schwer zu verstehen war, konnte ich hören, wie sich seine Stimme binnen einer Sekunde veränderte.

«Bleib ruhig, Vater! Ich mach!»

ELFTES KAPITEL

Der Polizist, der den Fall in der Wache aufnahm, stellte mir einen erklecklichen vierstelligen Betrag in Aussicht, den mich das demolierte Auto und der Feuerwehreinsatz kosten würden. Als er erfuhr, welchen Politiker ich als Plakat abgerissen hatte, sagte er:

«Der ist noch nie abgerissen worden. Wirklich noch nie.»

Dann ließ er mich das Protokoll unterschreiben und riet mir, meine wunde Hand einem Arzt zu zeigen, was allerdings auch schon der Feuerwehrmann getan hatte. Da ich aber keine Lust hatte, auf die Frage «Wie konnte das denn passieren?» zu antworten, beschloss ich, nichts zu unternehmen. Die Hand pochte zwar noch, aber sie ließ sich bewegen, und ich hatte Gefühl in den Fingern.

Ich wollte nur noch ins Bett.

Am nächsten Morgen schien eine gleißend helle Sonne durchs Fenster, und ich erwachte in der sonderbaren Freiheit eines Menschen, der nur noch sich selbst verpflichtet ist. Ich fühlte mich zwar endgültig ausgestoßen, aber es kam mir eher wie eine Reinigung vor. Ich fühle mich vertrieben, aber ich war Nachkomme von Vertriebenen, und vielleicht war mir das vorherbestimmt.

Eins war jedenfalls so klar wie die schräge Sonne dieses Morgens. Als ich noch hoffte, ging es mir schlechter. Als ich noch bangte, um Liebe, Profession und Ruf. Ich wollte doch ein neues Leben. Hier war es.

Ich wusste, was zu tun war. So begrenzt die Mittel auch sein mochten. Das Erste, was ich als echter Spross der Zivilverteidigung erledigen musste, war der Erwerb von ausreichend Konservendosen. Jeder weiß, dass sich das Mindesthaltbarkeitsdatum einer gewissen Willkür verdankt und dass Wurstkonserven, aber auch fertige Gerichte wie Serbische Bohnensuppe, Chili con Carne oder Baked Beans auch noch Monate, wenn nicht Jahre nach dem Ablauf zum Verzehr geeignet sind. Ich suchte im Netz nach Restposten der Berliner Großmärkte und fand etliche Angebote für einen lächerlichen Betrag von neunundzwanzig Cent pro Dose. Ausgemusterte Ware, aber noch gut. So wie ich. Das würde mich über den Winter meines Missvergnügens bringen. Ich würde nicht hungern. Ich würde nur keinen Sinn mehr haben.

Als ich, das Auto voller Dosen, den Motor abstellte, sah ich einen Umzugswagen vor dem Haus der alten Frau stehen. Sie selbst kam mit einer Leuchte in der Hand mühsam die Eingangstreppe heruntergewackelt. Die Hüfte.

«Die Kinder wollen das Haus verkaufen», sagte die Frau, als ich zu ihr kam. «Sie brauchen doch das Geld.»

Ich nickte verständnisvoll, obwohl ich es herzlos fand. Kaum war der Vater unter der Erde, die Mutter aus dem Haus quatschen.

«Ich kann es ja allein nicht mehr halten», sagte sie denn auch brav die Argumente auf, «und es ist ja jetzt so viel wert, mein Gott! Wir haben es damals für dreißigtausend gebaut. Mark! Das müssen Sie sich mal vorstellen!»

«Ach, schade», sagte ich. «Wir waren gerade erst dabei, uns kennenzulernen!»

«Ich zieh zu meiner Ältesten!», erklärte die alte Frau.

Immer zur Ältesten. Das erste Kind: Noch streng erzogen. Entthront von den Nachfolgern, den Verwöhnten, die das Mehr an Liebe aber nicht in gleicher Münze zurückzahlen, wenn es später darum geht, sich um die Eltern zu kümmern.

«Warten Sie!», ich nahm ihr die rustikale Tischlampe mit dem gedrechselten Fuß ab und hob sie in den Transporter.

«Sie sind ein guter Mensch!», sagte die alte Frau.

Ich lachte kurz und bitter.

Ob ich etwas haben wolle aus ihrem Hausstand? Sie könne doch nur wenig mitnehmen. Sie bat mich vorauswackelnd hinein und zeigte mir im Flur eine bronzene Kanne, die sie in den Sechzigern bei ihrem ersten Bulgarienurlaub gekauft hätte. Sie seufzte. Bronzene Kanne vom Goldenen Strand.

«Die ist doch sehr hübsch», behauptete die alte Frau.

Ich lächelte freundlich. Sie verstand.

«Mögen Sie Pinguine?», fragte sie dann und führte mich ins vollgestopfte Wohnzimmer, wo in einer Ecke neben dem Fernseher ein sehr großer Porzellanpinguin auf dem Boden stand.

«Kann der was?», fragte ich.

«Nein, der kann nichts. Der steht da nur so. Den hat mir meine Tochter zum Sechzigsten geschenkt.»

Die Intention des Objekts wollte sich mir gar nicht erschließen. Fremde Geschenkwelten.

Die alte Frau ging in ein Nebenzimmer, eigentlich nur ein halbes, kaltes Zimmerchen, in dem auf einer von Zierdecken gezierten Kommode verblasste Farbfotos der Lieben in silbernen Rahmen um einen Strauß Kunstblumen standen. Sie holte etwas aus der Kommode. Einen abgestoßenen Karton, in dem drei Räuchermännchen in Packpapier lagen.

«Haben Sie ein Räuchermännchen?»

Mir war bewusst, dass ich nicht die ganze Einrichtung ablehnen konnte, und erwog, ein Räuchermännchen als Geschenk entgegenzunehmen, um damit später meinen Kamin zu füttern.

«Mein Mann hat die gedrechselt. Als er noch konnte. Er stammte doch aus Olbernhau.»

Als ich nicht gleich aufmerkte, ergänzte sie.

«Das ist im Erzgebirge.»

Ich nahm eines der Räuchermännchen aus dem Papier und begutachtete es. Es sollte einen Schäfer darstellen. Mit einer langen Pfeife. Auch das noch. Obschon das Räuchermännchen in seiner butzenhaften Gemütlichkeit überaus konventionell gearbeitet war, berührte mich das Holz auf eigentümliche Weise. Es war noch unlackiert.

«Wo hat er die denn gedrechselt?»

Im Keller, sagte die alte Frau und stiefelte auch schon gleich los. Ich hinterdrein. Unten in einem Kellerraum stand eine sehr solide Drechselmaschine mit einem fetten Motor an der Seite und einem Maschinenbett aus Gusseisen. Ich legte meine Hand drauf und drehte ein bisschen an der Welle. Sie drehte sich und ging keinen Mikrometer aus der Achse. Ich wusste gar nicht, dass das mechanische Zeitalter derartige Präzision zustande gebracht hatte.

«Eine WEMA», erklärte die alte Frau, als sie meine Hochachtung sah. «So was bauen sie heute gar nicht mehr.»

«Und wer kriegt die?», fragte ich.

«Die kommt weg. Von den Kinder werkelt ja keins.»

«Schade drum», sagte ich, weil mir die Gediegenheit dieser Maschine ans Herz ging. Artefakt eines untergegangenen Tugendreichs. Strikteste Nichtobsolenz. Ehre hatte sie gebaut. Maschinenbauer mit frivolen Fotos von Fräuleins im Spind, gute Ehemänner und Väter, Schmierseife in den Händen am dreckigen Waschbecken, voller derber Späße und Flüche, die ihren ganzen Ernst im Beruf verausgabten.

«Wollen Sie sie haben? Die Leute von der Entrümpelung bringen Sie Ihnen rüber!»

Ich hatte keine Ahnung vom Drechseln. Ich mochte keine Räuchermännchen. Aber mich verlangte es nach dem Frieden, den Werten der Zeit, in der diese Drechselbank entstanden war.

«Das würden die machen?», sagte ich.

Vier Männer brachten sie. Verwundert, aber froh, dass ich sie bat, die Maschine gleich hier im Wohnzimmer aufzustellen und nicht noch irgendeine Treppe hinunterzuschleppen. Ein fünfter trug einen Koffer mit Werkzeug herein und stellte mir als Krönung das Rauchermännchen drauf.

«Vom Ömchen! Mit schönen Grüßen!», sagte er.

Ich machte mir einen Kaffee. Draußen wurde es Herbst. Ich holte einen Arm voll Kaminholz rein. Trank den Kaffee und glotzte auf dem Laptop YouTube-Videos aus der mir bis dahin unbekannten, unendlichen Welt des Drechselns. Stiernackige Römer frästen an Treibriemenbänken aus Dampfmaschinenzeiten Säulen aus ganzen Baumstämmen. Japanische Kunstdrechsler schälten physikalisch unmöglich scheinende ovale Schalen aus blauem Holz. Verrückte Garagen-Amis gossen Epoxidharz über Wurzeln und schnitten daraus halbdurchsichtige Couchtischbeine.

Als der zweite Kaffee alle war, hatte ich eine leise Ahnung, was ich tun müsste. Ich nahm ein Stück Kaminholz, schlug es an das Futter, schaltete die Maschine an und wollte losdrechseln – aber das Holz löste sich und flog mir an die Stirn. Blut lief mir über das Auge, und ich musste ins Bad, um die Platzwunde abzukleben. Auch das nächste Holzstück flog durch den Raum. Ich kämpfte mit einem Wutanfall, gewann aber und setzte mich schnaufend wieder vor den Laptop. Etwas später wusste ich, dass ich das trockene Holz vorher mit der Anschlagseite in Wasser tauchen musste.

Beim dritten Versuch saß das Holz fest und drehte sich mit einschüchterndem Drehschatten vor der Handauflage. Das sich rasend drehende Holz tat nur rund, aber das war es nicht. Es schlug mir ein klitzekleines Stück vom Nagel weg, als ich mich dem Schatten mit dem Zeigefinger näherte. Ich griff zum Werkzeugkasten und wählte die Schrupproḧre, wie ich es in Dutzenden Videos gesehen hatte, und tauchte sie vorsichtig in den Drehschatten ein. Die Späne flogen. Ich zog sie langsam mehrfach von links nach rechts, und der Drehschatten verschwand nach und nach. Als ich die Drechselbank wieder anhielt, war das Kaminholz ein feiner, glatter Zylinder geworden. Das Gefühl war unbeschreiblich. Es hieß Gelingen. Alles in meinem Leben war Gezerre und Geholper gewesen. Das hier war anders. Ein beliebiger Klotz wandelte sich unter meinen Händen wie durch Magie zu etwas Glattem, Edlem, einer rotationssymmetrischen Grundform von euklidischer Schönheit. Ich schruppte das nächste Holzscheit rund und glatt. Und das nächste.

Aber das ging doch noch glatter! Ich nahm den Meißel, der sich ein Dutzend Mal im Holz verfing und schlimme Scharten hinterließ, aber die Internationale der Videodrechsler ließ mich nicht allein. Nach drei Stunden drehte ich makellose Spindeln. An den Enden etwas dünner und in der Mitte dick. Ich warf sie auf einen Haufen. Ich brauchte sie nicht. Ich wollte nur drechseln. Mein wundes Ich verschwand genau dort, wo die Schneide des Meißels auf das Holz traf, in der Konzentration des extrafeinen Abhubs. Schrumm, schrumm, schrumm. Ich griff nach einem neuen Holz. Als es dunkel wurde, bastelte ich eine Klemmlampe an die Drehbank. Meine Knochen summten vor Vibrationen. Ich drechselte noch im Schlaf. Ich drechselte die reine Gegenwart. Buddha hatte Jahre dafür gebraucht.

Am nächsten Morgen ging ich, eingehüllt in meine Decke, durch den knöcheltiefen Schnee aus Spänen, der die Granitfliesen des Wohnzimmers bedeckte. Es roch wunderbar nach Fichtenholz. Ich aß ein altes Croissant, verharrte eine Minute in warmer Dankbarkeit gegenüber dem Schicksal, dass Drehmeißel und Schrupphöhre und Abstechstahl aus den Händen meines seligen Nachbarn in die meinen gegeben hatte, und schaltete die Maschine wieder an. Draußen war noch fast die ganze Wand zum Garten vollgestapelt mit Holz. Genug Vorrat, um mein Ich für Wochen beim Drechseln zum Verschwinden zu bringen. Keine Droge konnte das. Ich trank Milch aus dem Karton, weil ich keine Zeit mit Kaffeemachen verlieren wollte, und stellte mich im Schlafanzug an die Drechselbank.

Nach zwei Dutzend spindelig und wellig gedrechselten Kaminhölzern klingelte es. Ich ging zur Haustür. Es war Ulrike, sie stand noch vor der Pforte auf der Straße.

«Ist das das Haus?», fragte sie.

Ich stand im Schlafanzug voller Holzstaub in der Tür.

«Das ist das Haus», sagte ich.

«Kann ich reinkommen?», fragte Ulrike.

«Ja, aber warum?», fragte ich zurück.

«Linus sagte, du hättest dich aufgehängt.»

«Es ist alles in Ordnung», sagte ich und machte die Tür weit auf, um sie hereinzubitten. Ulrike schritt die drei Stufen herauf und durch die Haustür, ging an mir vorbei, meinen Aufzug mit kurzen irritierten Blicken vom Scheitel bis zur Sohle begutachtend, und trat dann in die Wohnräume, durch den Flur, mit feiner Nase, ob Spuren weiblicher Besiedlung zu finden seien, schaute nach links ins Schlafzimmer mit dem einsamen Puffbett und wandte sich dann rechts in die Halle des Drechselkönigs. Zu ihren Füßen der wollige Spanteppich, in der einen Ecke ein mannshoher Haufen aus hölzernen Spindeln und Wellen, in der anderen ein etwas kleinerer Haufen raues Kaminholz, dazwischen die gusseiserne Drechselbank. Vor dem Kamin lag meine Bettdecke.

«Was machst du hier?», fragte Ulrike.

«Ich drechsle mir Holz für den Winter.»

«Du drechselst das Holz, um es zu verbrennen?»

«Ja», sagte ich.

«Du veralberst mich.»

«Nein», sagte ich.

Vor ein paar Monaten war ich noch ihr Mann gewesen,

dem sie nach der Arbeit einen Kuss auf den Nacken gedrückt hatte, weil er in der Küche stand und Bratkartoffeln machte. Jetzt stand dieser Mann in bedenklicher Verfassung am Vormittag im Schlafanzug in einer Villa aus Granit und Stahl, hatte ein riesiges Pflaster über dem Auge und drechselte zwanzig Festmeter Brennholz zu Stuhlbeinen und Gardinenstangen. Falls verlassene Frauen je wünschten, dass es ihrem Mann danach schlecht ergehe, war es das jedenfalls nicht.

«Brauchst du irgendwas? Kann ich dir helfen?»

Ich verneinte abermals.

«Brauchst du Geld? Ich könnte dir was geben. Von ... meinem ... deinem Geld.»

Ich schüttelte den Kopf.

Ulrike sah sich nun weiter im Haus um, als hätte sie hier irgendwo die Worte verloren, die sie eigentlich sagen wollte. Sie ging zur Küche und schaute da. Aber da waren sie auch nicht. Nur zweihundert Konservendosen.

«Ich muss wieder an die Maschine», sagte ich und nahm den Hammer, um ein neues Stück Holz anzuschlagen.

«Tom, ich mache mir Sorgen. Ich will nicht, dass du hier irgendwie vor die Hunde gehst.»

Ich legte den Hammer wieder weg, weil alles, was man mit einem Hammer in der Hand sagt, anders klingt.

«Ulle, mir geht es gut. Wenn ich diesen Haufen weggedrechselt habe, wird es mir noch bessergehen. Mach dir keine Sorgen. Ich habe noch einen zweiten Schlafanzug.»

Ich ging zum Haufen mit den gedrechselten Stäben und nahm einen von oben.

«Schau mal! Dieser hier hat sechs Kehlen und sechs Rundungen. Alle gleichmäßig. Eine perfekte Sinuskurve. Nur mit Augenmaß gedrechselt. Das muss mir erst mal einer nachmachen. Kannste ausmessen.»

«Ich will das nicht ausmessen!», sagte Ulrike, der Tränen in die Augen stiegen. Sie tat mir leid, weil sie mich für wahnsinnig hielt.

«Darf ich ein bisschen ausfegen?», fragte sie.

«Nein. Darfst du nicht», sagte ich.

«Du wirst dir aber nichts antun, oder?»

Ulrike hatte einen gewissen Respekt vor dem Schatten, den der Selbstmord meines Vaters über meine Familie geworfen hatte. Linus gegenüber hatten wir lange behauptet, sein Großvater sei früh verstorben, was ihn irritierte, weil es kein Grab gab. Mutter weigerte sich jedoch, ihn für tot zu erklären, und ich hatte nach ihrem Ableben einen ziemlichen Aufwand damit.

Ulrike wusste, dass ich manchmal darüber nachsann, wie er es getan haben mochte, und dass ich mir wünschte, er wäre ins Wasser gegangen. Die Vorstellung, dass er in irgendeinem geheimen, noch von niemandem gefundenen Bunker als Skelett herumhing, war mir widerwärtig. Lieber Wasser, sagte ich immer zu Ulrike, in Wasser wird man wieder Teil von irgendwas.

«Bloß, weil ich meinen Vater mochte, heißt das noch nicht, dass ich alles nachmache», antwortete ich.

Da ich dann wieder anfing zu drechseln, stand Ulrike noch eine Weile herum, strich mir dann zum Abschied über den Arm und ging.

Am Nachmittag klingelte ein Fernsehteam eines privaten Senders bei mir. Sie standen an der Pforte, ein Kameramann, die Kamera auf den Schultern wie eine Panzerfaust, ein Tonassistent mit einer extralangen Angel, damit auch jeder noch so flüchtige Ton eingefangen werde, ein junger, bedenkenloser Reporter daneben, der die Leiche meines öffentlichen Ansehens fleddern wollte. Ich, der ich mittlerweile aussah, als wäre ich geteert und mit Holzspänen gefedert worden, machte die Tür auf und stellte mich breitbeinig in den Rahmen. Da ich auch üppig Späne in den Haaren hatte, erschien ich ihnen wahrscheinlich wie Art Garfunkel in einem Hühnerkostüm.

Aber sie konnten mir nichts. Ich hatte ein Hobby.

«Was wollen Sie?», rief ich hinunter.

«Herr Funke, was sagen Sie zu den Vorwürfen, dass ...»

«Können Sie drechseln?», donnerte ich dazwischen.

Der Reporter verschluckte sich an seiner kühnen Frage und verneinte überaus kleinlaut. Auf meine Frage, ob wenigstens der Kameramann oder der Ton-Assi drechseln könnten, verneinten auch diese.

«Dann haben wir nichts miteinander zu besprechen!»

Sprach ich und warf die Tür wieder zu. Sie klingelten noch ein paar Mal, aber ich hörte es kaum im Geschrumm der Drechselbank.

Lustig flackerte das Feuer am Abend über den artig gedrechselten Hölzern. Ich aß Chili con Carne aus der Büchse und starrte in die Flammen, die mit blakendem Rauch an die Ofenscheiben malten, sodass es hin und wieder aussah, als zeichne sich ein Gesicht ab. Ich erwog den Gedanken, dass durch den Kugelkamin Gott zu mir spräche, ich ihn aber nicht verstünde. Dunkle Rauchmünder gingen auf und zu. Lautlos und vergeblich.

«Ich weiß», sagte ich löffelnd und schmatzend, «ich weiß, was du mir sagen willst. Kamine sind Feinstaubschleudern. Rauchverbot für Schornsteine. Und so weiter. Ich weiß! Blablabla!»

Das war die Welt von heute. Alles Wahre, alles Richtige war durch unendliche Erklärung und Belehrung lästig und widerlich geworden. Brecht hatte sich geirrt, als er annahm, dass die Menschen aus fern und nah miteinander reden würden, wenn endlich die Technik dafür erfunden sei. Jetzt war sie da. Und die Menschen wollten einander nur belehren.

Ich langte hinter mich und nahm das Räuchermännchen, das mir die alte Frau mitgegeben hatte.

«Du hast lange genug die Jugend verdorben mit deiner langen Piepe. Man kann auch ohne Inhalieren fröhlich sein. Weihnachten ist auch für die Lungen. Deine Zeit ist abgelaufen. Ja, guck mich nicht so verschmitzt an. Das wird dir nicht helfen. Vorbei ist vorbei. Brennen sollst du, Elender!»

Ich habe ihn dann doch nicht verbrannt. War gut so.

Obwohl ich die Kamintür schon aufgemacht hatte. Aber mein Telefon klingelte, und ich wollte ihn nicht einfach nebenher verbrennen.

«Guten Morgen!», sagte Roman Köllner, der ein paar Zeitzonen von mir entfernt auf der anderen Seite des Ozeans war.

«Ich habe mir jetzt Ihren Auftritt bei ‹Talk um Zehn› angeschaut», meinte er, um gleich darauf dem Fahrer des Taxis, in dem er saß, eine Anweisung in feinstem Französisch zu geben, als würde er mit der Sprache auch gleich seine Persönlichkeit wechseln, «Und Ihre Erscheinung in der Haustür wurde gerade bei RTL gesendet. Wie sind Sie auf die Idee gekommen, Sie könnten eine Angelegenheit dieses Ausmaßes alleine schultern? Haben Sie denn gar keinen Respekt vor Ihrer eigenen Dummheit? Was hatten Sie in dieser Talkshow verloren? Hatten Sie ein Buch vorzustellen? Oder eine CD? Eine Talkshow ist billige Sendezeit und kein Forum der Vernunft! Wie auch immer! Ich fliege heute Nachmittag von Martinique über Paris zurück. Ich kenne einen Psychiater, der ein Wort für Sie einlegen wird. Sie können schon mal Ihre neue Rolle einüben: Sie standen wegen Bill Pratt unter Schock und haben massive Dosen eines Antipsychotikums bekommen. Ist das klar?»

«Nein», sagte ich. «So einen Scheiß mache ich nicht.»

«Dann werden Sie auf diesem Planeten keine Karriere mehr haben!»

«Mir egal.»

«Himmel!», rief Köllner durchs Telefon. «Nehmen Sie Ihr Leben doch nicht immer so persönlich! Das ist ein Skandal wie tausend andere! Das sitzt man aus!»

«Ich will nur noch drechseln», sagte ich.

«Was machen Sie?»

«Ich drechsle. Es tut mir gut.»

«Sie sind die teuerste Stimme Europas! Haben Sie schon mal was von Opportunitätskosten gehört? Sie verdienen pro Stunde über tausend Euro. Falls Sie da einen bescheuerten Nussknacker drechseln, was Gott der Allmächtige verhindern möge, müsste der zehntausend Euro kosten! Und er würde dafür auch noch beschissen aussehen! Hören Sie sofort auf damit!»

«Ich werde drechseln, und ich will mit nichts mehr was tun haben!»

«Das ist nicht Ihr Ernst!!»

«Doch.»

«Drechseln Sie!», rief Köllner. «Drechseln Sie! Aber das werden die einzigen Dreharbeiten sein, die Sie jemals wieder erleben werden!»

Das Gespräch war beendet.

Das Räuchermännchen in meiner Hand schmunzelte mich in Pafflaune an. Der Feuergott am Kaminfenster machte große Augen. Ich hatte so starke Blähungen vom Chili con Carne, dass ich fürchtete, beim Öffnen der Kamintür könne es eine Verpuffung geben.

«Nussknacker ist überhaupt mal eine Idee», sagte ich zum Räuchermännchen, dessen Grinsen mir über der Erwartung des nahen Feuertodes ganz eingefroren schien, und stellte es wieder weg.

Am Sonntagvormittag kam Linus vorbei. Er brauchte meine Unterschrift für seinen Ausbildungsvertrag zum Wasserbauer. Er beäugte das in eine Werkstatt verwandelte Wohnzimmer, aber mit weniger Befremden als seine Mutter. Ich frühstückte eine Dose Corned Beef und guckte das Frühstücksfernsehen im Regionalkanal. Es ging um die Laternensache, auch wenn mein Name nicht erwähnt wurde. Linus wusste sofort Bescheid.

«Was ist nur in dich gefahren, Vater?», fragte er.

«Wolltest du noch nie ein Plakat abreißen?», fragte ich zurück.

«Ich bin nicht diese Art Jugendlicher», sagte Linus.

Er ging zum mittlerweile wirklich beeindruckenden Haufen schmeichelnd glatter Stäbe, die ich im Banne der reinen Gegenwart gedrechselt hatte, nahm einen hervor und strich mit der Hand drüber.

«Hast du das alles selbst gemacht?»

Ich bejahte.

«Ich dachte immer, du kannst nichts», sagte er.

«Höhö!», sagte ich.

«Na, ist doch wahr», verteidigte sich Linus. «Alle andere Väter konnten immer irgendwas. Angelknoten machen, Reifen aufziehen, irgendwas löten. Wenn die Bremse an meinem Fahrrad neu eingestellt werden sollte, musste ich den Vater von einem Kumpel fragen. Du hast immer nur gesprochen.»

«Das ist doch auch was!», sagte ich.

«Nicht für mich. Mir gibt das nichts.»

Ich wollte gerade wieder anfangen, vom Wunder der Stimme zu reden und den Millionen, die sich an der meinen erfreut hätten, als mir plötzlich aufging, dass ich in Linus immer nur die Differenz zu mir gesehen hatte und nie das, was er war.

«Freust du dich auf die Ausbildung?», fragte ich stattdessen.

«Ja», sagte Linus. Es klang nach Angst und Mut zugleich. Er wollte es nicht vertiefen.

«Kannst du noch was anderes drechseln?», fragte er. «Kannst du auch solche Räuchermännchen?»

«Sicher!», sagte ich, seltsam ermuntert von seiner heimlichen Bewunderung. «Aber bemalen musst du sie. Ich bin zu zittrig.»

Er überlegte kurz, ob es das wert war, sagte dann aber: «Okay!»

Als er weg war, holte ich das Räuchermännchen vor und nahm es komplett auseinander.

Anderthalb Monate später bewarb ich mich im Rathaus um einen Stand für einen Weihnachtsmarkt in Mitte. Zunächst wollte mich der Pförtner nach einem Telefonat mit der Zuständigen nicht reinlassen, weil es dafür spät sei. Aber ich bestand darauf und sagte ihm, ich hätte etwas, das jedem Weihnachtsmarkt eine ganz besondere Note verleihen würde.

«Ist es Brauchtum?», fragte die Frau von der Städtischen Standvermietung, die mich schließlich empfing. «Ein Töpfer hat uns abgesagt, und ich hätte noch einen Stand, aber nur für weihnachtliches Brauchtum.»

Ich fragte sie, ob sie aus dem Osten wäre.

Nein, sagte sie, sie käme ursprünglich aus Hildesheim.

Jetzt, wo sie es sagte, sah ich es auch.

Darauf holte ich meine Schmauchmännel-Gruppe aus der Kiste und stellte sie ihr auf den Tisch. Nahm die Oberteile ab. Zündete die Räucherkerzen an, stellte sie auf den jeweiligen Glimmteller und steckte die Figuren wieder zusammen. Stolz glänzte in meinem Gesicht.

Da standen sie. Drei wundervoll hohlgedrechselte Holzmännchen, nach hinten gekippt, die Ärmchen auseinander, die Mantelschöße als Ständer, damit sie nicht umfielen. Doch anstatt aus ihrem verblüfft offenen Mund rauchten sie aus einem Loch in der Brust. Ein viertes Holzmännchen vor ihnen hatte eine riesige Räuberpistole in der Hand, die nun ebenfalls rauchte.

Die Frau von der Städtischen Standvermietung runzelte die Stirn.

«Drei Räuchermännchen werden erschossen! Von einem vierten! Wo ist da das Brauchtum? Da bleibt einem doch der Stollen im Hals stecken.»

Ich erklärte, dass sei die Auftaktszene aus dem Film «Spiel mir das Lied vom Tod» von Sergio Leone: Harmonika kommt am Bahnhof an und wird dort von drei Männern aus Franks Bande erwartet, von denen er meint, sie würden ihn abholen. Auf die Frage, wo denn sein Pferd sei, sage einer: Oh, da sei wohl eins zu wenig. Worauf Harmonika sagt: Nein, es seien zwei zu viel. Franks Männer lösen das Rätsel der unterschiedlichen Deutung zwar in weniger als einer Sekunde, aber der Vorteil ist deutlich aufseiten Harmonikas. Worauf es zu einem Schusswechsel kommt, der die drei Banditen im Nachteil sieht, da sie beim Ziehen ihrer Revolver erschossen werden, und jeder weiß, dass es sehr schwer sei, sauber aus der Hüfte zu zielen, wenn man bereits erschossen worden ist.

«In der DDR waren Western nicht gern gesehen», erklärte ich mit allem Ostdeutschtum, das ich aufbringen konnte. «Man produzierte lieber Indianerfilme, um sich mit den Ureinwohnern Amerikas zu solidarisieren. Aber erzgebirgische Drechsler fanden einen Weg, um klassische Szenen des Western-Welterbes auch für die Menschen hinter dem Eisernen Vorhang verfügbar zu machen. ‹Schmauchmännel›-Gruppen wie diese hier, die berühmte Szenen aus Westernfilmen darstellten, wurden heimlich von Familie zu Familie weitergereicht, um im Schutz der offiziell geduldeten Adventsheimeligkeit cineastische Höhepunkte der freien Welt zu genießen.»

Ich holte noch die beiden Schmauchmännel aus dem «High Noon»-Showdown hervor und stellte sie wortlos daneben.

«Das wusste ich nicht», sagte die Frau von der Standvermietung einigermaßen betroffen. «Handwerklich sind die ja hervorragend gearbeitet. Natürlich kriegen Sie einen Stand. Schon aus historischen Gründen. Schmauchmännchen heißen die?»

«Schmauchmännel!», korrigierte ich sie, damit es noch authentischer wirkte. «Oder wie man bei uns im Erzgebirge sagt, Schmaachmannel!»

«Herrlich!», sagte sie. «Da habe ich mal wieder was gelernt. Ich kannte ja nur diese normalen Räuchermännchen. Na ja, Diktatur macht erfinderisch!»

Es klang fast, als wäre sie neidisch auf diese Erfahrung. So geht es ja den Westdeutschen. Sie waren schon auf den Malediven und in Angkor Wat, aber noch nie als Untertanen in einer Diktatur. Das kriegen sie nicht mehr ran, und sie wissen das.

Die Frau von der Standvermietung kramte in einer Schublade, gab mir einen Zettel zum Ausfüllen und stempelte ihn dann ab.

ZWÖLFTES KAPITEL

Der erste Tag am Stand mit meinen Drechselfiguren war nichts als Zittern. Es zitterte meine Hand, die seit Wochen nichts anderes als Eisen gegen drehendes Holz gehalten hatte. Es zitterte mein Leib, weil ich aus Sparsamkeitsgründen auf ein Heizgebläse für den Weihnachtsmarktstand verzichtet hatte. Und ich zitterte auch ein wenig aus Furcht, erzgebirgische Traditionalisten würden vorbeikommen, den Frevel meiner Drechselei erkennen und mir die Bude umstürzen. Ich hatte ja nicht nur «Schmauchmännel» in allerlei Western-Szenen gedrechselt, sondern auch Indianer, die mit Decken Rauchzeichen gaben oder auf den Knien ein selbstgemachtes Feuerchen mit kleinen Rauchfähnchen anbliesen.

«Ach, das ist ja mal wirklich zum Schießen», sagte eine Mutter mit einem Knaben an der Hand, der sie vor den gedrechselten Pistoleros zum Stehen gebracht hatte. «Sind das Räuchermännchen?»

Sie war sehr gut frisiert und in einen beigefarbenen Mantel gehüllt, der erkennen ließ, dass sie sich keinen Konsumbeschränkungen unterwerfen musste. Alles, was sie brauchte, war ein Grund. Ein Distinktionsmerkmal. Eine Geschichte, die sie ihren Freundinnen erzählen konnte.

«Das sind Nichtrauchermännchen», erklärte ich. «Untersuchungen haben ergeben, dass Räuchermännchen leider Teil einer frühkindlichen Prägung sind, die dazu führt, dass Heranwachsende später das Rauchen mit der entspannten Atmosphäre der Adventszeit assoziieren. Ich habe mich deswegen entschlossen, nichtrauchende Figuren für das Weihnachtsbrauchtum und darüber hinaus anzubieten.»

Der Knabe sah mit leuchtenden Augen auf die gedrechselte Ballerei mit den rauchenden Einschusslöchern und dann zu seiner Mutter. Diese betrachtete eingehend das Stillleben mit den erschossenen Banditen.

«Interessant», sagte sie. «Was kosten die?»

«Das sind alles Einzelstücke», verzögerte ich die Antwort.

«Also wie viel?»

Ich hatte bewusst auf jede Preisfestlegung verzichtet. Alles war ja möglich. Vom schnödesten Desinteresse bis hin zu Trauben von Menschen, die sich mit Geldbündeln in den wedelnden Händen um meine Holzarbeiten bewarben. Jetzt nur keinen Fehler machen.

«Dreihundertfünfzig Euro kosten diese hier», sagte ich mit bemühter Selbstverständlichkeit. Gleich würde sie mir einen Vogel zeigen und ihren Sohn entrüstet fortziehen.

«Das ist ja preiswert. Die nehm ich», sagte die Frau, während mein inneres Rumpelstilzchen verärgert auf dem Preiszettel herumtrampelte. Wahrscheinlich hätte ich das Doppelte verlangen können. Wir befanden uns in Berlin-Mitte. Hier weihnachtete das Regierungsvolk.

Ich nahm das Geld und packte ihr die Schmauchmännel ein.

Einen Tag später hatte ich einen Heizlüfter, zwei Tage später eine Soundanlage, die Country Christmas Songs in Dauerschleife dudelte, und am Ende der ersten Weihnachtsmarktwoche hatte ich einen Kreditkartenleser. Natürlich blieben viele auch nur am Stand stehen, um zu schauen oder sich mit mir zu unterhalten, aber ich entwickelte schnell einen Blick dafür, wer kaufen würde. Schließlich kam nicht nur Schlenderpublikum, es kamen auch Leute, die gezielt nach meinem Stand gesucht hatten.

Und dann kam sie.

Sie war klein, trug eine schwarze Jacke und einen Schal aus weißen Federn, die sich apart um ihren nackten Hals plusterten. Sie sah – ganz unpassend für einen Weihnachtsmarktbummel – irgendwie frisch gebadet aus, was sicher damit zu tun hatte, dass sie ihr dunkles, halblanges Haar in einem fingergekämmten Wet-Look nach hinten geschoben hatte. Wasserblaue Augen in einem klugen, noch mädchenhaften Gesicht.

«Witzig!», sagte sie sehr gedehnt mit Blick auf die rauchenden Colts und sterbenden Halunken. Niemand musste ihr erklären, warum das originell war.

«Haben Sie auch was Erotisches?»

«Nein, aber Sie können was bestellen. Eine Woche würde ich brauchen. Was schwebt Ihnen denn vor?»

«Eine qualmende Möse?»

Sie grinste kurz.

«Problematisch», sagte ich. «Ich brauche ja ein bisschen Durchzug in der Figur. Und sie soll doch sicher nicht auf dem Kopf stehen!»

«Verstehe. Man stellt sich das als Laie immer so einfach vor.»

«Was machen Sie beruflich?»

«Ich bin Hure», sagte sie sehr freundlich.

«Sie sehen gar nicht so aus.»

«Wie sieht denn eine Hure aus?»

«Das kann ich Ihnen so genau nicht sagen, aber in meiner Vorstellung beruht der Verkauf körperlicher Zuwendung auf dem Mangel an erstrebenswerten Alternativen und einem Bedürfnis, aufwandsarm an Geld zu kommen. Ich stelle mir das ausgesprochen bildungsfern vor, und so wirken Sie gar nicht auf mich.»

«Sie haben Vorurteile. Ich habe Philosophie studiert.»

«Natürlich habe ich Vorurteile. Sie sind die erste Hure, die ich persönlich kennenlerne.»

«Dann sei Ihnen verziehen.»

Ich nahm das Oberteil eines ausgeräucherten Schurken hoch, blies die Räucherkerze an, die von Neuem aufglimmte, und steckte es wieder auf.

«Na ja, ich habe auch mal Teile meines Körpers verkauft. Um genau zu sein: meine Stimme. Ich war Synchronsprecher.»

«Ich weiß. Sie sind Tom Funke. Die Stimme von Bill Pratt.»

«Sie haben ein gutes Ohr.»

«Ich war mir nicht ganz sicher», sagte sie «Aber ich habe Sie kürzlich gesehen bei ‹Talk um Zehn›.»

Sie hatte eine Art zu sprechen, dass es einen gefühlt sofort auf eine Blumenwiese legte, um mit ihr Kopf an Kopf die Wolken zu bestaunen. Ich verlor ein wenig an Gegenwart.

«Sie sind aber im Irrtum, wenn Sie glauben, dass ich meinen Körper oder einzelne Teile davon verkaufe», holte sie mich wieder zurück.

«Wären *mieten* der bessere Begriff?»

Sie verzieh mir mit einem Lächeln.

«Ich verkaufe ein paar schöne Stunden, Sex inklusive. Diese Stunden gehören dem Kunden. Komplett. Für immer.»

«Stunden? Das hört sich nicht nach Straße an. Nicht mal nach Bordell.»

«Um Gottes willen. Ein feines Abendessen im Restaurant meiner Wahl, auch mal Theater oder Oper, dafür bleibe ich bis zum Frühstück. Ich bin sehr teuer.»

«Wenn ich also mal mit einer klugen, charmanten und schönen Frau die Nacht verbringen will, dann ...»

«Nicht mehr dieses Jahr. Ich bin ausgebucht.»

«Nicht mal für eine ‹qualmende Möse›?»

Ein älteres Paar, das genau vor den drei letzten Sätzen zu uns getreten war, um meine Drechseleien zu betrachten, starrte uns entgeistert an und entfernte sich unmittelbar darauf. Wir mussten kurz lachen.

«Das ist Teufelswerk, was Sie da tun», nahm ich den Faden wieder auf. «Eine normale Hure verkauft nur den Gebrauch ihrer Geschlechtsteile. Sie hingegen verkaufen die Illusion der perfekten Frau. Schön, intelligent, kultiviert und leidenschaftlich. Die Männer müssen doch leiden wie die Hunde, wenn sie erst einmal erlebt haben, was so möglich ist.»

«Ich denke, die meisten Männer verstehen danach ihre Frauen eher besser.»

Ich sah sie voller Rätsel an.

«Sie verstehen, dass die perfekte Frau eine sehr aufwendige Inszenierung ist. Vielleicht sind sie danach sogar dankbar, dass sich ihre Frau morgens schminkt und was Nettes anzieht.»

Tausendfältig zog Ulrike im morgendlichen Badezimmer an mir vorbei.

«Man hat Ihnen Unrecht getan, lieber Tom Funke», entschied sie sich plötzlich. «Ich würde Ihnen den dreiundzwanzigsten Dezember anbieten.»

«Äh ... ja ... wie viel muss ich ... einkalkulieren?», sagte ich, die Bauchtasche prall mit Einnahmen. Sie winkte mich mit dem Zeigefinger zu sich und flüsterte es mir ins Ohr.

«Das ist echt viel Geld!», sagte ich anerkennend.

«Geld ist Liebe», meinte sie kess. «Die Leute lieben Ihre Sachen. Deswegen haben Sie da lauter Liebe in Ihrem Täschchen! Sie dürfen damit machen, was Sie wollen. Wenn Sie Essen lieben, gehen Sie essen! Oder Sie wechseln die vielen kleinen Sympathien der Kunden für Ihre putzigen Figuren in eine lange, üppige Liebesnacht. Liebe geht nie verloren, sie ändert nur ihre Erscheinungsform!»

«Jetzt glaube ich Ihnen, dass Sie Philosophie studiert haben.»

«Eine Bedingung noch», sagte die Teuerste. «Nach dem Akt lesen Sie mir was vor! Aus der Bibel!»

«Aus der Bibel?»

«Das Hohelied Salomos», sagte sie und zitierte: *«Wie eine Lilie unter den Dornen ist meine Freundin unter den Mädchen.»*

Dann, als wäre ihr eine Entgleisung ins Lyrische unterlaufen, machte sie sich wieder schnippisch.

«Zum Einschlafen.»

«Schlafen nicht die Männer immer gleich ein?»

«Das war einmal und kommt nicht wieder», meinte sie und reichte mir ihre Karte.

Fleur. Gespräche und mehr.

«Da sind Sie ja!», rief eine mir wohlbekannte Stimme, als ich lendenlahm nach diesem überaus ertragreichen Tag auf dem Weihnachtsmarkt vor meinem Haus aus dem Auto stieg. Roman Köllner stand hinter der offenen Fahrertür seines 7er BMWs und winkte mit einer Flasche Champagner und zwei Sektflöten.

«Wollen Sie mich heiraten?», fragte ich müde.

«Mehr als das!», Köllner kam dynamisch auf mich zu. «Ich möchte Sie glücklich machen!»

«Sehe ich unglücklich aus?»

Ich stand da in dicker Jacke und dicken Hosen samt Unterhosen wegen der Kälte am Stand, um meinen Bauch die Gürteltasche, in der sich die Geldscheine zusammenpressten, ein paar Kartons mit Holzwolle in den Händen, in denen meine Schmauchmännel gewesen waren. So wie er da gegelt und geschniegelt auf mich zukam, hatte ich nicht übel Lust, ihm zu sagen, er solle sich zum Teufel scheren. Und dass mir das herzlose Filmbusiness den Buckel runterrutschen könne. Weil ich ein anderer Mensch geworden sei.

Aber ich war kein anderer Mensch geworden, ich war nur weniger fragil. Ein Dinosaurier, der sich in eine Maus verwandelt hatte, just, nachdem der Komet einschlug. Schnell, gewitzt und mit einer feinen Nase, wo es was zu fressen gibt. Neugier juckte mich. Ihn jetzt großartig und melodramatisch abzuservieren, hätte diese Neugier unbefriedigt gelassen.

«Wir kommen zurück!», freute sich Köllner spitzbübisch. «Und zwar größer als je zuvor! Sie werden staunen!»

Ich tat noch mufflig, aber im Grunde war ich gespannt, was er mir anzubieten hatte. Wir gingen rein.

«Sie drechseln im Wohnzimmer?», Köllner war überrascht.

«Das Licht ist hier am besten», erklärte ich, dabei räumte ich ein paar Paletten mit halbfertigen Figuren und solchen, deren Lack noch trocknen musste, beiseite.

«Es wirkt ein bisschen ungesellig», bewertete Köllner das Ambiente. «Haben Sie noch irgendein Sozialleben?»

«Ab und zu kommt mein Sohn vorbei und hilft mir beim Bemalen. Ich zittere zu sehr. Das viele Drechseln...» Ich zeigte ihm meine zitternde Hand.

«Sie müssen mehr trinken!», lachte Köllner und machte die Flasche auf. Dann schenkte er uns beiden ein und nahm auf der Couch Platz. Und holte sein Pad hervor.

«Ich kann mir vorstellen, dass Sie ein gestörtes Verhältnis zu Talkshows haben, aber die hier müssen Sie sehen! Ist von gestern!»

Ich setzte mich neben ihn. Wir stießen kurz an. Der Champagner war staubtrocken. Köllner tippte auf sein Pad und ließ ein Video anlaufen. Es war die Oprah-Winfrey-Show. Oprah baute ihrem Gast eine lange Rampe aus ergreifenden Worten, die darauf hinausliefen, dass beim hellsten Licht auch der dunkelste Schatten zu finden sei. Eine Seele solcherart sei ihr heutiger Gast, und sie müsse ihn keinem Menschen dieser Welt vorstellen: Bill Pratt! Die beiden plänkelten ein wenig herum, versicherten sich ihrer gegenseitigen Bewunderung, kamen dann aber bald auf die Auszeit zu sprechen, und dass seine nötige Reise ins Innere vor allem eine Reise in die Vergangenheit gewesen sei. Oprah sprach von der speziellen Verbindung, die Pratt zu Tieren habe, einer Verbindung, die Außenstehende rätseln lassen müsse, und wieselwuselte so fort, bis sie ihm das Stichwort «a cold night in Montana» hinwarf. Pratt hob an, brach ab, erzählte ein paar Fetzen, in denen es um seine Großeltern ging, die er sehr liebte, und um ein Lämmchen namens Nipper, an dem sein ganzes Herz hing. Wieder brach er ab und versicherte nach kurzem innerem Ringen, er würde gleich weiterreden, was er denn auch tat. Wie er den Großvater des Abends zur Großmutter von einem schlimmen Kälteeinbruch reden hörte und noch im Schlafanzug hinauswollte, um sein Lämmchen ins Haus zu holen. Wie ihn der Großvater zurückhielt und ihm versicherte, das Lämmchen würde seine Hilfe nicht brauchen. Aus. Dann brauchte Pratt eine erschütternde Ewigkeit, um aus den auf ihn einstürzenden Bildern wieder hervorzukommen. Oprah gab ihm alle Zeit der Welt. Und wie ein Mann fand er wieder ins Wort: Der nächste Morgen. Der Lauf in Gummistiefeln über die gefrorene Weide. Das tote Lämmchen. Der kleine Junge, der sich niederwarf auf die leblose Kreatur, um sie vielleicht doch noch ins Leben zurückzuwärmen. Schnitt ins Publikum. Tränen überall.

«It changed my life.»

Wie dieser unglaubliche Weltstar die Fassung verlor und wiedergewann, wie er sich erneut erhob, obschon man dachte, er würde nie wieder aufhören, in seine Hände zu schluchzen, wie er dann das ganze Trauma in einem solchen kurzen Satz verschloss – das machte alle nachfolgenden Erörterungen über seine «Interventionen» im Tierreich zu Selbstverständlichkeiten. Der Löwe an dem glühend heißen Drehtag, den er für kollabiert und nicht betäubt hielt und ihn panisch von seiner drückenden Mähne befreien wollte. Die Schafe in der Heide, dort «in the German badlands», die er zittern sah, obschon es vom Ruckeln des Wagens über den brüchigen Asphalt hätte stammen können ...

Am Ende *lots of hugs and deeper understanding.*

Köllner beugte sich vor und stoppte das Video.

«Was halten Sie davon?»

«Das war sehr beeindruckend und unbedingt plausibel. Ich meine, wie er da mit den Tränen kämpft, bevor er davon spricht, was mit seinem Lämmchen geschehen ist, dem kann man sich nicht entziehen. Auch die Szene am Ende mit dem Halter des Schäferhundes, der ihm verzeiht, weil Pratt seinen Hund durch das lange Streicheln nicht einfach verändert, sondern ihm dessen wahre Natur zurückgegeben habe, und wie sie sich dann in den Armen liegen, das hat schon was.»

«Pratt ist ein Psychopath!», erklärte Köllner völlig ungerührt von meiner Einschätzung. «Sie sind drauf reingefallen wie allen anderen auch.»

Ich sagte, ich verstünde nicht.

«Er ist ein großartiger Schauspieler und ein kompletter Psychopath! Nur ein Psycho kann eine derart ausgesponnene Geschichte so verinnerlichen, dass er dabei selber in Tränen ausbricht. Die Großeltern, das Lämmchen, der Tod in der eisigen Nacht. Alles Hokuspokus!»

Ich fragte ihn, was denn daran falsch sei.

«Bill Pratt hatte Großeltern in Montana. Die Großeltern hatten Schafe. Sicher ist auch mal eins gestorben. Aber es ist zweifelhaft, ob Bill Pratt zugegen war. Das Verhältnis seiner Mutter zu den Eltern war nicht das beste. Wenig bis gar kein Kontakt. Aber: Das ist nicht mehr zu recherchieren. So sieht gute Public Relation aus.»

«Hört sich an, als wenn Sie ihm nicht glauben.»

«Haben Sie nie darüber nachgedacht, warum es ausgerechnet achtundvierzig Wollmützen sein mussten?»

«Vier Dutzend. Eine Schätzgröße. Sagt man halt so.»

«Irrtum», sagte Köllner. «Es waren siebenundvierzig Schafe auf der Belziger Heide. Der Bürgermeister hat es ihm damals stolz erzählt. Sie hatten gerade einen Preis gekriegt. Landschaftspflege des Jahres oder irgend so was.»

«Warum will ich das nicht wissen?»

«Das kann ich Ihnen sagen: weil die achtundvierzigste Mütze für Bill Pratt selbst war.»

Wir schwiegen eine Weile ob des verstörenden Faktes.

«Ja, vergessen Sie das alles am besten», meinte Köllner. «Sie müssen ihn ja wieder sprechen!»

«Sie meinen ...»

«Die Menschen wollen nicht die Wahrheit wissen. Die Menschen wollen eine Geschichte. Bill Pratt hat sie ihnen geliefert. Es wird eine triumphale Rückkehr nach Hollywood geben.»

«Das glaube ich nicht. Sie haben schon die Drehbücher umgeschrieben.»

«Dann schreiben sie ihn wieder rein.»

Er bot mir erneut das Sektglas zum Anstoßen.

«Übrigens. Ich muss es noch ein Mal sagen. Sie sind ein Idiot!»

Er lachte und ließ sein Glas gegen das meine klingen.

«Danken Sie Ihren Eltern für Ihre tolle Stimme!»

Am zweiundzwanzigsten Dezember schloss ich mein ungewöhnliches Weihnachtsgeschäft mit einem noch unversteuerten Gewinn von vierzehntausend Euro ab. Ein bisschen Lindenholz, Kleber, Farbe, Lack, eine solide Drechselmaschine und ein paar schräge Ideen hatte es gebraucht. Ich hatte noch immer das Gefühl, dass mein Ich beim Aufsetzen des Meißels auf das Holz verschwand, aber ich hatte es nicht mehr so nötig wie vor ein paar Wochen. Ich hatte genug über Holz gestreichelt. Morgen würde es Haut sein. Der Kreislauf der Liebe. Wie Regen und Dampf und Wolken und wieder Regen und so fort. Ich merkte, wie ich mir vorzustellen begann, wie es sein könnte, und dass mich das schnell um die Freude bringen würde, wenn es anders wäre. Also beschloss ich, mir nichts weiter vorzustellen, auf Roman Köllners Rat zu hören und meinen Eltern zu danken.

Am Morgen des dreiundzwanzigsten Dezember setzte ich mich ins Auto, um in die Stadt meiner Kindheit zu fahren. Ans Grab meiner Eltern. Es war ein grauer Tag, wie fast immer um diese Jahreszeit. Landschaft ohne Horizont. Kahle Bäume. Die übliche Waschküche. Der Waldfriedhof lag vor der Stadt. Ich parkte, kaufte einen Strauß Nelken und ging zur kleinen Anhöhe am Wald, wo die Asche meiner Mutter und das Andenken meines Vaters lagen.

Ich steckte die Blumen in die Vase und sagte mit Blick auf ihren Namen im Stein: «Warst 'ne gute Mutter!» Dann ließ ich ein bisschen Flimmern in den Augen zu. Als es weg war, wandte ich mich dorthin, wo mein Vater liegen würde, und sagte: «Ach, Vater!», und das erste Mal fand ich, dass ich klang wie mein Sohn.

«Du dummer, dummer Vater!», sagte ich. «Man hat doch nicht nur ein Leben. Hätt'st es mal nicht so persönlich nehmen sollen. Wer weiß, was noch passiert wäre! Guck mich an! Ich könnte dir Geschichten erzählen...»

Dann hörte ich auf zu denken, weil es weh tat. Blieb einfach stehen, zusammengeschnürt von Trauer.

Nach einer Weile flatterte eine Elster ganz unpathetisch vorbei. Das löste es auf. Ich wusch mir die Hände am Brunnen mit den Gießkannen und ging langsam in Richtung Ausgang. Die Tristesse der Endlichkeit im Rücken und bereit für den süßen kleinen Tod in den Armen einer sehr teuren Frau.

Auf dem Weg kam mir ein junger Mann entgegen, der wohl zum ersten Mal hier zu sein schien. Er sah und suchte nach den Nummern der Wege, um eine Grabstelle zu finden. Er trug einen großen Strauß roter Rosen im Arm, was ich ganz unverhältnismäßig fand an so einem grauen Vorweihnachtstag. Zumal er so unbeteiligt wirkte. Ohne jede Trauer. Eher wie ein Lieferant. Vielleicht war es dieser leuchtende Strauß, der mich dazu brachte, mich noch einmal nach ihm umzusehen, als ich das Tor passierte.

Dann war ich bei ihm, keuchend vom Sprint und mir durch das Haar fahrend vor lauter Unglauben.

«Was machen Sie hier? Was machen Sie an diesem Grab?»
Er verstand nicht.

«Das ist das Grab meiner Eltern! Was Sie hier machen, will ich wissen!»

Er sagte, sein Vater habe ihn gebeten, einen Rosenstrauß zur letzten Ruhestätte von, er musste es von einem Zettel ablesen, Gisela Funke zu bringen.

«Rote Rosen?»

Ja, so hätte er es bestimmt. Sein Vater wäre sehr genau gewesen. Eigentlich hätte er es schon eher machen wollen, aber er sei noch nicht lange in Norddeutschland. Käme gerade von einer Schulung in Hamburg zurück. Normalerweise sei er im süddeutschen Raum unterwegs. Er nannte eine Firma für Motorenöle, deren Produkte er vertrete. Sprach auch hörbar badisch, badensisch oder wie das hieß. Ich bekam es nicht zusammen.

«Rote Rosen, ihr Vater, Süddeutschland ... Sie sagten, er wäre ... Ist er denn nicht mehr?»

«Nein, er ist vor einem halben Jahr gestorben.»

«Was, was, was! Ihr toter Vater schickt meiner Mutter ... hä?»

Ich wurde vor lauter Ungereimtheit ganz flegelhaft. Dem jungen Mann war es unangenehm.

«Es tut mir leid. Ich weiß nicht, was die verband. Aber es muss irgendwas gewesen sein. Er war auch mal hier oben. Aber da war Ihre Mutter wohl schon verstorben. Das hat ihn sehr getroffen.»

Ich musste Ordnung schaffen. Verbindungen herstellen.

«Gehen wir es mal ruhig an. Meine Mutter ist mit fünfundsiebzig Jahren gestorben. Wie alt war Ihr Vater, als er starb?»

«Achtundsiebzig.»

Ich stutzte.

«Da hat er Sie aber spät gemacht. Wo kam Ihr Vater her?»

«Irgendwo aus dem Osten. Als die Mauer aufging, ist er mit meiner Mutter rüber. Sie hatte Verwandte in Radolfzell. Bodensee. Kennen Sie vielleicht.»

«Was war Ihr Vater von Beruf?»

«Er hatte eine Tankstelle. Kurz vor Überlingen. Warum wollen Sie das alles wissen?»

«Na ja, entschuldigen Sie mal. Wenn er so ein enger Freund meiner Mutter war, dann interessiert mich das schon ...»

«Vielleicht waren sie in der Jugend mal befreundet. Im Alter wird man sentimental. Versucht noch mal, Kontakt aufzunehmen. Alte Klassenkameraden und so.»

«Klar, das gibt es. Beschreiben Sie ihn mal.»

«Warum? Sind Sie eifersüchtig? Alle sind tot. Machen Sie doch nicht so eine große Geschichte draus!»

«Bitte! Es interessiert mich dringend. Was war er für ein Mensch?»

«Ruhiger Typ. Sehr ordentlich. Er hatte alles im Griff. Die Tankstelle war immer picobello. Völlig durchorganisiert. Der hätte auch hundert Tankstellen leiten können!»

«Das glaube ich Ihnen sofort», sagte ich. Der junge Mann sah mich befremdet an, fuhr dann aber fort.

«Er konnte es nicht leiden, wenn in den Regalen was fehlte. Es musste immer gleich nachbestückt werden. Ich musste nach der Schule ran. Familienbetrieb.»

«Hatte er Hobbys?»

«Eigentlich nicht. Als er in Rente war, ging er gern ins Kino. Auch richtige Actionkracher. Ich habe mit ihm *Blutige Wellen* gesehen. Danach war er völlig fertig. Ist ja auch ein Hammerfilm. Zu Hause guckte er so was gar nicht. Vielleicht wegen Mutter. Wenn Fernsehen, dann eher so langweiliges Zeug, irgendwelche Natursachen. Sie wissen schon, Berge, Flüsse, irgendwelche Tiere …»

«Hier sehen wir eine Wasseramsel!», entfuhr es mir.

Der junge Mann lachte.

«Ja, so was.»

Er wusste nicht so recht, wie er die Situation beenden sollte.

«Na ja, er ist ja jetzt tot. Krebs.»

Er wies auf den Strauß.

«Letzten Wunsch muss man schon erfüllen. Nehmen Sie es ihm nicht übel. Und Ihrer Mutter auch nicht. Eine Jugendliebe.»

Ich nickte, und wir standen noch ein paar Sekunden andächtig vor dem nun üppig mit Blumen bestückten Grab. Dann wandte ich mich ihm zu.

«Ich weiß, es ist viel verlangt, aber haben Sie ein Foto Ihres Vaters dabei?»

Der junge Mann sagte, nein, aber er könne einen Freund bitten, ihm eins zu schicken, im Büro der Tankstelle hingen noch ein paar. Er würde es dann an mich weiterleiten, wenn ich ihm meine Kontaktdaten gäbe.

Wir verblieben so.

Etwa eine halbe Stunde später, ich war schon wieder auf der Autobahn, sprang ein Bild mit einem dezenten Ping auf das Display meines Handys. Obschon ich mir fest vorgenommen hatte, auf alles gefasst zu sein, verriss ich das Steuer. Ich fuhr rechts ran und blieb auf dem Standstreifen stehen. Bestimmt eine halbe Stunde starrte ich auf das Foto. Dann schickte ich dem jungen Mann eine Message zurück. Sie lautete: «Danke, Bruder!»

Er wird es nur als lässigen Spruch verstanden haben.

Der Abend im «Tulus Lotrek» (sie hatte den Tisch reserviert, für mich war die Rechnung) hielt alle so lang vermissten Freundlichkeiten dieser Welt bereit, aber ich konnte mich nicht so richtig drauf einlassen. Fleur war noch schöner als bei unserem Treffen auf dem Weihnachtsmarkt und lachte so neckisch und verspielt, als wären wir ein Paar. Es würde leicht werden. Sie war von einer ganz jugendlichen Neugier und saugte meine Geschichte auf, wie sie wahrscheinlich viele Geschichten aufsaugte. Wahrscheinlich ging sie gar nicht mit Männern ins Bett, sondern mit Geschichten in Männerform. Die menschliche Komödie in ihrem Schoße sammelnd. Aber ich war nicht bei der Sache. Ich hatte das unabweisbare Gefühl, dass sie das Ende meiner Geschichte nicht so in Verblüffung versetzen würde, wie ich es brauchte. Ihr allergrößtes Erstaunen konnte nicht mithalten mit dem stummen Entsetzen eines Menschen, der selber Teil dieser Geschichte ist. Ich brauchte jemanden, der wirklich wusste, was es bedeutete. Und es gab nur einen solchen Menschen.

Wir trennten uns um zehn Uhr abends wie Freunde, wenn man einmal von dem dicken Kuvert absieht, das ich ihr zum Abschied gab.

«Ruf mich an, wenn du den Rest des Abends einlösen willst», sagte Fleur. Dann umarmten wir uns kurz, und sie ging. Ich stand noch eine Minute vor dem Restaurant und sah ihr hinterher, wie sie etwas zu betont die Straße runterschlenderte, schließlich nach einem Taxi winkte. Mein Herz war warm und ruhig und ohne Begehren, und mit einem Mal sah ich meinen Vater nicht mehr mit den Augen eines Kindes.

Ich rief Ulrike nicht an. Ich hatte noch einen Schlüssel für unsere gemeinsame Wohnung. Es war noch nicht so spät.

Doch als ich die Wohnungstür aufschloss, fand ich den Flur, die Küche und das Wohnzimmer schon dunkel. Ein Lichtspalt unter der Tür zum Schlafzimmer. Wahrscheinlich las sie noch. Ich schaltete das Licht an und rief: «Hallo? Ulle? Bist du da?»

Ulrike kam im Nachthemd aus dem Schlafzimmer geschossen, als wäre der Leibhaftige hinter ihr her.

«Was machst du hier? Was fällt dir ein? Weißt du, wie spät es ist?» Sie hielt sich vor lauter Schreck die Hand vor die Brust.

Ich sagte, ja, das wüsste ich, aber es gäbe Neuigkeiten, die ich mit keinem anderen Menschen als mit ihr teilen könne.

«Morgen, Tom, morgen! Das kannst du mir alles morgen erzählen!», purzelten die Worte aus ihrem Mund.

«Nein, kann ich nicht», beharrte ich. «Ich muss es dir jetzt erzählen!»

«Tom!», wurde Ulrike sehr bestimmt, «Geh jetzt bitte! Sei vernünftig! Ich habe morgen Zeit für dich!»

In diesem Moment ging die Badezimmertür auf, und Olli trat in die Flur. Nur in einer roten Schlafanzughose. Er hatte fast gar kein Brusthaar. Jedenfalls viel weniger als ich. Ich hatte Brusthaar, wie es sich für einen Mann gehört.

«Guten Abend, Olli!», sagte ich.

«Hallo Tom!», sagte Olli.

«Olli», sagte ich. «Geh jetzt bitte!»

«Das sollte immer noch Ulrike entscheiden!»

«Ulle», sagte ich. «Ich weiß jetzt, was mit meinem Vater geworden ist.»

«Olli!», sagte Ulrike. «Geh jetzt bitte.»

«Sooo?», zeigte Olli an sich herunter.

«Nein, natürlich nicht so», meinte Ulrike.

Olli verschwand im Schlafzimmer und kam angezogen wieder.

«Tschüs, Olli!», sagte ich. «Bis Freitag beim Billard!»

Er gab Ulrike noch einen Kuss auf die Wange, die das mit

einem leicht erröteten «Ja, ist gut jetzt!» quittierte. Dann war er weg.

«Ich hol mir mal meinen Bademantel», fröstelte Ulrike.

«Ach, geh einfach wieder ins Bett», sagte ich. «Ich komm nach.»

Ulrike runzelte die Stirn.

«Stopp. Das geht so nicht.»

«Doch», sagte ich, «wenn wir uns am Küchentisch gegenübersitzen, kannst du mich nicht in den Arm nehmen. Und du wirst mich in den Arm nehmen wollen.»

«Oh Mann, immer dieses Drama!», meinte Ulrike.

Eine Viertelstunde später lagen wir im Bett, und Ulrike hatte mich in den Arm genommen und strich mir über das Haar.

«Weißt du, das Schlimme ist», sagte ich, «ich habe mich immer an meinem Vater gemessen! Ich dachte immer, er hätte den Kompass fürs Leben und ich hätte ihn nicht. Ich habe mich immer verglichen.»

«Ich weiß», sagte Ulrike und verströmte eine Vertrautheit, die mir nie aufgefallen wäre, wenn ich sie nicht verlassen hätte.

«Hätte ich gewusst, dass ...»

«Du hast es gewusst», sagte Ulrike jetzt, ruhig und klar. «Vielleicht nicht hier oben ...», sie tippte mir auf den Kopf, «aber in dieser besonderen Art, wie du sprichst.»

«Wie spreche ich denn?»

Ulrike küsste mich aufs Haar und sagte:

«Wie jemand, der sich unentwegt Mut machen muss. Sich und allen sonst.»

Weitere Titel

Als Männer noch nicht in Betten starben

Das wird ein bisschen wehtun

Die Großrussin

Hüftkreisen mit Nancy

Ich höre dir zu, Schatz

Ist das schön hier!

Oberkante Unterlippe

Urlaub mit Punkt Punkt Punkt